I0519775

POC!...
ŞI AVENTURA LUI MIHAI
ÎNCEPE!

Sorin Balasko

POC!...
ŞI AVENTURA LUI MIHAI
ÎNCEPE!

2015

Copyright © 2015 Sorin Balasko
Toate drepturile rezervate

Copyright © 2015 Self Publishing

Desenul de pe coperta: Petru Birău

Descrierea CIP a Bibliotecii Naţionale a României
BALASKO, SORIN
   Poc!... Şi aventura lui Mihai începe! / Sorin Balasko. –
Bucureşti : Self Publishing, 2015
   ISBN 978-606-8669-76-2

821.135.1-31

Prolog

Mesaj de la Mihai – personajul principal al cărţii – către cititor:

Aveţi vă rog un pic de răbdare cu creatorul meu. Şi arătaţi ceva îngăduinţă faţă de stilul lui, influenţat de faptul că debutantul scriitor trăieşte de 17 ani în Viena. Este stilul de a scrie şi a gândi al românului care a ales calea străinătăţii.

Şi aveţi răbdare şi cu mine, Mihai, un tânăr care nu a fost întrebat dacă vrea să-şi părăsească ţara atunci când a trebuit să-şi urmeze familia în Austria. Sunt un tânăr modelat de o familie al cărei nucleu a fost zguduit şi, în final, distrus de greutăţile vieţii. Sunt un tânăr încă în formare care se consideră un rebel al societăţii cu care nu este de acord. Vă invit să luaţi parte la destăinurile venite din interiorul meu, la acţiunile izvorâte din convingerile mele de rebel. Vă propun o aventură pe anumite locuri amuzantă, pe alte locuri chiar incitantă. Iar, în final, veţi descoperi că aventura mea cea mai mare de abia a început.

Vom începe cu o acţiune în Viena, mă puteţi însoţi prin România văzută prin ochii mei, ca, apoi, să descoperiţi că am intrat într-o mare încurcătură în Japonia, ţara pe care doream de mult să o vizitez.

Vă doresc lectură plăcută! (a se citi stând cu burta la soare, la plajă sau la „colţul sobei")

August 2002 regiunea Tokio, Japonia

POC! lovitura călugărului budist mă readuce în prezent. Este precisă, plasată la nivelul umerilor, în urma ei rămâne doar ecoul contactului dintre lemnul elastic și umărul meu mai puțin elastic și, precum mi s-a explicat de mai multe ori, loviturile de acest gen sunt executate cu o detașare perfectă. Altfel spus, este spre binele meu și nu este cazul să mă consider atacat. Ah, am uitat să amintesc usturimea pielii care urmează imediat acestei acțiuni.

Privesc din nou spre peretele gol din fața mea, ascultând respirația ușoară și regulată a celor din jurul meu. O respirație linștită este indicatorul unei minți al carei posesor și-a regăsit pacea interioară... Iată pentru ce mă aflu, de fapt, aici.

Este întuneric beznă. Cică asta ajută să ne eliberăm de gânduri. Asta încerc și eu.... din nou și din nou.... fără prea mult succes. Întrebările se rotesc în jurul meu ca niște lupi înfometați în jurul cerbului măreț, așteptând un semn de slăbiciune spre a se năpusti asupra lui. Cum să scap de aceste întrebări, cum să aflu drumul care să mă conducă spre acea liniște interioară spre care aspir acum? Nu cred că bâta de bambus a călugărului o să mă ajute prea mult. Poate că trebuie să revin la început. La începutul acțiunilor care m-au adus aici. Nu prea departe în timp. Doar cu vreo trei săptămâni în urmă.... începutul se află în Viena.

Viena, iulie 2002

Mâine va fi o zi mare și foarte importantă pentru mine – este un gând care parcă a devenit un fixaj mental ce m-a cuprins precum un luptător de sumo în brațele sale. Sau, mai degrabă, este locul unde mă retrag cu bucurie deoarece acolo se ascunde speranța unei schimbări la care visez de mai mult timp.

Vântul suflă puternic deoarece puținele construcții de beton ce se înalță până la această înălțime nu reprezintă un obstacol demn de luat în seamă. Trebuie să am grijă să nu-mi intre fumul de țigară în ochi, pentru că vântul acesta este un rebel care nu respectă nici o regulă. Noi doi semănăm într-o anumită măsură și, poate de aceea, ne-am împrietenit. Mie nu-mi plac regulile create de societate, iar el nu se lasă impresionat de clădirile ce i se ridică în față, gata să-l înfrunte. Găsește mereu un alt drum pe care vrea să-l încerce, să-l parcurgă curios parcă de greutățile care-i vor apărea în cale, dar și încrezător că va reuși să treacă peste ele.

Stau la cafeneaua care se află chiar deasupra Bibliotecii Centrale din Viena. O clădire nouă, inaugurată acum câțiva ani. Un loc unde se adună pasionații de cărți sau studenții chinuiți de lista de literatură obligatorie pe care profesorii le-au recomandat-o cu mândrie, ridicând de fiecare dată tonul când era vorba de propriile lor cărți. Este practic să ai un abonament aici. Cel mai ieftin este cel anual. Costă doar 15 €. Și ai acces și la o bază de date care conectează toate bibliotecile din Viena între ele, astfel încât, dacă nu găsești aici ce cauți, poți comanda cartea dorită de la adresa de unde îți arată calculatorul că ar fi disponibilă și, în câteva zile, o primești. Este foarte bine pus la punct acest schimb informaţional.

De unde am eu toate aceste informaţii? Este simplu: şi eu posed un astfel de abonament, fiind student în Viena. Sunt, ce-i drept, deja de mai mulţi ani student, la psihologie, dar şi asta este tipic pentru Viena. Aici, ori ai o susţinere financiară puternică – şi, dacă ai şi interes, termini studiul în cei 4-5 ani prevăzuţi – ori nu ai acest sprijin, şi asta înseamnă că, pe lângă timpul care trebuie acordat studiului, trebuie să ai o rezervă pentru activităţi care să-ţi asigure venitul necesar de a trăi şi studia în Viena.

Eu fac parte din cea de-a doua categorie, de fapt, ca şi mulţi alţi cunoscuţi de-ai mei.

Privesc de la această înălţime aproape pe deasupra acoperişurilor învecinate. Privirea mi se linişteşte pe îndepărtatele clădiri numite TwinTower din sectorul 10. Este fascinant cât de mult se poate descoperi din acest oraş, de la această înălţime. În stânga şi în dreapta se văd maşinile celor care se grăbesc spre casă. Că ei se grăbesc, descopăr în gesturile lor uşor nervoase sau în încercările fără succes de a schimba pe o altă bandă din cele patru, pe centura care înconjoară traseul metroului U6. Traficul de la această oră este foarte aglomerat. Şoferii din Viena dau şi în asemenea momente dovadă de o politeţe şi respect faţă de cei din jurul lor pe care nu am mai întâlnit-o în alte oraşe.

În aer se simte parcă apropierea weekendu-lui. Mâine este vineri. Iar dacă vremea se menţine ca şi astăzi, atunci ştrandurile din Viena vor fi din nou pline.

Încerc, trăgând din ţigară şi lăsându-mi privirea să se plimbe leneşă peste clădiri şi oameni, să-mi liniştesc agitaţia interioară. Doar jocul nervos al piciorului drept îmi trădează nelinştea.

Recapitulez planul de mâine. Trec din nou peste toate

posibilele variante şi încerc să descopăr fisuri. Întotdeauna reacţionez altfel. De data aceasta, este cea mai îndrăzneaţă dintre toate acţiunile realizate până la acest moment. Partenerul meu are o reţetă proprie pentru a se relaxa înainte de momentul care defineşte începutul planului stabilit împreună. Obişnuieşte să-mi zică:

— Mike, fii atent la mine; funcţionează întotdeauna: iau o sticlă de votcă, mă pilesc bine, îmi comand o „pussycat" din aia faină, de la agenţiile de escort, şi apoi dorm ca un baby. Totul este să-mi trimtă o fata care ştie cum să se poarte cu un băiat rău ca mine, şi rânjeşte făcându-mi semn cu ochiul.

— Mă bucur pentru tine, îi răspund. Mie îmi place să ştiu că am pregătit totul cu chibzuială. Şi, apoi, mai este şi această variabilă, numită imprevizibil, care poate apărea oricând.

Ţigara, zgomotul maşinilor, agitaţia celor din jur reuşesc după un timp să mă deconecteze. De fapt, am şi epuizat toate variantele posibile, precum un jucător de şah, şi am realizat că avem pentru aproape toate posibilităţile o soluţie. Unele dintre ele însă nu-mi doresc să fie puse în practică. Iar acel imprevizibil, acea necunoscută ne însoţeşte drumul deja de câteva luni bunişoare. Deci, încă este normal să fiu nervos. Îmi lipseşte experienţa pe care o are partenerul meu.

Important este să fiu eu sigur că nu am uitat nimic neverificat şi neanalizat. Mai mult nu pot face. Restul este şi o chestiune de timing, de cât de mult te poţi baza pe partenerul cu care lucrezi, şi de ceva noroc. Hmm, vom vedea, în curând, cât de bun este planul nostru, ţinând cont de faptul că au mai rămas doar câteva ore până la momentul de pornire a acţiunii noastre.

Între timp, mi s-a făcut şi foame şi-i fac semn chelneriţei să-mi aducă meniul. Chelneriţa este o fată tânără, probabil, o studentă din Germania. Mă uit după ea şi sunt dezamăgit de şoldurile mari pe care şi le leagănă când pleacă să-mi aducă comanda. O să-mi dau seama când o să-mi spună primele cuvinte. Am ajuns să descifrez diferitele dialecte ale limbii germane. În Austria, pot spune cu uşurinţă din ce regiune provine o persoană. În ceea ce-i priveşte pe cei din Germania, nu sunt în stare să fac o asociere cu regiunea din care provin. Pot însă remarca doar că nu sunt din Austria.

Ce dracului se întâmplă cu fetele acestea? Cu greu mai vezi fete tinere, în special când este vorba de studentele din Germania, venite la studiu în Viena, care să fie subţirele şi îngrijite. Dacă vezi asemenea fete prin Viena, poţi să fii aproape sigur că acestea sunt de cele mai multe ori străine venite ca turiste sau în căutare de muncă. Cele frumoase, care ştiu cum să se poarte cu un băiat „rău", aşa cum zice partenerul meu, sunt deseori din Europa de est sau din zone mai exotice.

Dar, astă seară, pe mine nu m-ar ajuta un tratament „a la Ali". Aşa îl cheamă pe partenerul meu, tipul cu care lucrez de peste un an.

Chelneriţa îmi aduce şniţelul vienez cu salată de cartofi şi berea rece, urându-mi poftă bună. După accent, îmi dau seama că este din Austria de Sus. Deci m-am înşelat... se pare că la categoria „fete" mai am destul de învăţat.

După prima înghiţitură, descopăr că, de fapt, îmi era foarte foame, astfel că, pentru minutele următoare, uit de calcule, de necunoscute şi de ziua de mâine. Şniţel vienez, cu un vânt vienez nebunatic într-o zi de vară.... Îmi place oraşul acesta...

După ce am terminat de mâncat, chelneriţa este deja în preajmă şi mă întreabă cu un zâmbet plăcut:

- Mai doriţi ceva?

- Un capuccino vă rog! răspund eu, aprinzându-mi o nouă

ţigară. Mai lenevesc vreo 20 de minute în timp ce privesc studenţii întinşi pe treptele ce duc spre platforma unde se află cafeneaua şi apoi hotărăsc să mă îndrept spre întâlnirea pe care am stabilit-o peste jumătate de oră.

Sunt pe jos, azi, astfel că mă folosesc de metrouri. Cu Metroul U6 şi apoi U3, ajung tocmai la staţia Stefansplatz, staţie care te duce la picioarele catedralei Sfântul Ştefan.

De fiecare dată mă impresionează această privelişte. Folosind scara rulantă, mi se dezvăluie pentru a nu ştiu câta oară, treptat, catedrala de dimensiuni şi de o architectură impresionante. Datorită vitezei mici a scării rulante, este ca şi cum ai pătrunde într-o lume unde trecutul cu prezentul se contopesc într-o mare de sunete şi culori. Vânzătorii de bilete la concerte, artiştii amatori, clovnii şi, mai nou, foarte la modă statuetele vii (oameni mascaţi şi vopsiţi în diferite culori) accentuează acest sentiment.

Mirosul lăsat de caii înhămaţi la caleştile care-şi aşteaptă cavalerii şi doamnele de onoare îmi răscoleşte nasul după primii paşi făcuţi de la ieşirea din staţia de metrou.

- Hei, Mike, ce mai faci, băiatule? Întorc capul spre stânga şi-l descopăr pe Paolo. Este singur la o masă de două persoane de la cafeneaua care este doar la câţiva metri de catedrală. Se pare că şi-a propus să păzeasca sticla de bere din faţa lui, deşi este aproape goală.

Îmbrăcat cu un tricou alb peste nişte bermude de un maro spălăcit şi cu nişte şlapi pe care eu i-aş folosi pentru a merge sub duş, Paolo simbolizează pe deplin vacanţa de vară studenţească în care studenţii îşi ling „rănile" căpătate în lupta cu examenele trecute. Şi cea mai bună terapie pentru o vindecare cu succes este de nu pierde niciun moment cu gânduri legate de examenele trecute.

- Ciao, Paolo! îi răspund, ştiind că-l fac o bucurie cu acest salut. Austriecii folosesc pentru asemenea întâlniri expresia „Servus!", însă Paolo este italian de origine şi, sincer vorbind, nici eu nu mă pot identifica prea mult cu salutul austriac.

- Ce faci aici? îl întreb.
- Mă uit după „puicuţe" dornice de un italiano vero, îmi răspunde Paolo.
- Şi motocicleta? Unde este parcată?

Întâlnirea mea cu Paolo nu este una întâmplătoare. Pentru planul de mâine avem nevoie de o motocicletă puternică. Iar Paolo are o asemenea frumuseţe şi o împrumută prietenilor lui apropiaţi.

- Nicio grijă, uite, aici sunt cheile, şi o descoperi uşor în parcarea subterană cu intrarea amplasată pe o latură a catedralei din faţa noastră.

Motocicleta lui Paolo o voi descoperi cu adevărat uşor. Este roşie şi de o formă aerodinamică, ai putea să zbori cu ea. Are un Kawasaki Ninja ZX-11 de 146 de cai putere şi poate ajunge până la 283 km/h. Pentru cunoscători, nu trebuie să povestesc mai multe. Pentru cei care cred despre motociclete că sunt doar gălăgioase şi deranjează traficul urban, le pot spune că încă nu au cunoscut ce înseamnă gustul libertăţii.

- Chelner, adu-ne te rog două beri reci, îi spun bărbatului care deja se şi apropiase de masa lui Paolo, bucuros că el s-a ţinut de promisiunea făcută.

Acum urmează să-mi fac şi eu datoria către el şi să ascult ultimele întâmplări petrecute în viaţa lui.

- Plata o daţi prietenului meu de aici, adaug eu, arătându-l pe Paolo. Chelnerul se uită la Paolo, cumva mirat de tupeul meu, însă Paolo îi răspunde zâmbind:
- Nicio problemă, faceţi aşa cum vi s-a spus.

Paolo este cu vreo doi ani mai mare decât mine – eu am împlinit de curând 23 –, şi face parte din prima categorie de studenţi: cei cu bani. Este de câţiva bunişori student la facultatea de sport şi nu pare a se grăbi. Ca şi înfăţişare, arată mai degrabă atipic italian, având un păr şaten, cu cârlionţi, un ten deschis, şi ochi albaştri. Însă după ce deschide gura, recunoşti repede că ai de a face cu un italian, chiar şi atunci când vorbeşte doar în germană. Nu neapărat datorită dialectului care se face simţit, cât, mai degrabă, din cauză că, până când gura lui a rostit două cuvinte, mâinile lui ţi-au spus o frază întreagă. Nu poţi să nu-l simpatizezi. Nici nu-mi amintesc să-l fi văzut vreodată prost dispus. Cum spuneam, face parte din prima categorie de studenţi. Tatăl lui are o companie renumită de transporturi internaţionale, iar Paolo este singurul lui băiat. Este atât de mândru de flăcăul lui voinic, student la Academia de sport din Viena, încât i-a deschis un cont la bancă. Un cont care se umple lunar cu vreo 3000€, după cum povestea Paolo. În Viena, această sumă reprezintă salariul de început al unui manager de companie.

Când l-am cunoscut, l-am întrebat de ce a ales facultatea de sport.

- Din două motive, mi-a răspuns Paolo: tata are relaţii foarte bine puse la punct, astfel că sunt destul de sigur că, după studii, voi începe să-mi fac ucenicia la clubul nostru de fotbal, favorit. După câţiva ani de ucenicie acolo, am sigur un post de antrenor.

- Şi al doilea motiv? îl întreb eu.

- Este singurul loc unde mai poţi întâlni fete cu un fund sexy garantat, mi-a răspuns zâmbind.

- Mare adevăr grăieşti, băiatule, i-am răspuns şi eu.

- Hai, noroc!...

Şi astfel a început o amiciţie care durează deja de trei ani. Paolo are întotdeauna pregătite câteva poveşti noi şi, de cele mai multe ori, picante. Poate a contat faptul că şi eu sunt de origine latină, că limba mea de origine este destul de asemănătoare cu a lui şi asta face ca discuţiile dintre noi să fie relaxante. Între timp, am învăţat şi eu câte ceva din simbolistica gesturilor lui şi o aplic cu bucurie când sunt în compania lui.

- Ce mai este nou pe la tine? îl întreb pe Paolo.

- Vrei să auzi ceva amuzant?

- Asta chiar ar fi nou pentru mine! Ceva nou şi nu pentru minori? îl încurajez să-mi povestească, ciocnind cu el cu sticla de bere şi savurând răcoarea ei în această seară caldă de iulie.

- Va fi loc şi pentru aşa ceva, replică Paolo şi începe istorisirea, spunându-mi care este preţul pentru motocicleta pe care am primit-o de la el.

- La sfârşitul de săptămână trecut, mă sună de la aeroport tata şi-mi spune că ar fi bine să vin să-l iau cu maşina. M-a sunat doar după ce aterizase avionul şi m-a informat imediat că doreşte să petrecem weekend-ul împreună. Tu ştii că, de când a murit mama, vizitele lui tata s-au înmulţit. De atunci a şi început să se intereseze mai serios despre cât mai am de studiat.

- Da, îmi amintesc, am zis zâmbind fără să vreau la gândul cât de mirat am fost acum un an când Paolo m-a căutat pentru nişte cursuri de pedagogie. Era un pic stresat de examenul ce urma. Crezusem prima dată că este o glumă, Paolo şi examenele. L-am şi întrebat dacă se simte bine auzind cât de serios îmi cerea cursurile. Atunci am aflat de moartea mamei lui şi Paolo mi-a spus că se apucă de treabă. A fost un moment care l-a răvăşit şi, de atunci, este mai des întâlnit la facultate.

- Da, deci l-ai luat pe tatăl tău de la aeroport.

- Apropo, erai singur în apartament când ai vorbit cu el la telefon?

- Bineînțeles că nu, tu știi că mie nu-mi place să dorm singur, eram cu Katarina, slovaca aceea blondă, de la biologie.

- Ah, chiar așa, răspund aproape cu invidie, frumoasă fată. Și blondă pe deasupra. Personal reușesc să reperez o blondă chiar și în orele de vârf ale metroului. Parcă ochii mei ar avea un radar reglat pe o singură undă de frecvență: frecvența de detectare a blondelor frumoase. Este foarte cunoscut că doi poli magnetici opuși se atrag întotdeauna. Cred că asta este valabil și în ceea ce privește aspectul brunet și blond, eu fiind un brunet de vreo 1,80 și circa 70 de kilograme. Iar ca aspect general, fac o impresie destul de bună asupra sexului feminin, nu mă pot plânge. Dar să revin la discuția cu Paolo...

- Și cum a reacționat Katarina când a auzit că te-a sunat tatăl tău?

- Prima dată s-a bucurat, crezând că o să urmeze un weekend la care o să ia și ea parte, unde o să-mi cunoască tatăl etc. Tu știi cum sunt femeile la chestii de genul aceasta, se înmoaie repede când este vorba de relații familiale. Când a aflat însă că tata o să înnopteze la mine și că weekend-ul împreună cu el înseamnă că ea trebuie să plece, s-a înroșit la față de supărare și a plecat fără să-și ia rămas bun. Destul de aiurea și pentru mine, nici nu apucaserăm să ne cunoaștem mai bine, înțelegi ce vreau să spun?

- Sigur că înțeleg, îi răspund, dar unde e partea amuzantă, că parcă despre așa ceva era vorba în povestirea ta...

- Ai răbdare, abia acum începe: îl iau pe tata de la aeroport și, după ce ajungem la mine și ne comandăm ceva de mâncat și discutăm despre ce s-a mai întâmplat de când nu ne-am mai văzut, mă trezesc cu babacul întrebându-mă dacă nu am chef de un masaj, deoarece el se cam resimte după săptămâna de lucru și că s-ar bucura de un masaj relaxant. Eu îl întreb dacă are vreo preferință și el spune că o singură condiţie ar avea, şi anume, să fie unul de tip asiatic, pentru că asiaticele sunt renumite pentru arta lor în masaj. Aşa că mă uit repede pe internet şi dau de un salon, erau chiar mai multe, însă am văzut că la preţuri erau la fel, şi anume 90€ pentru o oră, aşa că am ales unul mai din aproprierea noastră şi care părea să aibă încăperi mai modern mobilate. Pentru mine, continuă Paolo, este prima oară când merg împreuna cu tata la un salon de masaj, de fapt prima oară când mă duc la un salon de felul ăsta. De obicei, primesc masaj la mine în apartament, spune el oftând fără să-şi dea seama. „Se gândeşte din nou la Katarina...", îmi spun eu în sinea mea.

- Să ştii că începe să devină interesant şi, arătându-i sticla goală de bere, îl întreb:

- Mai dai o bere?

- Sigur, şi mie mi s-a uscat deja gura, răspunde el, arătându-i prin semne chelnerului că trebuie să se grăbească să schimbe sticlele de bere.

- Deci, mai departe, îl îndemn eu, acum, că problema cu sticla goală de bere a fost rezolvată

- Ajungem la salon şi acolo ne întâmpină o chinezoaică. Cel puţin, aşa aş spune, după cum arăta. Tu ştii că este al dracului de greu să-ţi dai seama care de unde vine. Pentru mine, toţi arată la fel.

- Nu-i chiar aşa, se deosebesc destul de clar, dar, te rog, continuă, răspund eu. Asia este un capitol aparte în viaţa mea. Încă nu am ajuns pe aceste meleaguri, dar plănuiesc de mult ceva în sensul acesta. Ah, dacă mâine va merge totul conform planului, dar scutur din cap pentru a-mi alunga nervozitatea, şi caut să mă concentrez din nou asupra poveştii lui Paolo.

- Uitasem să-ţi spun că pe homepage aveau ăştia şi un fel de meniu în care erau prezentate maseuzele, continuă Paolo, doar ochii le erau acoperiţi, însă cele din poze erau toate fete delicate, subţirele, finuţe. Ei, cea care ne-a întâmpinat cred că era mama lor. Că am şi întrebat de mai multe ori unde este Lynn, aşa se chema una din fetele de pe *homepage* pe care eu mi-o şi alesem încă de acasă. Tipa asta vorbea destul de prost germana, însă când a auzit de Lynn, s-a luminat la faţă şi a arătat cu degetul spre ea, spunând că ea este Lynn. Ea se luminase la faţă, iar eu mă întunecasem. Taică-meu rânjea deja cu gura până la urechi, el ştia că lui îi spusesem pe drum că eu o aleg pe Lynn, dar că rămâne ceva şi pentru el, aproape la fel de interesant.

- Paolo, zice el, uite că Lynn a ta abia aşteaptă să-ţi maseze corpul tău musculos. Dar întreab-o dacă mai este cineva pe aici, pentru că nu cred că ai vrea să o împarţi pe Lynn a ta şi cu altcineva, continuă el, râzând de-a binelea.

O întreb pe mama Lynn dacă mai este cineva disponibil şi pentru tata, iar ea se duce într-o cameră şi vine însoţită de o colegă de-a ei. Aceasta era oricum pe jumătate din Lynn, dar nu ca şi înălţime, se vedea de la o poştă ca avea clienţi mai des, iar că Lynn a mea era lipsită de mişcare, alfel nu-mi explic cum poţi să aduni ca şi maseuză atâtea kilograme pe tine. Părea chiar cu câţiva ani buni mai tânără decât „mama", iar tata îmi ură deja distracţie plăcută şi plecă cu cea de-a doua fată în cameră.

Lynn cu ochii strălucind îmi arată camera ei, care era aproape de locul de unde stăteam noi şi se şi îndreaptă spre ea. Eu o urmez ca un câine plouat, înjurându-l în sinea mea pe cel care crease homepage-ul acestui studio. Probabil că Lynn nici nu ştia cât de frumoasă era ea în lumea virtuală a internetului.

Îmi face semn să mă dezbrac, îmi arată că am un prosop curat şi că, dacă vreau, pot să folosesc şi duşul lor foarte modern, arătându-şi cu mândrie dinţii răriţi de timp şi de tutun. În clipa aceea a trebuit să închid ochii şi să-mi spun că acest sacrificiu îl fac pentru tatăl meu. Mda, poate era totuşi mai bine să nu o fi trimis pe Katarina acasă.

- Ah, tu ştii cum este taică-meu, m-ar fi bătut la cap dacă am gânduri serioase cu fata asta şi aşa mai departe, iar eu bineînţeles că aveam gânduri foarte serioase cu ea. Însă altfel de gânduri serioase decât cele la care se referea tatăl meu.

- Apropo, ce fel de gânduri aveai tu?

- De ceva timp, citesc Kamasutra şi mă bucur când apuc să experimentez nişte poziţii noi. Tatăl meu se referise, bineînţeles, la altceva...

- Tu ştii care este părerea mea depre această perioadă a vieţii. Nu caut nimic serios, ci vreau să cunosc fete cu origini cât mai diferite, de toate culorile şi toate gusturile posibile. Pentru ceva mai durabil, mai am timp. Dar să continui. În sfârşit, spre uimirea mea, după ce vin de la duş, Lynn începe să-mi enumere „serviciile" pe care le ofereau: masaj de 30 de minute, de 60 de minute şi, apoi, spune şi de 60 de minute cu ea dezbrăcată. Varianta a treia ar fi costat 120 €.

Când aud aceasta, izbucnesc deja şi eu în râs deoarece ştiu prea bine cât de pretenţios este Paolo în ceea ce priveşte frumuseţea corporală a unei femei.

- Şi tu ce ai răspuns? îl întreb pe Paolo, care zâmbeşte şi el văzând că povestea lui are efectul promis asupra mea.

- Păi, asta este, că nu prea am putut să răspund imediat, pentru că primul meu gând a fost „Mamma mia!", şi am început să mă gândesc cât de repede pot să ies din cameră, şi mai ales pe unde.

Lynn era postată în faţa uşii de intrare, îmbrăcată într-un chimonou, iar eu eram doar cu un prosop în jurul şoldurilor. Observasem şi că Lynn a mea nici nu mai avea nimic altceva pe sub chimonou. Unde dracului am ajuns eu căutând un masaj pentru tatăl meu? Văzând că nu mă decid aşa de uşor, Lynn repetase deja de câteva ori cele trei variante şi, de fiecare dată, când ajungea la ultima, mai lărgea din chimonou în jurul pieptului sau, ma bine zis, în jurul buricului. Fiind şi mică de înălţime, iar sânii ei, chiar dacă nu erau mari, se supuseră, se pare, de mult timp, legii gravitaţionale...

- Masaj de 60 de minute, îmbrăcată! aproape că am strigat eu, ştiind că tata optează sigur pentru 60 de minute şi m-am şi aruncat pe masa de masaj cu faţa în jos, închizând ochii.

- Şi cum a reacţionat Lynn la reacţia ta de băiat pudic? întreb eu hohotind.

- Lynn a mea începu să mă maseze şi trebuie să recunosc că la asta se pricepea foarte bine. Eu închisesem oricum ochii şi începusem să mă gândesc la Katarina şi la capitolul din Kamasutra pe care îmi propusesem să-l citesc împreuna cu ea, când mă trezesc cu mâna lui Lynn care coboară între picioarele mele şi începe să-mi maseze zona aflată între anus şi testicule.

- Ce spui tu aici, la care parte a corpului te referi? îl întreb râzând, parcă o şi vedeam pe chinezoaica mică, grasă şi bătrână cu mâna scotocind între picioarele lui Paolo care are un corp bine antrenat şi măsoară peste 1,80 m.

- Râzi tu, râzi, dar nici eu nu-mi explic prea bine ce s-a întâmplat, poate pentru că mă gândisem tot timpul la corpul fraged al Katarinei, poate şi faptul că, în cele 30 de minute de stat cu faţa în jos, uitasem cum arată Lynn, poate că în zona asta sunt nişte puncte mai erogene, cunoscute de asiaticii ăştia, cert este că m-am trezit cu o erecţie puternică, astfel că mângâierile lui Lynn erau destul de plăcute. La un moment dat, o aud spunându-mi să mă întorc pe spate, iar după ce mă conformez, ea începe să-mi maseze penisul cu ulei de trandafiri. Devenisem destul de excitat, suprafaţa penisului pe care trebuia să o maseze Lynn aproape că se triplase. „Mda, sigur se triplase!" îmi spun în sinea mea, dar nu zic nimic cu glas tare, ştiu prea bine că părerea proprie despre cât de mare ne este podoaba dintre picioare este foarte subiectivă.

- Deci Lynn ţi-a masat şi penisul. Poate că se îndrăgostise de tine. Aşa un flăcău frumos nu ajunge zilnic în mâinile ei! îi spun eu, ironizând un pic situaţia.

- Mă bucur că te amuzi, zice Paolo, dar, la un moment dat, îmi cuprinde penisul cu amândouă mâinile şi începe să facă nişte mişcări de rotaţie cu ele şi, în acelaşi timp, le deplasa în sus şi în jos. Îţi spun, Mike, aşa ceva încă nu am trăit. Senzaţia că mă apropii de orgasm devenea tot mai intensă şi, cum spuneam, aveam ochii încă închişi. La un moment dat, Lynn încetează brusc cu această mângâiere, deşi eram foarte aproape să explodez, şi aud un fâşâit de stofă. Deschid ochii mirat şi deranjat în acelaşi timp că se oprise, şi o văd pe Lynn goală puşcă zâmbindu-mi înfiorător şi spunând într-o germană stricată:

- Tu, corp frumos, eu, cadou la tine, Lynn, goală, gratis, pentru tine!

Eu aproape că mă tăvălesc pe jos de râs, până şi turiştii care ies din catedrală se uită curioşi spre noi, crezând că poate se fac şi aici ceva jonglerii.

- Ei, acum am o întrebare la tine ca unul care studiază psihologia: din clipa aceea, şi sunt deja vreo cinci zile de atunci, penisul meu nu a mai avut nici o erecţie. Nici măcar dimineţile când de obicei mă trezeam cu el tare ca piatra. Nimic, gata, parcă ar fi de 80 de ani. Îţi spun eu, o femeie ca Lynn te poate îmbolnăvi pentru totdeauna de impotenţă. Ce mă sfătuieşti să fac? mă întreabă el foarte serios.

Este greu să dai un sfat cînd nu te poţi opri din râs. Încerc să mă reculeg, văzând cât de serios mă priveşte Paolo, descopăr chiar o urmă de îngrijorare în ochii lui.

- Paolo, îi spun, în primul rând, încetează să te mai gîndeşti la Lynn, apoi încetează să-ţi mai faci griji din cauza penisului şi, în al treilea rând, invit-o pe Katarina să petreacă weekend-ul cu tine. Şi închide telefonul ca să nu mai fi deranjat de nimeni şi-ţi garantez că apuci să parcurgi chiar două capitole din Kamasutra împreună cu Katarina. Cu o singură condiţie, adaug eu.

- Care? mă întreabă Paolo, privndu-mă cercetător.

- Să reuşesti să te împaci cu Katarina.

- Ah, asta era, problema asta am rezolvat-o, am sunat-o deja şi m-am întâlnit cu ea, i-am oferit un buchet de flori şi mi-am cerut scuze. Weekend-ul este de asemnea asigurat, a spus că mă iartă dacă îi promit că-l petrec doar cu ea. Tu ştii foarte bine că fetele nu rezistă la un tip simpatic cu un buchet de flori şi care-şi cere scuze, recunoscând că a greşit.

- Asta aşa este, îi răspund eu, eu şi Paolo avem aceeaşi cultură în ceea ce priveşte cum trebuie să tratezi o fată pentru a avea succes.

- Bine ai făcut, îi spun eu, deci nicio grijă, ai să vezi că o să fie totul ok.

- Dacă spui tu, atunci te cred, răspunde Paolo. Însă pe cuvânt, Mike, dacă ai fi văzut şi tu părul ăla dintre picioarele lui Lynn şi chestiile alea în rol de sâni, atârnând...

- Paolo, îi spun eu cu o voce ridicată, gata, am zis, trebuie să încetezi să-ţi aminteşti de Lynn, ok? Dar tatălui tău cum i s-a părut tratamentul? îl întreb eu.

- El părea foarte mulţumit, nu ştiu care varianta din cele trei oferte a ales, însă când am ieşit afară, m-a bătut pe umăr, şi mi-a zis: „Paolo, mulţumesc, de aşa ceva chiar avusesem nevoie..." Habar n-am la ce s-a referit exact, dar nici nu am vrut să aflu detalii.

Mda, cu Paolo se poate întotdeauna petrece o seara plăcută. Între timp a trecut de 10 seara şi e timpul să mă duc spre casă. Povestirea lui Paolo m-a făcut să uit de grijile legate de mîine.

- Şi cum rămâne cu planul tău de a petrece câteva luni în partea asiatică a acestei lumi? mă întreabă Paolo spre final. Eu am povestit într-un cerc restrîns de prieteni că plănuiesc să fac o pauză cu studiul şi să plec într-o călătorie mai lungă în Asia. Este ceva obişnuit pentru generaţia mea ca tinerii să facă o călătorie mai îndelungată, vizitând mai multe ţări, să cunoască obiceiuri de viaţă diferite şi alte mentalităţi. Este chiar foarte bine apreciată o asemenea experienţă în momentul în care te anunţi la o companie pentru un job mai bine plătit. O asemenea călătorie intră în categoria *experienţă de viaţă.*

- Dacă totul merge bine, foarte, foarte curând! îi răspund lui Paolo, ridicându-mă şi luându-mi rămas bun.

- Apropo, motocicleta o vei primi mâine înapoi. Mulţumesc că ai adus-o.

- Nicio probemă, tu ştii că eu îmi ajut prietenii cu plăcere, răspunde Paolo.

- Distracţie plăcută cu Katarina, adaug eu la final.

- Mulţumesc de sfat, răspunde el, iar eu mă îndrept spre parcarea subterană unde mă aşteaptă „jucăria" lui Paolo.

Am aflat de o nouă aventură erotică a lui Paolo, preţul cu care calculasem pentru a primi motocicleta pe care de mai multe ori am împrumutat-o de la el. Ali a fost instructorul meu personal, astfel că, după câteva luni, aş putea spune că o stăpânesc destul de bine. Iar mâine voi avea nevoie de un mijloc rapid de transport.

*

Parchez motocicleta la câteva minute de mers pe jos de garsoniera pe care o am de 4 ani de când am venit să locuiesc la Viena. Deşi este ora aproape 11 seara, pe stradă se văd încă bărbaţii care stau de vorbă cu vecinii la o ţigară sau copiii care, fiind în vacanţă, sunt greu de dus la culcare. Cartierul acesta este dominat de turci, asiatici şi studenţi ca şi mine, deoarece chiriile sunt moderate.

Ajung, în sfârşit, în locuinţă şi pornesc laptopul. Zâmbind, mă întreb la care reţea wireless să mă conectez acum. Fiind un bloc unde locuiesc peste 60% studenţi, când porneşti căutarea de reţele wireless, se umple o listă întreagă cu ele, cu diferite nume şi putere de emitere. Eu am reuşit până acum să trec peste măsurile de securitate a 4 dintre ele, astfel că de un an de zile deja eu nu mai sunt abonat la internet, ci folosesc, pe rând, câte una din ele. Cel mai simplu a fost cu reţeau fetelor, studente la literatură, care locuiesc deasupra mea. Auziseră că eu mă pricep la calculatoare şi, când li s-a stricat routerul pe care îl instalase un prieten de-al lor, un polonez care plecase apoi pentru vreo şase luni înapoi, în Varşovia, erau disperate. Aşa că m-am dus să le instalez routerul cel nou, mi-am setat un account şi pentru mine, şi, în loc de plata oferită de ele, am acceptat doar invitaţia la masa de seară, pentru că spaghetti erau deja gata, iar sosul bolognese îmi excitase mirosul de când ajunsesem la ele stomacul gol. Pe atunci eram cam tot timpul flămând.

Trebuie să adaug că, dacă nu ai o legătură stabilă de internet, ca şi student, nu ai nici o şansă să faci nici cel mai mic progres în studiul ales. Până şi la examene nu te poţi anunţa decât prin platforma pusă la dispoziţie online. La primele examene, stăteam în faţa laptopului şi înjuram bugetul universităţii care nu le permite să-şi ia un server mai performant. Asta până am aflat nişte trucuri de la cei cu experienţă. Problema nu era atât de mult serverul, aşa cum crezusem eu, cât două lucruri. Primul era că aproape pentru toate examenele care se anunţau existau mult mai mulţi studenţi în comparaţie cu locurile puse la dispoziţie. Aşa că, dacă de exemplu anunţul la un examen era deschis pe platforma online între 12:00 şi 14:00, iar eu, la început, încercam după o oră, să mă loghez, reuşeam acest lucru, însă toate locurile erau deja ocupate şi fluieram a pagubă. Apoi am început tot mai repede să mă anunţ, ajungând până la 12:01. Iar în această perioadă am descoperit că primeam un singur mesaj: „Server too busy, please try later". Cei cu experienţă mi-au sugerat să încep încercările de logare vreo 5 minute înainte de ora oficială, deoarece la ora 12:00 tehnicienii întotdeauna îl pornesc ceva mai devreme. Şi, de atunci, nu am mai avut probleme, cam un minut sau două înainte de 12:00 eram deja logat şi la 12:01 mă şi puneam pe listă.

M-am ferit să vorbesc cu alţii despre asemenea informaţii, deoarece şi eu ajunsesem cu greu la ele. Faptul că pe atunci îmi câştigam banii oferind servicii de administrare, instalare şi suport la mai multe firme din Viena, care erau prea mici să aibă propriul angajat de IT, mă ajutase să ajung la aceste informaţii. Oricum, vorbind cu prietenii mai vechi rămaşi în ţara mea natală despre sistemul universitar de aici, am aflat că, de fapt, acolo au foarte multe avantaje în comparaţie cu universitatea din Viena. Deci aici deseori am participat la cursuri stând în picioare. Aici totul este pus pe internet, este totul descris online, iar tu îţi faci propriul tău plan de învăţat. Doar examenele sunt stabilite la anumite zile şi ore, se repetă maximum de trei ori pe an, iar tu, ca să primeşti diploma de absolvire a studiului ales, trebuie să reuşeşti să promovezi toate examenele puse pe listă pentru studiul respectiv. Dacă reuşesti să dai toate examenele doar în doi ani sau în zece, asta nu interesează pe nimeni. Atâta timp cât plătești taxa de student, ești înregistrat și se ține evidența examenelor luate sau picate. De aceea și eu, deși sunt student deja de patru ani, am ajuns să trec în vara asta doar de jumătate de examene.

Îmi verific inbox-ul și descopăr și e-mailul de la Ali, scurt dar liniștitor. „Alles im butter". Totul merge conform planului. Asta apreciez la Ali, te poți baza pe el, e complet diferit de conaționalii lui. Ali este tunisian, cel puțin părinții lui sunt tunisieni, el fiind deja născut în Austria. Am petrecut două săptămâni la mare, în Tunisia, și, până atunci, nu cunoscusem un popor, care, de la mic la mare, adica de la vârsta de cinci ani până la bărbații maturi, să aibă o fixație atât de clară și puternicăm și anume: cum pot să-l fraieresc pe turistul acesta naiv. Problema lor începe când turistul nu este atât de naiv cum cred ei, atunci le dispare repede zâmbetul politicos cu care încercau să-și ascundă viclenia cu care cred că sunt înnăscuți. Mă trezesc zâmbind de unul singur, amintindu-mi de o altă obsesie foarte evidentă a bărbaților tunisieni. Ceva avem în comun, mă gândesc: ne plac tuturor blondele, cu o singură diferență: ei umblă aproape cu limba scoasă și, dacă nu le-ar interzice religia, probabil și cu altceva scos afară. Astfel că nu pot să nu râd când îmi amintesc de fața chinuită și transpirată a unui tânăr tunisian care tocmai desena un tatuaj pe plajă unei blonde, în regiunea buricului. Transpirația și tremuratul mâinii se datorau celor doi sâni foarte mari, și foarte goi, care se legănau sub fruntea lui. Blonda făcea asta intenționat. Nu putea să-și ascundă zâmbetul de satisfacție văzând cum transpiră tânărul artist, fiind, evident, și foarte mândră de podoabele ei. Arăta cu adevărat foarte atrăgător, dar mult mai interesant a fost în acele momente să urmăresc cum tunisianul se zbătea la limitele stăpânirii de sine. O asemenea experienţă lasă urme adânci în psihicul unui tânăr. Cert este că, după ce a terminat tatuajul comandat, tipul s-a aruncat în mare.

Deci Ali zice că este totul pregătit, iar cum sunt deja obosit, mă arunc în pat după ce am mai verificat încă o dată că şi lucrurile mele pentru mâine sunt pregătite. Mâine este, într-adevar, o zi mare.

A doua zi...

Vineri ora 6:30. Afară este deja cald. Cu atât mai neplăcut pentru cei doi muncitori de la compania care aparţine oraşului Viena şi este responsabilă de adunarea gunoaielor de la blocuri şi firme. Echipamentul de lucru obligatoriu este adaptat celor patru anotimpuri şi, deşi cel de vară prevede un tricou destul de subţire, pantalonii tip salopetă sunt totuşi incomozi pentru zilele călduroase. Cei doi se ocupă de ceea ce toţi locuitorii de pe această străduţă mică şi liniştită ar numi prima fază în adunarea gunoiului, şi anume, pătrund în fiecare scară şi scot afară cutiile mari de plastic în care oamenii au depus în cursul zilelor trecute resturile menajere. Adunarea gunoiului, care cuprinde în cea mai mare parte resturi de mâncare, se face separat de gunoiul creat de ambalaje, cartoane, hârtie de tot felul. Pentru sticle există, de asemenea, un container separat. În timp ce strânsul produselor care se pot recicla uşor se realizează o dată pe săptămână, gunoaiele care conţin produse uşor degradabile, precum resturile aliementare, se strâng chiar şi de trei ori pe săptămână. Niciun locuitor nu ar putea spune cu exactitate de câte ori pe săptămână apar aceşti lucrători ai echipei de salubrizare. Iar dacă un pensionar ar privi din întâmplare pe geam, mai degrabă s-ar bucura văzându-i pe oameni la lucru decât să devină suspicios asupra faptului că şi ieri mai trecuse maşina de adunat gunoiul pe această străduţă.

Iar astăzi, cei doi muncitori au aliniat din nou la marginea trotuarului cutiile. Chiar dacă nu sunt pline, cutiile degajă un miros neplăcut, amplificat de căldura de afară.

Faza a doua de strângere a gunoiului constă în golirea acestor cutii în maşina de gunoi care întotdeauna urmează celor doi gunoieri. Toată lumea este deja obişnuită cu acest sistem. Deseori, cei care pleacă dimineaţa devreme la serviciu îi întâlnesc pe aceşti oameni, iar, undeva, în spatele lor zăresc sau aud maşina de gunoi care se îndreaptă spre cutiile aşezate la marginea trotuarului. Astăzi, cei doi gunoieri se pare că au scos toate cutiile de pe partea dreaptă a străduţei şi îşi povestesc ceva amuzant, aşteptând să-i ajungă din urmă maşina de salubrizare. Sunt aşezaţi de o parte şi de cealaltă a unor trepte ce duc nu spre o scară de bloc, ci doar spre o uşă deasupra căreia scrie foarte sec: „Intrare doar pentru personal autorizat". În apropiere de această intrare se află parcată şi o motocicletă frumoasă.

Femeia între două vârste care tocmai a trecut colţul şirurilor de blocuri care încadrează ca nişte paznici această străduţă liniştită strâmbă fără să vrea din nas.

Este vineri şi, cum încă nu a apucat să-şi bea cafeaua de dimineaţă, atenţia ei funcţionează la randament scăzut. Altfel, poate ar fi observat mirată că maşina de gunoi nici nu se vede şi nici nu se aude în depărtare. Dar este mai degrabă atentă să-şi ţină respiraţia când trece pe lângă cutia de gunoi şi pe lângă muncitorul mai scund care o mai desparte de intrarea spre locul de muncă. Faptul că cei doi muncitori sunt bruneţi nu trezeşte nici o întrebare în mintea ei, mai degrabă un fel de milă foarte trecătoare pentru această clasă muncitoare, reprezentată în majoritate de către străinii din Viena. Dacă nu ar fi ei să strângă gunoaiele austriecilor, s-ar crea o adevarată problemă în acest oraş. Pe cei care sunt născuţi ca austrieci în acest oraş nu-i prea zăreşti făcând aceste „munci de jos". Mai bine trăiesc din şomaj şi visează la o poziţie de conducere decât să accepte orice job. Cert este că şefa acestei filiale de bancă nu înregistrează decât fugitiv, cu respiraţia oprită, pe cei doi bărbaţi care sunt întorşi cu spatele la ea.

Atentă să deschidă cât mai repede uşa de intrare, se scapă aproape pe ea când se trezeşte aproape luată pe sus şi împinsă în interiorul băncii. Este complet derutată. Mâna puternică care i-a astupat gura, vocea nervoasă de bărbat care îi tot spune ceva răstindu-se la ea şi, mai ales, mirosul acesta neplăcut care i-a invadat nările. Fiind cu gura astupată, a început să inspire cu sete mare de oxigen pe nas şi credea că era la un pas să vomite, însă tocmai mirosul înţepător şi neplăcut o readuce cu picioarele pe pământ. Este chiar mirosul neplăcut de gunoi pe care încercase să-l evite cu câteva clipe mai înainte. „Gunoierii!" Gândul puternic îi apare în conştiinţa aflată încă sub şoc.

Acum înţelege şi ceea ce eu i-am repetat deja de două ori. „Dezactivează alarma sau îţi scot ochii!" strig eu, mişcând acum şi un briceag în jurul ochilor ei. Gunoierul cel scund eram eu, iar cel înalt este Ali. În momentul în care femeia a trecut pe lângă mine, mi-am ridicat eşarfa pe care o aveam în jurul gâtului (portocalie şi ea, ca celelalte piese ale echipamentului de gunoier) şi m-am furişat în spatele ei în timp ce deschidea uşa. O parte bună are şi acest echipament: mânuşile mari de cauciuc, care nu lase amprente. De aici şi mirosul puternic care a pătruns în nările femeii.

Văd că acum înţelege ce vreau de la ea, şi o grăbesc către panoul de dezactivare a alarmei aflat în spatele uşii. Dacă este setată standard, instalaţia de alarmă se declanşează după 30 de secunde de la deschiderea uşii. Deci nu ne-au mai rămas decât vreo 15 secunde până când trebuie introdus codul. Iar Ali m-a asigurat că în 98% din cazuri se folosesc setările standard. Acesta este unul din momentele unde acel imprevizbil poate apărea. De exemplu, ca femeia să leşine şi atunci ar trebui să lăsam totul baltă. Mânuşile de gunoier sunt însă o binecuvântare. Femeia nu leşină.

Surpriză: femeia nu introduce nici un cod, ci doar trece cu degetul arătător peste un senzor, bănuiesc eu, deoarece văd că o luminiţă verde ia locul ledului roşu de mai înainte. Nu trebuie să-i las prea mult timp să-şi revină din şoc, pentru că există pericolul să înceapă să gândească singură. Iar acum am nevoie ca ea să execute ceea ce vreau, ca un robot. Deschid prima uşă de pe dreapta şi descopăr că aici se află bucătăria pentru angajaţi. Un loc pentru pauza de masă, cu o masă în mijloc, având un colţar pe partea dreapta a zidului, iar pe partea stângă, câteva aparate electrocasnice necesare unei bucătării: frigiderul, aragazul şi o suprafaţă de pregătit mâncarea. O aşez pe femeie pe un scaun din jurul masei şi-i spun să nu întoarcă capul spre mine. Repede scot banda de izolat din buzunarele largi ale pantalonilor de salopetă şi-i astup gura, trecând de două ori banda în jurul capului. Mâinile le leg în spatele scaunului cu cablu special folosit deseori în serviciile de calculatoare pentru a aranja haosul creat de toate cablurile care se adună în jurul unui loc de muncă. Sunt cabluri speciale, care nu se mai pot desface decât doar prin tăierea lor. Mă întorc repede spre uşa de la intrare şi ascult concentrat. Nu, nu se aude nimic. Toată acţiunea aceasta a durat mai puţin de două minute. Acum pornesc aparatul de comunicare cu Ali, îmi închid briceagul şi-mi scot pistolul din buzunarul drept al pantalonilor. Îmi sterg transpiraţia de pe frunte. „Drace, ce tare mai put mănuşile astea!" îmi zic, bucuros totuşi că un prim hop a trecut cu bine. Am avut multe emoţii legate de acest prim pas. Mi-a fost teamă că femeia o să leşine de frică. Intenţionat mi-am plimbat mănuşile prin cutia de gunoi, ştiind că un astfel de miros trezeşte şi morţii. Dacă începea să vomite, m-ar fi deranjat mai puţin, important era să reuşim să dezactivăm alarma la timp. Mă uit la ea. Încă nu a îndrăznit să se uite la mine. Acesta este un semn bun. Înseamnă că încă este sub şocul produs de schimbarea neaşteptată a ritmului ei cotidian. Deşi se zvoneşte că angajaţii unei bănci primesc cursuri speciale referitoare la cum au să se comporte în cazul unui atac al băncii, se pare că aceste cursuri nu prea sunt de valoare. Văd cum umerii îi tremură sub fluxul de adrenalină care se descarcă prin corpul ei. Îi spun, aplecându-mă la urechea ei, că, dacă va coopera cu noi, totul va fi gata în mai puţin de o oră. O întreb dacă este dispusă să coopereze, iar ea dă repede afirmativ de mai multe ori din cap. Foarte bine, îmi spun, nici nu mă aşteptam altfel, în fond şi la urma urmei, banca este asigurată, iar ea trebuie doar să fie atentă să nu facă vreo prostie şi să-l supere pe omul „negru". Adică pe mine sau pe Ali..

Dintr-o dată, îl aud pe Ali şoptind în walkie-talkie: „Puicuţa este într-un minut la tine!"

Îmi imaginez foarte uşor scena de afară pentru că am urmărit mai multe săptămâni la rând aceste momente şi am plănuit totul în detaliu: Ali cară cutiile de gunoi din nou în scară, iar cea de-a doua angajată a băncii, o tânără aproximativ de vârsta mea, îndreptându-se fără griji către, probabil primul ei loc de muncă, şi zâmbind nepăsătoare aceste zilei frumoase de vară.

Aud cum se deschide uşa şi mă lipesc de peretele bucătăriei, lângă colţar. Aşa cum mă aşteptam, se îndreaptă mai întâi spre bucătărie, astfel că eu sunt deja în spatele ei, astupându-i la timp gura căscată de uimire când își vede șefa legată de scaun. Și pe ea o așteaptă aproape același tratament. Nu a fost nevoie să folosesc încă pistolul. Oricum, în afară de a speria muște cu el, nu cred să folosească la altceva, e de jucărie, dar arată înspăimântător, și acesta este singurul efect dorit de la el. Pe tânără o lipsesc de tratamentul cu briceagul, însă din „parfumul" de gunoi trebuie să inhaleze și ea destul. Din nou se aude vocea lui Ali, care spune: „Eu îl aduc pe bunic". Se referă la cel de-al treilea angajat al acestei filiale mici, un tip aproape complet chel, cu burtă mare, la vreo 50 de ani. O mutră destul de antipatică, probabil responsabil pe partea de credite pentru clienți, pus anume să distrugă avântul clienților care ar spera să primească condiții de creditare mai bune.

Ali intră în bucătărie cu „bunicul", ținându-i una din mâini îndoită la spate. Cred că zâmbește sub eșarfă, după poziția corpului, mutălăul ăsta nu a opus nici o împotrivire. Ca și înălțime, bunicul urâcios de abia ajunge până la pieptul lui Ali și se vede pe ochii lui că o să mai dureze până o să poată vorbi din nou.

Arăt doar cu mâna lui Ali că la mine este totul ok și, în timp ce el îl leagă pe bătrân, îi dezleg cu briceagul mâinile șefei de filiale, spunându-i scurt:

- Banii, vrem toți bani pe care-i aveți aici!

Ali îmi aruncă una din cele două genți aduse cu el pe umăr, nu înainte de a scoate un mic aparat, asemăntor cu cel folosit în industria de construcții când se caută a se depista cablurile de curent din perete. Aceste aparate reacționează la tensiuni de curent și sunt foarte sensibile și la tensiuni foarte joase, emițând semnale acustice care cresc în intensitate pe măsură ce te apropii de sursa de tensiune. Eu, bineînțeles că nu o să caut dupa cabluri de curent în perete, ci mă îndrept cu şefa de filială spre seiful băncii. Fiind o filială mică, nici nu mă aştept la uşi masive de oţel, groase de un metru, de care nu poţi trece decât distrugând zidul împrejurul uşii aşa, cum se întâmplă uneori în filmele americane.

Ne îndreptăm spre biroul managerului de filială. În momentul în care intrăm, o apuc scurt de păr pe şefă, o trag spre pieptul meu şi-i spun:

- Fără şmecherii tâmpite, nu încerca să declanşezi vreun semnal de alarmă, nu merită!

Este evident că nu este obişnuită cu asemenea duritate. Reuşeşte însă să mişte aprobator din cap.

- Vreau să-ţi văd ambele mâini. Tu îmi arăţi unde ţineţi banii. De rest mă ocup eu. Femeia îmi indică dulapul din dreapta.

- Treci în mijlocul camerei şi ţine mâinile după ceafă! îi comand eu, ajungând din trei paşi la dulapul arătat de ea. Îl deschid şi, într-adevăr, aici se află seiful. Este o cutie mare de metal, probail de vreo 200 de kilograme, care nu este blocată cu un cifru, ci are doar un mâner uriaş care se poate roti doar cu ambele mâini deodată, iar dedesubtul mânerului se află locul de introdus cheia.

- Unde este cheia? o întreb pe şefă. Femeia face semne că vrea să vorbească, dar se uită cu chii temători la mine, nu îndrăzneşte să-şi dea singură jos bandajul din jurul gurii. Din câţiva paşi, sunt din nou la ea şi, prinzind-o din nou de păr, îi şoptesc în ureche:

- Am să te las să vorbeşti, dar să nu încerci vreo prostie, m-ai înţeles?

Văzînd că mesajul meu a fost înţeles, îi eliberez uşor gura. Urmele roşii lăsate în jurul gurii arată calitatea benzii de lipit.

- La biroul meu, în sertarul a treilea, se află o cutie metalică. Cutia se deschide cu o cheie aflată la mine în poşetă, spune ea şoptind.

- Drace, şi unde este poşeta ta, o întreb eu; nu îmi amintesc să fi remarcat o poşetă la ea.

- În bucătărie, acolo unde am şi celelalte lucruri personale.

- Întoarce-te cu spatele, mâinile la ceafă şi mergem în bucătărie.

- Mai sunt şi alte lucruri în bucătărie de care ai nevoie pentru a ajunge la bani? Încep să cred că vrei să tragi de timp, iar asta mă enervează!

- Nu, doar atât. Cu această cheie aveţi acces la seif, răspunde ea, gata să izbucnească în plâns.

Ali se uită întrebător la mine, apoi la genţile evident goale de pe umărul meu şi din nou la mine.

Eu îi răspund sec:

- Cheia de seif se află în poşeta femeii – şi o împing pe şefă în bucătărie:

- Ia imediat cheia şi nu încerca să tragi de timp. Suspinând, femeia se îndreaptă spre poşeta maro aruncată pe masă.

- Dar bunicul, ce-i cu el, nu a fost cuminte? îl întreb eu arătând spre omul mai în vârstă care îşi ţinea o batistă la nas, din care îi curgea sânge.

- A încercat să facă pe eroul, răspunde Ali, a trebuit să-l învăţ să stea la locul lui. Un pumn în nas şi s-a cuminţit.

- Mda, metode sigure, mormăi eu şi o trag afară pe femeie, am văzut că avea deja în mână o cheie.

Eu mă întorc cu şefa – şi ca măsură de siguranţă şi cu poşeta ei – găsesc cutia metalică din sertarul arătat de ea şi apoi scot o cheie lungă de vreo 20 de centimetri. Cu această cheie, seiful se lasă deschis, iar acum ma bucur de vederea bancnotelor. Mă asigur că şefa rămâne în mijlocul camerei.

Mă întorc spre seiful care are trei rafturi şi scanez cu aparatul de la Ali fiecare raft în parte. Aparatul începe să emite semnalele acustice care îmi spun că nu miroase a bine.

Nu-mi rămâne altceva de făcut decât să golesc raft după raft, pe podea, împrăştiind pachetele de bani şi să caut astfel pachetul cu belea.

Adun în final trei pachete la care scanerul emite sunete intense. Bingo, îmi trece prin cap, pachetele blestemate le-am găsit, restul este al nostru.

Asemenea pachete care explodează după părăsirea clădirii băncii şi împrăştie o vopsea roşiatică în tot spaţiul din jur au făcut viaţa amară multora dintre cei care au încercat să ia bani de la bancă. Din toată munca nu ar fi ramas apoi decât nişte hârtii nici măcar bune să te ştergi cu ele la cur. Dar am trecut şi peste acest hop.

Umplu cele două genţi, nu sunt ele prea pline, dar am stabilit să împărţim deja de la început banii găsiţi. Pentru orice eventualitate, se înţelege.

Mă uit la ceas. Au trecut deja 15 minute de când Ali a intrat cu ultimul angajat.

- Acum mergem la casele de bani, îi spun şefei. Ai tot ce-ţi trebuie? Ea doar dă din cap. Sunt două case de bani. Şefa se apleacă în jos, deschide o uşă la picioarele casei de bani, dar eu deja sunt peste ea.

- Drace, femeie, ţi-am spus că tu nu ai voie să faci nimic, doar să-mi spui mie ce este de făcut! Şi o apuc cu mâna de gât, uitându-mă de sus în jos la ea.

- Încă o mişcare asemănătoare şi nu garantez pentru siguranţa ta. Ochii ei mari, îngroziţi, îmi arată că m-a înţeles. Îmi spune cu o voce raguşită că uşa are un cod de deschidere, şi-mi spune şi cifrele. După introducerea codului, uşa se deschide de la sine şi un un raft coboară automat, aducând pe el banii aflaţi în casa de bani. Sunt aşezaţi în cutii de mărimi diferite, după valoarea bacnotelor aflate în ele. Cea mai mare bacnotă este cea de 100€. Aici nu mai folosesc scanerul fiindcă sunt sigur că nu vrea banca să sperie clienţii cu bancnote care explodează după ce le-a băgat omul în buzunar.

Nici nu sunt mulţi bani, dar, când i-am spus şefei de filială că vreau toţi banii din bancă, am vorbit serios. Şi, pe de altă parte, am sperat că dau de o casă de bani proaspăt umplută cu bancnote, însă se pare că au devenit şi cei de la bancă ceva mai atenţi de când cu furturile. Acţiuni destul de brutale şi cu risc ridicat. Nu este stilul meu.

Cea de-a doua casă de bani funcţionează după acelaşi sistem şi chiar cu acelaşi cod de cifru. Şi angajaţii băncii sunt tot oameni şi nu vor să-şi încarce mintea cu prea multe cuvinte.

- Gata, acum ne întoarcem în bucătărie, iar tu te aşezi din nou pe scaun, îi spun şefei, căreia îi tremură genunchii. Sunt sigur că abia aşteaptă să ne vadă plecând şi să activeze alarma. Şi eu îmi doresc poate la fel de mult să plec odată de aici, mai puţin chestia cu activatul alarmei, dar la asta deja ne gândisem cum vom acţiona. Un plan bun este un plan gândit în detalii şi verificat de mai multe ori. Ca şi cum ai revedea cu ochii minţii ceea ce urmează să se întâmple.

Ali are deja experienţă cu asemenea momente; de abia aşezată pe scaun, femeii i se leagă mâinile la spatele scaunului, iar gura i se acoperă din nou cu bandă de izolat.

- Gata, Ali, aici nu a mai ramas decât mărunţişul din buzunarelor lor.

- Nici măcar acela! rânjeşte Ali către mine, arătând spre buzunarul lui. Asta e, dacă se plictisea băiatul, a folosit timpul să le goleasca buzunarele celor doi angajaţi rămaşi în bucătărie.

Ne dăm jos salopetele de gunoieri şi rămânem în treningurile pe care le-am avut tot timpul pe noi. Avem grijă să nu ni se descopere faţa, în bancă există camere de filmat care înregistrează orice mişcare, deschidem uşa pe care intraserăm, ne asigurăm că nu trece nimeni şi ieşim cât mai degajaţi posibil, îndreptându-ne spre motocicleta pe care eu o împrumutasem de la Paolo.

În Viena este deja circulaţie de vârf. Însă nu pentru motociclişti. În Viena, precum probabil peste tot în lume există cel puţin trei tipuri de motociclişti. Primul este motociclistul ieşit proaspăt de la examenul pentru carnetul de conducere şi este concentrat să nu care cumva să omită vreo regulă de circulaţie. Acest tip este cel care merge corect în spatele maşinii, clatină din cap a consternare când pe lângă el ţâşneşte câte un motociclist de tip 3. Tipul 2 de motociclist se regăseşte pe de o parte printre cei din tipul 1, care nu mai rezistă ca ceilalţi să treacă pe lângă el de parcă nici nu ar exista şi s-a hotărât să încerce şi el primele slalomuri printre maşini, numărând, în schimb, câte reguli de circulaţie încalcă pe 100 de metri, ca apoi să revină la stilul de motociclist de tip 1. Sau printre tinerii care încă înainte de a fi luat carnetul de conducere au încercat prin spatele blocurilor motocicleta prietenilor şi care au nu au decât două ţeluri când se aşază pe motociletă: să lase să urle motorul cât mai tare şi să conducă cât mai riscant posibil. Tipul 3 este tipul de motociclist care stăpâneşte la perfecţiune motorul de sub el. Este cel care nu mai trebuie să dovedească nimănui ce bine stăpâneşte virajele. Este şi cel care a renunţat să se mai gândească la regulile de circulaţie. Acest tip de motociclist conduce total adaptat la trafic. Adică, dacă traficul este lejer, conduce motocicleta liniştit pe banda de stradă aleasă. Dacă însă traficul este aglomerat, atunci cu un surâs uşor în colţul gurii şi cu ochii lucind de plăcere, priveşte la maşinile din faţa lui precum schiorul înainte de a se arunca pe pista de slalom special, se apleacă uşor în faţă şi porneşte un slalom îndrăcit printre maşini. Cei din maşini sau confraţii de tipul 1 sau 2 doar îi inspiră gazul de la ţeava de eşapament şi privesc cu invidie în urma lui.

Ali este tipul 3 de motociclist. Eu am învăţat de la el să conduc motocicleta şi mă regăsesc printre cei descrişi la numărul 2... dar învăţ repede.

Încă suntem foarte concentraţi şi adulmecăm ca nişte câini de vânătoare împrejurimile, dar deja un zâmbet de triumf începe să ne apară pe buze. Mă aşez în spatele lui Ali, iar el ne duce fără probleme la blocul unde are, în momentul de faţă, un nou proiect de renovare.

Ali are o mică firmă de renovări de locuinţe cu cinci angajaţi. Aceştia sunt deja la lucru, astfel că nimeni nu ne bagă prea mult în seamă, fiind obişnuiţi că şefului, adică Ali, îi place să apară pe neanunţate ca să le controleze „zelul", numai că, de data aceasta, Ali nu are chef de controlat. La parter, intrăm într-un apartament gol şi deja „vizitat" de muncitorii lui Ali. Parcă ar fi căzut o bombă aici: peste tot atârnă cabluri, pereţii sunt găuriţi, în podea sunt pe alocuri găuri de care trebuie să te fereşti, zona sanitară are doar câteva găuri mai mari din care iese un miros neplăcut. Cum obişnuieşte să spună Ali: „O muncă de renovare înseamnă că la început trebuie să arate mult mai rău decât înainte de a începe cu lucrul". Şi se pare că muncitorii lui au făcut din vorba asta o religie: acest apartament ar pune pe fugă şi o şatră de ţigani.

Ali închide uşa sau ce mai rămăsese din ea, iar eu golesc continutul genţilor în mijlocul unei camere. În prealabil, rupsesem un sac de ciment gol şi aşezasem suprafaţa exterioară a sacului de hârtie cu faţa în sus. Ali îşi goleşte şi el buzunarele, spunând:

- 50-50, aşa cum am stabilit brother! Ali este un fan al filmelor americane unde negrii se salută cu gesturi complicate folosind mâna pe post de pumn sau doar câteva degete pe post de cârlig cu care se agaţă unul de celălalt, mă rog, eu sunt brotherul lui, cert este ca este un tip corect şi pe care mă pot baza că nu încearcă să mă tragă pe sfoară.

Numărăm banii şi astfel descoperim că avem 423.000 de mii de euro, fără mărunţişul din buzunarele lui Ali.

Eu nu-mi opresc un chiot de bucurie. Un vienez cu un salariu peste medie, câştigă pe an 40.000 de euro. Eu am aici, socotind doar partea mea, deja salariul pentru urmatorii 5 ani. Grozav, mult mai bine decât sperasem. Mă uit la Ali. Şi el zâmbeşte dezvelindu-şi dinţii lui mari şi albi.

- Bravo, Mike, foarte bine lucrat.

- Când o să ne mai vedem din nou, mă întreaba el ştiind că acum urmează partea a doua a planului nostru.

- Nu ştiu exact Ali, eu îmi urmez planul stabilt de înainte, iar asta înseamna că o să mai comunicăm doar prin e-mailuri pentru perioada următoare.

- Nu uita să-i duci azi înapoi motocicleta lui Paolo.

- Nici o problemă, ai grijă de tine, îmi zice Ali.

- Şi tu brother îi raspund eu, iar Ali când aude aceasta mă îmbrăţişează cu căldură. Este prima oară când îi spun astfel deşi el deja de aproape un an de zile nu mă mai slabeşte din această expresie. Dar bucuria este prea mare, totul a mers cum plănuisem, iar rezultatul este peste aşteptări. Eu calculasem cu jumătate din suma găsită în bancă. Se pare că cei de la bancă se simţeau destul de siguri cu măsurile lor de protecţie.

În sfârşit, este timpul pentru partea a doua a acestei acţiuni. Este de abia 8 dimineaţa. Îi mai fac o dată semn de rămas bun lui Ali şi mă urc în maşina mea parcată în apropiere, deja cu două zile înainte.

Este un Opel Omega, vechi, de peste 10 ani. Din exterior, arată precum maşina unui student care se luptă neîntrerupt cu greutăţi financiare. Astfel şi eram până acum un an şi ceva când l-am cunoscut prima oară pe Ali.

Puţini sunt însă cei care ştiu că acest model este automatic şi deţine 200 de cai putere. Este drept că are un consum mare de benzina, cam 12 litri la 100 de kilometri, însă ţinând cont de faptul că folosesc maşina doar pentru călătorii în afara Vienei, nu trebuie să umplu rezervorul prea des. Un alt avantaj, considerând adresa de destinaţie a zilei de azi este şi faptul că acest model este destul de înalt în comparaţie cu modelele actuale aflate în aceeaşi categorie de maşini.

Ce mai încoace şi încolo, am un sentiment plăcut când simt motorul acesta puternic ca un cal de curse, nerăbdător să se avânte într-un galop care să-i dezvăluie puterile. Este calul modern al haiducului modern. Acum nu trebuie înţeles că o să împart banii aceştia cu primii oameni nevoiaşi apăruţi în drumul meu. Să reformulez: mă simt ca un haiduc în devenire, aflat în faza de început, de a aduna primele experienţe în ceea ce înseamnă să iei de la cei care au destul şi să nu accepţi legile create de societatea existentă.

Aceeaşi zi, la o oră după împărţirea banilor

Deja mă aflu pe autostrada care duce spre Ungaria. Tocmai trec de aeroportul din Viena şi deja încep să observ relaxarea traficului. Acum, suntem în această direcţie mai mulţi străini decât băştinaşi. Tirurile sunt, evident, în număr majoritar. Se grăbesc să se apropie astăzi cât mai mult de destinaţie, deoarece, la sfârşit de săptămână, poate deveni foarte costisitor dacă sunt prinşi pe drum prin Austria sau Ungaria.

Înainte de graniţa cu Ungaria, mă opresc la ultima benzinărie austriacă pentru a-mi cumpăra două sticle de apă minerală şi vigneta obligatorie în Ungaria. De asemenea, îmi rearanjez banii câştigaţi astăzi şi îi transfer în geanta de voiaj care îmi conţine hainele personale, din care, de data aceasta, am luat mai multe deoarece nu mă voi întoarce aşa de repede din nou în Viena. Totul, conform planului.

Este deja aproape 10 şi eu mă aflu pe autostrada din Ungaria. La graniţă nu am avut parte de nici un fel de control: trăiască Uniunea Europeană.

Vremea este şi aici foarte frumoasă. Cer senin şi de un albastru deschis şi prietenos. Va fi sigur şi astăzi foarte cald. Mda, asemenea zile sunt mai puţin plăcute într-un Opel Omega de peste 10 ani care nu are aclimatizare. Va trebui să merg cu geamul uşor deschis şi cu radioul pornit mai tare, altfel nu o să aud mai nimic din ştirile din Austria. Parcă de când s-a desfiinţat graniţa dintre Austria şi Ungaria şi posturile de radio şi-au mărit suprafaţa de emitere. Postul meu preferat, Oe3, se prinde până în apropiere de Budapesta. Iar eu, astăzi, o să fiu mai atent ca de obicei, la ştiri. Dacă cei din bancă reuşesc să dea alarma în perioada următoare, voi afla sigur de aceasta de la cei de la radio.

Uff, nu mai avem graniţă între Austria şi Ungaria. Un sentiment nou, mă simt de parcă valoarea mea ca om a crescut în ochii autorităţilor. Am cunoscut şi zilele în care, mai ales în perioada de vacanţă, se aştepta pentru ieşirea din Austria chiar şi 3 ore. Şi privirile vameşilor când îmi vedeau paşaportul şi aflau astfel de naţionalitatea mea. „Încă un român amărât, venit probabil mai puţin la muncă şi mai mult la furat". Hmm, ce ironie a sorţii: pe atunci puneam întotdeauna lângă pașaport și adeverința de student, parcă pentru a le arată astfel că sunt și eu cineva care caută să trăiască cinstit. Iar acum, acum privirea vameșului ar avea dreptate, însă el nu mai este aici. Iar eu, eu am descoperit că, în această societate, expresia *a trăi cinstit*, ascunde, de fapt, sensuri și valori care nu sunt deloc de invidiat, cu atât mai puțin să fii mândru de ele. Mda, în ultimul an s-au schimbat multe, de fapt, eu m-am schimbat. Ali a fost doar scânteia care a aprins pulberea ce se adunase în mine.

Venit din România împreună cu părinții, în urmă cu 8 ani, am avut parte până acum de ani foarte intenși, care m-au schimbat mult. Perioada de adolescență care, în general, este una de rebeliune mai ales pentru tinerii care își pot permite această formă de luptă împotriva tiparelor cu care cei maturii vor să-i îndoctrineze și pe ei, a fost pentru mine o perioadă de luptă pentru a supraviețui într-o lume total nouă și diferită de cea de până atunci. Părinții mei aveau aici o mătușă care le-a zugrăvit viața din Austria în culori foarte calde și atrăgătoare în comparație cu viața pe care o duceau ei în orășelul din fundul Transilvaniei.

Iar cum părinții își terminaseră rezervele de speranță într-o Românie mai prosperă, mai liberă în gândire, mai bogată în posibilități pentru generația nouă, au hotărât să pornească într-o asemena aventură. După așa-numita „revoluție" care a culminat cu executarea familiei Ceaușescu, au sperat în anii ce au urmat că, în sfârșit, vor vedea și vor ajuta la înflorirea țării. În haosul care s-a declanșat, grupările de interese care s-au creat foarte repede chiar și în orășelul nostru de vreo 15.000 de locuitori le-au secat izvorul de încredere într-o viață mai bună în România.

Pe mine m-a luat această schimbare total pe nepregătite. Cu cinci ani în urmă, vara, cu circa patru săptămâni înainte de începerea ultimului meu an de liceu, au vândut tot ce mai aveau şi doar cu câteva valize cu lucruri personale, ne-am regăsit cu toţii, uitându-ne miraţi şi somnoroşi, după mersul obositor cu trenul, pe un peron al unui orăşel din Austria, chiar mai mic decât al nostru. Aşteptam să o vedem pe mătuşa care ne făcuse invitaţia şi care garantase statului austriac că îşi asumă responsabilitatea pentru cei trei români. Pe atunci, mătuşa deţinea o mica fabrică de textile unde lucrau vreo 15 angajaţi şi ea, fiind deja la o vârstă mai înaintată, se gândise că cei mai apropiaţi ei ar putea să preia o parte din responsabilităţile legate de organizarea fabricii. Se gândise la tata ştiind că era un om serios şi muncitor. Ea avea o fată deja matură şi căsătorită cu un austriac, cu care însă relaţiile se aspriseră în ultimii ani şi, astfel, se pare că îl considera pe tata mai degrabă ca urmaşul ei. Este întotdeauna de admirat când o afacere poate rămâne în familie şi poate fi transmisă de la o generaţie la alta. Deci perspectivele pentru părinţii mei nu erau deloc rele, cel puţin aşa păreau pe atunci.

Mătuşa apăru cu o întârziere de aproape o oră. Deja o anumită formă de disperare se citea pe feţele noastre. Nu luaserăm decât bilete de dus, deoarece, chiar după ce vânduseră tot ce agonisiseră până la acel moment, după ce schimbaseră banii în valută, nu mai rămăseseră prea mulţi.

În schimbul disperării noastre, motivul pentru care mătuşa întârziase atât de mult era evident. Piciorul drept era în gips până mai sus de genunchi. Alunecase pe scara din casa ei cu un etaj şi-şi rupsese piciorul. Primul meu gând a fost să caut să reţin că un un om în vârstă nu are nevoie de o casă cu etaj. Mai ales când locuieşte acolo singură. Astfel că mama a trecut din prima clipă a revederii cu mătuşa, la un job full time ca şi asistentă medicală privată, pentru mătuşa cea în vârstă. Iar tata a preluat linia de automatizare din fabrica de textile în mod treptat, ocupându-se de întreţinerea şi optimizarea ei.

- Un nou atac asupra unei bănci ne-a fost anunţat de curând! aud vocea operatorului de radio de la Oe, care mă scoate brusc din amintirea primilor mei paşi în Austria. De ceva timp, mă trezesc că „diger" din nou şi din nou aceşti primi ani ai mei aici. Cu această autoanaliză caut, probabil, să-mi explic schimbarea destul de radicală a convingerii mele referitor la ceea ce este bine sau rău, cinstit sau necinstit, adevăr sau minciună.

Acum închid complet fereastra maşinii pentru a auzi cât mai bine anunţul de la radio. Se pare ca cei de la bancă au reuşit să strige după ajutor. Mă uit la ceas, este aproape 11.00, iar eu mai am foarte puţin până la Budapesta. Am condus în limitele permise de viteză pentru a nu atrage inutil atenţia asupra mea. Parcă mă bucur că cei de la bancă au fost deja găsiţi. În radio nu se dau prea multe detalii, tot ce este probabil că nu se cunosc încă.

Se semnalează doar că de mult nu a mai cunoscut Viena o săptămână fără un atac asupra unei bănci, mai ales de când s-au deschis graniţele către Europa de Est. Şi cam atât. O nouă săptămână, un nou jaf, deci totul se desfăşoară normal.

Iar statistica românească se bate cu pumnul în piept, deoarece, în comparaţie cu ţările din Occident, România are o rată foarte scăzută a cazurilor de jaf şi furt cauzate de aşa numiţii infractori. Mda, pentru asta au ei însă peştii cei mari, care fură în stil prea mare pentru a putea fi numiţi infractori. Ei se numesc mai degraba şefii de partid, primari sau miniştri de tot felul. Ei nu fură, ei „fac afaceri pentru bunăstarea ţării..."

Mda, Mihai, îmi spun, mai las-o moartă, tema referitoare la ce înseamnă să fii cinstit este destul de complicată. Stomacul dă deja semne de revoltă. Cafeaua şi croissantul cu ciocolată de la benzinăria din Austria a fost mai degrabă un mănunchi de paie pe un cărbune încins.

Să trec de Budapesta şi apoi o să opresc pentru un prânz mai bogat, îmi spun tot eu, concentrându-mă la reducerea vitezei deoarece am ajuns pe centura care înconjoară Budapesta şi leagă autostrada din direcţia Austriei cu cea aflată în diecţia Szegedu-lui şi, implicit, a graniţei cu România. Iar aici este reducere la 80 km/h. Iar asta nu-i place deloc gagicii mele cu motor puternic. Mda, fiind mult timp singur, am început să personalizez lucrurile care mă înconjoară. Aşa că maşina mea a primit apelativul de „gagică".

Iar astăzi este o vreme aşa de frumoasă şi sunt sigur că şi poliţiştii şi-au luat jucăriile de pescuit şoferi mai neatenţi la volan. Iar mie numai un asemenea incident îmi lipseşte. Aşa că şi stomacul şi gagica trebuie să lase mormăiala şi să se exerseze în răbdare. Astfel că mai trec vreo 30 de minute, timp în care pentru stomacul gol nu am decât apa cumpărată în Austria, iar pentru maşina doar promisiunea că, după ce se termină autostrada, vom încerca din nou ce-i poate motorul.

Am trecut de două posturi de radar şi după alte 20 de minute de mers pe autostradă, văd deja restauruntul meu preferat. Cu parcatul este ceva mai greu în această perioadă. Restaurantul este aproape plin de est-europeni care se îndreaptă spre casă. Aici se întâlnesc bulgarii, sârbii şi românii.

Este o gălăgie plăcută: copiii aleargă în jurul meselor, părinţii le aplică din când în când renumita metodă de educaţie est-europeană: câteva palme răsunătoare, conform zicalei „Unde dă părintele, creşte şi mai frumos". Dacă mai sunt şi cetăţeni din Europa de Vest, îi recunoşti după privirile mirate şi clătinatul dezaprobator din cap faţă de asemenea mijloace „barbare" de educaţie. În vest, se caută „o discuţie constructivă" cu copilul care tocmai a făcut o prostie. Sigur că și o astfel de măsura poate da roade, însă mă îndoiesc de eficacitatea ei când încerci asta cu un drac gol de băiețel, care sigur nu pricepe nimic din ce i se spune deoarece adulții folosesc, în asemenea cazuri, cuvinte pe care copilul le aude pentru prima oară, însă se teme să întrebe ce înseamnă una sau alta în timp ce tocmai este mustrat. În sinea lui, se bucură că pielea i-a scăpat neatinsă.

Pe de altă parte, nici puii de românii nu par să rețină prea mult din „învățătura" dată de părinți. Dupa ce-și „jelesc" partea vătămată cu niște urlete care ar face să roșească de rușine orice bocitoare din satele oltenești, o iau din nou la fugă în jurul meselor, alergând din nou după cine știe ce ținte imaginare. Cert este că devin mai prudenți ca nu cumva ruta lor nouă să-i aducă prea aproape de mâinile părinților, care nici ei nu știu prea bine ce să le mai facă.

M-am așezat la masă și răsfoiesc meniul mai mult din obișnuință, așteptând să vină chelnerul să-mi ia comanda, deși știu de mult ce vreau să comand; gulașul unguresc nu se mănâncă decât în partea asta de lume, astfel că nu prea mă interesează un alt fel de mâncare când sunt pe acest drum. Un suc proaspăt de portocale cu care încerc să sting iuțeala ardeiului din gulaș și o cafea întregesc o masă pe cinste.

Un alt avantaj de a te afla aici, afară, pe o zi atât de frumoasă, sunt femeile care sunt parcă mereu în mișcare. Vin, pleacă, se duc la baie să se împrospăteze și, pe tot acest parcurs un lucru, devine clar: sunt frumoase, domnule, știu să se îmbrace, și au deseori timp pentru o mică ocheadă. Iar dacă le zâmbești, îți zâmbesc cu toată fața înapoi. Ei, încearcă să zâmbești în Austria unei fete mai elegant îmbrăcate și care să fie și atrăgătoare. Prima barieră este că ochii ei se plimbă mereu pe deasupra capetelor oamenilor. De vină este probabil nasul lor care arată mereu sus, de parcă ar trage mereu o mână invizibilă de el. Dacă se întâmplă să ţi se întâlnească privirile, iar tu încerci un zâmbet nevinovat, ceva de genul, „Hello, sunt şi eu pe aici, ce zici, ai vreun interes?..", măi frate, dacă ai fost vreodată la control medical pentru plămâni, şi în timp ce erai „iradiat" întrebându-te de ce oare nu simţi nimic, ei lasă, tipa te scanează cu o privire de zece ori mai intensă decât aparatul medicului, şi a dracului scanare, o simţi până în măduva oaselor. Iar, dacă în spatele tău nu stă parcat propriul Porsche sau Ferrari sau tu nu eşti îmbracat de „Gucci" sau „Armani" primeşti un diagnostic distrugător: tipa îşi ţuguie buzele şi strâmbă din nas, că începi fără să vrei şi tu să-ţi deschizi mai larg nările, încercând să afli sursa neplăcută de miros. Până te dumireşti tu că, de fapt, ăsta a fost răspunsul tipei la zâmbetul tău, ea a şi plecat. Nu-ţi rămâne decât să dai drumul la nişte înjurături printe dinţi, care ar alunga şi o ceată de draci. Iar dacă ai noroc să fii român de origine, moralul ţi se reface deja după câteva fraze. Am mai încercat şi în germană să scap de situaţii stresante sau neplăcute folsindu-mă de vocabularul specific pentru asemenea momente, dar nimic nu mi-a răcorit sufletul ca o înjurătură pe româneşte, spusă cu pasiune.

Însă acum nu este nevoie de aşa ceva, fetele astea cu mijlocelul subţire şi sânii ca nişte fructe gata să fie culese răspund la zâmbetele mele, fără nici o îndoială în priviri. Hmm, ce aş mai strânge una din ele în braţe... dar, gata, acum urc din nou în maşină, iar azi mai am o treabă importantă de rezolvat. Nu am voie să ajung prea târziu în Arad.

Arad, ora 15.00

Am închiriat o cameră la hotelul cu acelaşi nume şi, luând geanta cu bani, m-am aşezat pe o bancă mai retrasă din parcul care se întinde de-a lungul Mureşului. Am un telefon important de dat şi nu vreau martori în jur.

- Hallo, Mircea! Poţi vorbi în linişte?

- O clipă, îmi răspunde Mircea şi aud în fundal o uşă închizându-se în spatele lui.

- Salut, Mihai, deci ai ajuns cu bine?

- Da, fără probleme, când pot să vin azi să te vizitez?

- După 18.00, ca de obicei. Avem „mult de discutat"? mă întreabă el.

- De data asta, ceva mai mult de povestit decât de obicei, dar o să caut să nu te reţin prea mult.

- Deci ne vedem pe la 18.00, la tine în birou, închei eu convorbirea aceasta pe care, din motive de siguranţă pentru Ştefan, am avut-o în germană. Mircea este un contact foarte preţios.

- I want your money, mister! aud o voce venind de undeva, din faţa mea.

Hmm? Mă întreb în sinea mea şi rămân pentru început cu gura căscată. Doi tipi, cu picioarele crăcănate, stau şi se uită la mine încruntaţi. Ce îmi atrage rapid atenţia sunt accesoriile pe care le poartă cu ei: unul, cel care probabil că a şi pus întrebarea la care încă nu răspunsesem, are un fel de bâtă în mână, iar cel de-al doilea ţine cu amândouă mâinile ridicate până pe la nivelul umerilor un bolovan de vreo două ori mai mare decât capul lui. După faţa lui înroşită, pare a fi şi destul de greu.

Cel cu bâta în mână repetă şi mai încruntat:

- I want your money, mister! Acum realizez şi eu ce se întâmplă aici: tâmpiţii ăştia, auzindu-mă vorbind germană, îşi imaginează că sunt vreun turist cu buzunarul plin. Drace, mă gândesc eu, şi mă uit la geanta cu banii aflată la picioarele mele. Pe umăr port o geantă mică unde am, într-adevăr, şi portofelul şi unde ţin de obicei şi telefonul mobil.

Încerc să fac pe durul şi să-i surprind vorbindu-le pe română:

- Hai, căraţi-vă dracului de aici, aurolaci tâmpiţi! le spun eu aproape la fel de încruntat ca şi tipul cu bâta. Cel cu bolovanul se mişcă deja de pe un picior pe altul, iar în jurul meu nici ţipenie de om. Bun loc mi-am mai ales să am o convorbire privată.

Cel cu bâta se pare că nu are degeaba rolul de şef. În timp ce tipul cu piatra se uită întrebător spre el, el se adună destul de repede şi-mi răspunde:

- Portofelul cu bani, băi, bulangiule, mai bine zis geanta de pe umăr, ce, crezi că ne prosteşti pe noi? Noi te urmărim de ceva timp, iar dacă nu eşti străin, sunt cel puţin sigur că vii din străinătate, aşa că ia aruncă tu geanta aia încoace.

- Şi dacă nu vreau, ce vreţi să-mi faceţi? întreb eu făcând pe prostul.

- Păi te cotonogim bine şi ne-o luăm singuri! răspunde el, uitându-se spre camaradul care dădea clar semne de nerăbdare... sau de oboseală???

Hmm, zic eu aşezându-mă cu fundul pe spătarul băncii şi cu picioarele pe bancă,

- Ce zici, „Gică", mai rezişti cu bolovanul ală pe umărul tău? Cel pe care îl numisem în batjocură Gică se uită spre „şef" iar acesta dă din cap aprobator. „Gică" este aşezat pe partea mea dreaptă şi, până când îşi umflă el muşchii să arunce bolovanul pe locul unde eram eu, fac o săritură (la gimnastică o numeam *săritura leului*) aruncându-mă spre dreapta şi folosind forţa rostogolirii peste cap, mă şi ridic foarte repede în picioare. Partea nasoală pentru „şef" este că zona lui de acţiune este acum blocată de „tovarăşul" care are o privire bucuroasă că a scăpat de bolovanul care dă banca peste cap.

Privirea lui se schimbă repede vazându-mă că sunt din doi paşi la el şi încearcă să ridice mâinille la nivelul capului. Prea târziu pentru el, eu deja îmi aruncasem printr-o învârtitură în jurul capului geanta mea de umăr spre caoul lui. Îl lovesc din plin, şi deşi nu am decât portofelul şi telefonul mobil înăuntru, reuşesc să-l surprind. Folosindu-l pe el ca şi scut în faţa „şefului", îl împing spre acesta cu o iovitură de picior în piept. „Şeful" se pare că îşi pune mare speranţă în bâta lui, deoarece o ţine în continuare ridicată deasupra capului, căutând să găsească spaţiul necesar să mă loveăscă. Eu, însă împingându-l pe „Gică" în el, fac câţiva paşi înainte, spre „şef", şi îl lovesc cu putere cu un croşeu de dreapta, în faţa descoperită.

Îl nimeresc în plin, geamătul care-l scoate îmi confirmă că antrenamentele făcute până acum m-au ajutat din nou. Nu am timp de pierdut, încă are bâta în mână. Fac un salt în spatele lui şi îl lovesc repetat la nivelul rinichilor până când văd că se lasă în genunchi şi lasă şi bâta din mână. Acum e rândul picioarelor să arate ce au învăţat: prin rotire, îi aplic din plin o lovitura în faţă şi, gata, „şeful este trimis la culcare", căzând cu faţa în jos şi cu privirea aceea pierdută a celor care şi-au pierdut cunoştinţa. În timpul ăsta, „Gică" de abia îşi revenise din lovitura primită în piept, iar acum privea îngrozit la faţa însângerată a „şefului". Ridicând privirea spre el, îl întreb:

- Mai vrei?

Nu poate decât să clatine negativ din cap, deoarece pentru a vorbi nu are suficient sânge la nivelul capului.

- Zi mersi că nu anunţ poliţia, însă dacă dă dracul să aflu cumva că mai încercaţi aşa ceva, nu vă mai las să scăpaţi aşa de uşor. Numai de anunţat poliţia nu-mi arde mie, mă gândesc eu în sinea mea, îndreptându-mă spre banca răsturnată şi luând geanta unde am banii luaţi de la bancă.

Nu mai stau să văd ce fac cei doi, mă îndrept spre centrul

oraşului, unde mă aşez la masa unei cafenele deschise probabil de curând, deoarece ultima oară când am fost aici nu am vazut-o. Înăuntru este chiar frumos şi curat. Cartea de meniuri îmi întăreşte prima impresie, se pare că este creată de un iubitor al artei. Iar mulţimea de ceaiuri exotice oferite mă face să aleg un produs din această categorie. De abia acum simt un uşor tremurat al genunchilor. Din fericire, am asemenea simptome doar după astfel de situaţii. Nu am avut eu prea des ocazia să mă bat în afara antrenamentelor, însă am reuşit să-mi dezvolt două caracteristici speciale: prima este că în momentul unei situaţii de genul avut mai înainte, devin insensibil la loviturile primite. Am primit odată un vârf de pantof care mi-a spart tâmpla şi eu m-am dus spre tipul cu pricina pâna am ajuns la distanţa pumnilor şi i-am învineţit ochii. Doar privindu-mă mai târziu în oglindă am înţeles reacţiile speriate a celor din jurul meu. Sângele şiroise de-a lungul tricoului, până pe la mijlocul trupului. Curios este că eu eram într-o stare de exaltare, nu simţeam nicio durere, nu aveam decât un singur lucru în minte: cum să-l lovesc mai bine cu pumnii pe individul din faţa mea. Curios este că la antrenamente nu reuşesc să intru în această stare şi, deşi căutăm să nu ne lovim cu full contact, când se mai întâmplă acest lucru, simt destul de clar senzaţia de durere.

A doua caracteristică este că reuşesc să mă concentrez foarte bine doar asupra celor cu care am de a face şi că pot păstra o privire de ansamblu a situaţiei, ceea ce m-a ajutat şi de data aceasta. Oricum, mi-a fost destul de repede clar că cei doi erau obişnuiţi ca cei atacaţi să renunţe la banii doar văzându-le „armele grele". Probabil că le trebuiau banii pentru droguri, după alură îmi aminteau de creaturile care se întâlnesc în Viena, în staţia de metrou Karlsplatz.

Tremuratul picioarelor s-a liniştit deja. Ceaiul acesta verde cu aroma de portocale mă ajută să-mi regăsesc echilibrul.

Mai am ceva timp până la întâlnirea cu Mircea. Gândurile mi se îndreaptă involuntar încă o dată spre scena petrecută cu câteva minute înainte. Acum încep să mă gândesc dacă nu cumva aş fi putut să evit confruntarea cu cei doi. Pe undeva îmi pare chiar rău de loviturile administrate „şefului". Dar trebuie să-mi păstrez principiile. Fără principii ferme, eşti ca o frunză în vânt, obişnuiesc să-mi spun, din nou şi din nou. Iar principiile mele referitoare la care este reacţia cea mai potrivită într-o situaţie de conflict au început să se contureze deja pe la începutul clasei a IX-a.

Pe atunci tocmai mă bucuram şi mă supăram în acelaşi timp de rolul de „boboc" la liceul tehnic la care primisem un loc după examenul de admitere. Şi, tot atunci, am cunoscut, pentru prima oară, duritatea unei bătăi de stradă, fără reguli, fără milă şi fără respect faţă de adversarul căzut la pământ. Până atunci, cunoşteam asemenea faze doar din filmele de la televizor. Dar, când unul din colegii noştri de clasă a fost atacat brutal de trei ţigani, indivizi cu câţiva ani mai mari decât noi, care veniseră din nou la căutat de scandal în liceul nostru, atunci am simţit ce înseamnă să fi de-a dreptul paralizat de teamă.

Pe atunci eram vreo cinci foarte buni prieteni care luam parte la un curs de karate din zonă. Eram de abia la început şi încă nu cunoscusem nici măcar la antrenament situaţii de full contact. Repetam doar la krate-uri până ne ieşeau tehnicile pe nas, însă eram umflaţi în pene, gata să plesnim de mândrie când la liceu începeam discuţii despre te miri ce figuri de karate, mai mult sau mai puţin născocite. Aveam grijă să afle şi cei din jur că noi suntem karatişti.

Faptul că Nicu (colegul nostru) a fost atacat pe nepregătite, fără nici un avertisment şi cu o ură nemaiîntâlnită până atunci, ne-a paralizat pe toţi ceilalţi patru prieteni. Am fost chemaţi de colegi pe holul liceului în ideea de a-i sări în ajutor, însă eu, unul, în acel moment, nu am mai avut control asupra corpului meu, văzând duritatea cu care Nicu era lovit cu picioarele chiar şi atunci când căzuse la pământ. Totul a durat foarte puţin şi s-a încheiat cu strigătele de ameninţare ale profesorului care se apropia de locul faptei. Nicu avea faţa umflată, aproape de nerecunoscut. Cele 2-3 minute au fost pentru o mine o veşnicie. Era prima oară când experimentam ce efect poate avea frica asupra corpului meu. Şi eram dezgustat şi plin de remuşcări că nu am reuşit să-i vin în ajutor lui Nicu. Era doar un bun prieten de-al meu. Însă despre această slăbiciune a mea nici nu puteam vorbi deschis, pe faţă cu ceilalţi băieţi, deşi cred că şi ei treceau prin aceleaşi sentimente, remuşcări, furie şi neputinţă.

Apoi a intervenit plecarea în Austria împreună cu părinţii şi, după câţiva ani, înscriindu-mă la un curs de autoapărare, care şi avea ca denumire „street fighter", am revenit asupra emoţiilor cunoscute de mine la liceul din România. Stând de vorbă cu instructorul din Austria şi povestindu-i această întâmplare, el a reuşit să mă facă să înţeleg ce se întâmplase şi mi-a făcut nişte propuneri foarte curioase. Am fost însă destul de trăsnit să le aplic. Antrenorul nostru, care se numea Bruno, mi-a explicat că pe acest drum de luptă sunt unele bariere psihice pe care fiecare trebuie să le depăşească sau să renunţe la acest drum. Una dintre ele, care a fost şi motivul fricii care m-a paralizat atunci, era teama de a fi lovit, teama de durere. Propunerea lui trăznită, m-a ajutat.

Bruno mi-a spus că trebuie să mă las lovit de câteva ori cu pumnul sau cu piciorul din plin, în faţă... Pe lânga lovitura în sine, trebuia să aflu şi ce înseamnă când cineva te loveşte cu furie, când cineva îţi doreşte cu adevărat răul. Această furie pe care o emană un adversar agresiv te poate copleşi, îţi poate de asemenea pulveriza orice măsură de apărare.

- Iar tu trebuie să înveţi să stai deasupra acestei furii emanate de adversar, ba, chiar să te poţi folosi cu succes de faptul că un adversar s-a înfuriat pe tine, pentru că atunci, continuă Bruno, un asemenea adversar nu mai atacă calculat, gândindu-se prea mult la ce face, ci se aruncă asupra ta, descoperindu-se în acelaşi timp. Când ai să reuşeşti să controlezi, să laşi această furie a adversarului să treacă pe lângă tine, atunci ai să vezi că ai să-ţi doreşti tot mai mult astfel de adversari. Ei sunt cel mai uşor de învins.

- Bine, dar unde să găsesc eu asemenea indivizi cu care să încep un asemena conflict?

- Cel mai bun loc pentru o asemena experienţă este o discotecă mai „specială", îmi spune Bruno, o discotecă unde turcii şi iugoslavii sunt oaspeţii cel mai des întâlniţi. Austriecii, dacă te legi de ei, mai degrabă sună la poliţie şi se plâng că i-ai jignit, spune Bruno zâmbind uşor.

- Turcii şi „jugos", cum li se spune aici, în Viena, repet eu, tresărind la această propunere.

- Ăştia nu au niciun scrupul, ar putea să-mi rupă oasele, sau să mă omoare în bătaie, sunt exact opusul austriecilor care ar suna la poliţie, zic eu. Dintr-o dată, propunerea lui nu mi s-a mai părut amuzantă.

- Eu o să te însoţesc, spune Bruno, şi avem două variante pe care le putem lua în considerare.

- Care sunt?

- Ne vom stabili un semnal de recunoaştere, spune Bruno.

- Ce fel de semnal, întreb eu, este totuşi vorba despre o discotecă.

- Mă voi trage cu ambele mâini de urechi, spune Bruno care arată destul de caraghios cu mâinile atârnând de urechi.

- Ok şi care este deci prima variantă? întreb eu curios?

- Prima variantă presupune ca tu, doar atunci când mă vezi că repet acest semnal de recunoaştere, să ştii că ai voie să te aperi aşa cum ai învăţat la cursul meu. Îţi aminteşti despre ce reguli vorbesc acum?

- Bineînţeles, doar ni le repeţi zilnic: „Nu există reguli când este vorba să ieşi victorios într-o luptă. Te opreşti să loveşti adversarul doar atunci când eşti absolut sigur că nu mai reprezintă nici un pericol pentru tine", redau eu ca un elev conştiincios şi-mi dau seama, în acelaşi timp, că nu am nici o idee concretă despre ce înseamnă că „adversarul nu mai reprezintă nici un pericol pentru tine". Încă o dată îmi dau seama că am nevoie de această experienţă propusă de Bruno, chiar dacă deja sunt îngrijorat de cum s-ar putea sfârşi.

- Şi care este a doua variantă?

- A doua înseamnă că nu o să mai fii în stare să recepţionezi semnalul şi trebuie să intervin eu personal.

- A doua variantă nu-mi place deloc!

- Ştiu, dar s-a mai întâmplat să fie nevoie să o aplic.

- Hmmm, este singura mea replică.

- Hei, vezi, deja începi să faci cunoştinţă cu sentimentul de teamă de care vorbeam. Conştientizează acest moment, caută să-l priveşti din afară... Privindu-l ca un spectator, te ajută să-ţi păstrezi controlul asupra mişcărilor, asupra muşchilor tăi.

- Dacă te identifici cu el, îţi va paraliza orice mişcare. Aceasta s-a întâmplat atunci, în liceul din Romania.

- Şi cum să ajung să-l privesc ca un spectator? Curios, deşi poate alţi oameni ar fi considerat o aiureală ce-mi spunea Bruno, ceva din mine mă facea să cred că are dreptate, că eu sunt mai mult decât aceste sentimente pe care deseori le urmăream cum apăreau şi apoi dispăreau. Există ceva în lăuntrul meu care, deseori, se transformă într-un observator tăcut, care urmărește cu o curiozitate neascunsă ceea ce experimentez în acele momente: furie, bucurie, entuziasm sau deprimare. Acest observator, acest spectator nu-mi era necunoscut. Hmm, însă într-o luptă, unde trebuie să acționez rapid, mă îndoiam că acest observator ar găsi spațiu în avalanșa de emoții care apar într-un asemenea conflict.

- Trebuie să trăiești mult mai intens acest sentiment de teamă, de durere fizică, aceste sentimente trebuie să ajungă la o intensitate atât de mare încât, apoi, aproape instinctual, va apărea acest spectator despre care vorbeam.

- Este singura soluție pe care eu o cunosc, continua Bruno pledoaria pentru metoda lui neconvențională.

- Sau o paralizie totală a mișcărilor. De aceea, rezultatul unei asemenea acțiunii nu se poate prevedea de acum.

- S-ar putea ca, după o asemenea experiență, să-mi întorci pentru totdeauna spatele și să nu mai vrei să ai de-a face cu mine și cu ideile mele trăsnite. S-ar putea chiar să începi să mă urăști din adâncul sufletului și să uiți că tu ai fost cel care ai acceptat de bună voie propunerea mea.

- Mda, deci nu rămâne decât să vedem ce o să iasă din această situație, spun eu, simțându-mi deja gura uscată.

- Ok, atunci ne vedem vineri seara, la discoteca „La Boom" de pe Laxenburgerstrasse.

- Drace, cartierul acesta este plin de turci, oare cum o să fie noaptea?! mă gândesc eu, însă numai spun nimic, doar dau aprobator din cap.

Până vineri seara mai sunt două zile. În aceste două zile dublez timpul acordat antrenamentelor. De parcă asta m-ar ajuta la ceva. Doar mă duc acolo să-mi stâlcească fața un turc oarecare. Sau mai mulți turci deodată. Mă descopăr privindu-mă în oglindă mai mult decât de obicei și întrebându-mă cum voi arăta oare după o asemenea experiență. Numai dacă nu mi-ar rupe ăştia nasul. Am auzit că nu e nevoie decât de o lovitură bine plasată şi, gata, eşti marcat pe viaţă.

Este deja vineri, iar mie nu prea mi-a ars de mâncare azi. Tatăl meu a observat doar că sunt ceva mai nervos decât de obicei, însă când am auzit întrebarea din care formalismul cu care era pusă mirosea de la o poştă, m-am enervat şi mai mult.

- Este totul ok cu tine? Ai făcut vreo tâmpenie la şcoală? Să nu aud că vin profesorii să mă cheme la şcoală pentru tine, numai de aşa ceva nu am timp!

- La şcoală este totul ok, nu-ţi face grijă, nu am făcut nimic.

Mda, de fapt se gândeşte doar la pielea lui. De când am ajuns aici, este şi el copleşit de tot ceea ce înseamnă o ţară nouă, o limbă străină şi greutatea de a găsi un serviciu la care să câştige pe măsura aşteptărilor şi nevoilor de acasă. Între timp mătuşa a murit şi din intenţia ei de a preda tatei fabrica nu s-a ales nimic. Fiica ei a reuşit, prin proces, să dovedească că bătrâna a luat ultimele hotărâri nefiind într-o stare mentală sănătoasă, astfel că ea a preluat fabrica şi prima mişcare a fost să-l concedieze pe tata.

Iar din câte văd şi aud, între tata şi mama nu există decât discuţii legate de grijile de zi cu zi. Iar aceste discuţii se transformă tot mai des în strigăte şi lacrimi.

Eu am devenit doar o greutate în plus, mai mult nu. Cert este că dacă ajung mai târziu seara acasă, nu-mi duce nimeni dorul. Ah, cât urăsc această dependenţă de casa părinţilor. Mai trebuie să rezist un an, apoi pot să încep să caut ceva de lucru şi, după primul salariu, o să-mi caut un loc al meu. Pe mine nu m-a întrebat nimeni dacă vreau să vin în Austria, am fost cărat aici aproape ca un geamantan plin cu griji.

Termin de amestecat cu lingura în farfuria cu ciorbă

pregătită de mama, fac curat în bucătărie şi arunc o vorbă peste umăr:

- Diseară vin mai târziu, mă duc la disco cu prietenii!

- Fă ce vrei, dar să nu ajunci în ceva belele, aici nu cunosc pe nimeni care să ne poată ajuta. Aici nu suntem la noi acasă.

Mda, asta aşa este, dacă ai ştii tu că eu sigur dau de belele astă seară.... este ultimul meu gând ieşind din casă.

În acea vineri am rămas să plec ultimul din sala de antrenamente. Ceasul arăta trecut de 21.00, iar la 22.00 aveam întâlnire cu Bruno în discoteca „La Boom". Eram deja obosit, dar asta era secundar, eu eram cel care urma să o încaseze.

La intrarea în „La Boom" erau aşezaţi doi bodyguarzi. Amândoi cântăreau împreună, probail, vreo 300 de kilograme. Ăştia sunt aici mai mult de speriat sau este grăsimea un scut de protecţie împotriva loviturilor? Nu pot să înţeleg cum de ajung astfel de indivizi, care plesnesc de grăsime să aibă meseria de bodyguarzi. Păi dacă îi alergi vreo 10 minute ajunge să-i pui cu botul pe labe. Imposibil ca tipii ăştia să reziste la 30 de minute la antrenamente de genul pe care Bruno le face cu noi. Dar se pare că sunt căutaţi, după regula: cu cât mai gras şi mai hidos, cu atât se ţin oamenii la distanţă de ei. Mă rog, e greu de înţeles pentru mine, dar cert este că tipii aştia doi, care se uită încruntaţi la mine, îmi provoacă un de râs greu de stăpânit.

Înăuntru, „La Boom" se străduieşte cu succes să redea numele afişat la intrare. Pereţii arată ca după o explozie într-un atelier de vopsitorie. Culorile preferate ale artistului au fost reduse ca şi număr: roşu, violet şi negru. Semnele de pe pereţi se pot interpreta cel puţin în două feluri: ca opere moderne sau mesaje sataniste de neînţeles pentru cei neiniţiaţi.

La bar, dau de Bruno aşezat pe un scaun înalt, sorbind un

cocktail la fel de suspect ca şi picturile de pe pereţi. Imediat de cum mă aşez lângă el vine la mine chelnerul, grohăind pe nas în timp ce mă întreabă ce vreau să beau.

- O bere pentru început, zic eu, încercând să par bine dispus, însă chiar şi această încercare se stinge repede când privesc în ochii lui. Oare vrea Bruno să mă las bătut de individul ăsta? O fi vorbit deja ceva cu el înainte de sosirea mea? Cel puţin, aşa interpretez eu reacţia lui la încercarea mea de a zâmbi. O, Doamne, sper că nu este el...

- Cum te simţi? Nu te-ai obosit prea mult la antrenamente zilele acestea? mă întreabă Bruno. Hmm, înainte de a-i răspunde, privesc cu atenţie chelnerul care se îndreaptă cu sticla de bere spre mine. Sunt foarte încordat, aşteptând parcă de la el să încerce să-mi arunce sticla de bere în cap. În loc de asta, tipul o pune pe masă, în faţa mea şi apoi se îndreaptă spre alt curajos care vrea, ca şi mine, să comande ceva. Aha, poate totuşi nu a discutat Bruno cu el despre încercarea care mă aşteaptă pe mine... De abia după ce simt berea răcoroasă alunecând pe gât, reuşesc să-i răspund lui Bruno:

- Nu, nu cred că m-am obosit. Cel puţin, acum sunt destul de plin de adrenalină, aşa că în nici un caz nu simt oboseala. De abia acum îmi dau seama că, de când am intrat în discotecă, nu m-am uitat la nicio fată (foarte neobişnuit), ci am scanat fiecare mascul care mi-a trecut prin faţa ochilor, căutând să apreciez ravagiile pe care ar putea să le facă pe faţa mea. Dintr-o dată, descopăr că îmi place foarte mult nasul meu aşa cum este el acum. Un nod în stomac îmi spune că a fost ultima oară când l-am văzut astfel. „Drace, în ce m-am băgat...“

- Încă este prea devreme, spune Bruno, bea-ţi liniştit berea, dar să eviţi să bei mai mult alcool. Este important să-ţi păstrezi mintea clară, să joci puţin teatru şi să faci pe beţivul.

Însă trebuie să trăiești cu toate simțurile deschise la maximum această seară. S-ar putea să fie chiar ultima seară pe care o petrecem ca și prieteni.

- Hai, noroc, zic eu; mă întorc cu spatele la bar și privesc spre platoul de dans unde câteva umbre se mișcă de parcă niște zombi ar fi fost conectați la rețeaua de înaltă tensiune. De ambele părți ale platoului de dans se află două cuști iar înăuntru, două tipe, blonde amândouă, care își leagană corpul într-o parte și alta, exprimând o plictiseală molipsitoare. Sau poate este doar faza lor de încălzire, ținând cont de faptul că oaspeții discotecii de abia încep să se adune.

Se pare că băștinașelor, adică austriecelor, le plac băieții bruneți, numărul lor a crescut spre miezul nopții, este deja aglomerație în „La Boom" și deseori le aud pe fete vorbind despre un tip sau altul în dialectul vienez. Eu am trecut de la bere la apă minerală cu lămâie și am deja și două cafele în mine, spre nemulțumirea piratului care azi joacă rolul de barman. Ar fi vrut să comand niște băuturi mai tari sau poate din cocktailurile lui scârboase ca să poată arăta ce rapid poate să învârte el sticlele cu lichide dubioase.

Deja sunt foarte mulți în discotecă, iar jocul de lumini mi-a obosit ochii. Am renunțat să mai scanez fiecare mascul cu o intensitate bolnăvicioasă. Poate faptul că aproape oricare din cei prezenți ar putea fi un potențial bătăuș cu experiență m-a făcut să mă resemnez și să aștept în tăcere să văd ce hotărăște Bruno. Oricum, este greu să te înțelegi datorită decibelilor care depășesc cu mult limita sănătoasă de percepție a urechii umane. Încă o dată, înțeleg de ce nu prea frecventez eu discotecile.

Din când în când, arunc câte o privire la Bruno, pe care, de vreo 20 de minute, l-am observat că a renunțat să se uite la mișcările sexy ale gagicilor care dansează și a început să privească de la stânga la dreapta. Îmi este clar ce caută, dar parcă nu îndrăznesc să-i urmăresc mişcările capului. Încerc să mă las distras de cele două blonde, ce dansează în două cuşti ce se leagănă cam la 3 metri deasupra scenei de dans. Aceste fete se pare că au şi ele ceva împotriva căldurii, deoarece nu mai poartă pe ele decât nişte chiloţei minusculi. Iar mişcările lor sunt acum mult mai voluptoase. Este clar că au succes, puii de turci care au venit fără vreo însoţitoare s-au strâns în jurul cuştilor precum lupii în jurul stânei. Fetele au corpuri frumoase, nişte sâni rotunzi şi bine proporţionaţi. Probabil că, dacă nu aş fi venit azi cu Bruno, m-aş fi apropiat şi eu mai mult de una din cele două cuşti.

Bruno îmi spune că pleacă la toaletă. Eu mă joc cu paiul din paharul cu apă minerală, când, brusc, simt o lovitură în spate care mă face să-mi apropii ochiul stâng periculos de mult de paiul din pahar.

Mă întorc surprins şi văd în faţa mea o faţă furioasă care bombăneşte ceva pe turceşte. Deşi ar fi trebuit să pricep că este în joc mâna lui Bruno, faptul că el îmi spusese că se duce la toaletă şi, eventual, bunele mele maniere pe care mama, ani la rând, a muncit să mi le transforme în automatisme, m-au făcut să întreb ca un miel nevinovat:

- Hei, nu te supăra, poţi să vorbeşti în germană? Nu te înţeleg, mă străduiesc eu să-i explic namilei din faţa mea că eu nu vorbesc turceşte.

Ca şi răspuns, primesc o directă pe care o blochez din plin cu toată suprafaţa nasului. Lovitura mă aruncă cu forţă în spate şi, de durere, îmi vine să urlu. Turcul se apleacă peste mine şi urlă pe germană:

- Hei, animalule, mai întâi te legi de prietena mea, iar acum faci pe prostul. Adică nu mai pricepi turceşte. Apuc să-mi ridic mâinile la nivelul feţei, tipul îşi însoţeşte strigătele cu nişte lovituri de picioare. Să-l ia dracu' de semnal stabilit cu Bruno. Aflându-mă pe jos, înghesuit între scaune, sigur nu aş fi văzut nimic. Asta se pare că a priceput şi Bruno însă am impresia că-i trebuie o eternitate să intervină. Între timp caut să-mi feresc zonele mai sensibile ale corpului.

În sfârşit, Bruno l-a împins de pe mine pe namila de turc. Este suficient să-l arunce de pe mine şi să-i dea de înţeles că de acum ar avea de a face cu el. Turcul se retrage.

Eu eram străbătut de o gamă puternică de sentimente, dintre care însă cel mai predominant era furia. După ce m-a ajutat Bruno să mă ridic, am plecat ţintă la baie, auzindu-l doar strigând în spatele meu:

- Te aştept la ieşirea din discotecă.

- Fuck you! i-am răspuns, având în gură gustul propriului sânge.

Iar la toaletă, furia mi s-a amplificat exponenţial în timp ce mă priveam în oglindă. Nasul de abia l-am putut atinge de durere. M-am şters cum am putut de sânge şi am ieşit sub privirele evident amuzate ale bodyguarzilor. Eram cât pe ce să-mi pierd controlul total şi să-i pocnesc. Doar blondele din cuşti care îşi plimbau curul prin faţa lor erau protejate de cei doi troglodiţi. Se pare că la bătăi se amestecau numai dacă se aducea prejudiciu discotecii. Asta e, discotecă de turci, în Viena, mi-a trebuit...

Bruno se uită la faţa mea şi-mi spune să stau liniştit, pentru că trebuie să-mi îndrepte nasul. Eu nu am încă putere să pot răspunde altceva decât cu înjurături pe mai multe limbi deodată. O dulce limbă românească acum îmi este de ajutor. Mişcarea bruscă a lui Bruno prin care îmi îndreaptă nasul şi durerea care o însoţeşte mă opreşte o clipă din discursul care ar fi făcut pe birjarul român interbelic să roşească. Ochii mi se umplu de lacrimi, iar, apoi, îmi continui şi mai înfierbântat şirul înjurătorilor.

Când am ajuns acasă, mi-a fost de folos de faptul că toţi dormeau, m-am spălat de sânge şi m-am ascuns sub plapumă.

Dintr-o dată, mă surprind în cafeneaua din Arad cum îmi pipăi nasul care de atunci poartă cu el amprenta primei încercări de a-mi controla teama. A trebuit să mai particip la în total la opt astfel de situaţii până când Bruno s-a arătat mulţumit de reacţiile mele. La ultimele trei, am auzit semnalul dat de el şi am reuşit într-un mod controlat să întorc rezultatul luptei în favoarea mea.

Dar, acum, gata cu visatul cu ochii deschişi, mai bine să plătesc, este timpul să mă întâlnesc cu Mircea. Cel puţin, visatul de mai înainte m-a făcut să uit de întâmplarea din parc.

Îl găsesc pe Mircea în biroul său, aşteptându-mă cu o sclipire de curiozitate şi lăcomie în ochii lui mici, ascunşi de nişte ochelari cu dioptrii mari. Mircea este un tip înalt, slab şi un pic încovoiat de munca continuă în faţa calculatorului. Este şeful filialei din Arad, deci nu este nimeni invidios pe el că rămâne peste program, iar tranzacţiile de bani mai importante nu sunt realizate fără ca el să nu fie informat.

Am început să fac afaceri cu el de mai mult de o jumatate de an. Am nevoie de el pentru a transfera cea mai mare parte din banii adunaţi pe căi mai puţin ortodox într-un un cont din Luxemburg. Pentru bancă, sunt doar un client român care transferă, din când în când, bani în valută pe un cont din Luxemburg. În comparaţie cu şmenarii de la conducere care fac asemenea transferuri, eu sunt neînsemnat. Mircea ia de obicei între 5 şi 10 la sută, cash, se înţelege, din suma pe care vor să o transfere. De data aceasta, vreau să se mulţumească cu 5 la sută şi am deja un plan simplu care sper să-mi reuşească.

- Salut, Mihai! spune Mircea, întinzându-mi mâna să dea noroc. Am întotdeauna un sentiment uşor de repulsie când simt palma moale şi uşor transpirată a lui Mircea, dar nu am ce face, aşa că, după o scurtă strângere de mână, mă aşez pe scaunul aflat în faţa masei lui de birou.

- Aha, ai mai primit încă un monitor de la ultima întâlnire!

- Da, este rezultatul unui proces intern de optimizare a lucrului. Al doilea monitor este pentru a păstra mereu sub observaţie schimbările de cursuri valutare cu care banca negociază. Iar tu ştii prea bine că leul nostru este destul de greu de ţinut în frâu, replică Mircea, bucuros de gluma lui reuşită. Eu îi zâmbesc din politeţe, leul nărăvaş m-a costat deja câteva acţiuni mai puţin reuşite şi nu prea îmi vine să râd.

- Cu ce treburi prin Arad? mă întreabă Mircea, frecându-şi inconştient mâinile una de alta.

- Mă gândeam să te întreb ce ai zice dacă ţi-aş oferi de data aceasta 10 mii de euro, pentru aceleaşi servicii ca şi până acum? Lui Ştefan i se înroşesc obrajii auzind o asemenea sumă. Până acum, cel mai mult primise de la mine 3,5 mii de euro.

- Despre ce sumă este vorba? vrea să ştie Mircea.

- Suma contează de data aceasta mai puţin, replic eu, tu trebuie să răspunzi doar la întrebare.

- Hmm, miroase a chestie groasă de tot, zice Ştefan.

Mda, cred că acesta este un criteriu de angajare la bănci. Sunt luaţi doar cei care pot cu adevărat să miroasă banii oamenilor, chiar fără să-i vadă, mă gândesc eu.

- Fii atent, Mircea, tu ştii deja că mie nu-mi place să mă întind la vorbă, iar noi doi deja avem câteva acţiuni împreună care au fost de fiecare dată monitorizate de mine, deci nu cred că este cazul să încerci să aplici tehnici de negociere cu mine. Păstrează-le pentru ceilalţi clienţi.

- Monitorizare, despre ce monitorizare vorbeşti tu aici? întreabă Mircea, care, dintr-o dată, a renunţat la zâmbetul lui prietenos.

- Vezi tu, în zilele noastre, telefoanele mobile pot să facă o mulţime de lucruri, iar una din funcţiile care îmi convin mie la discuţiile avute cu tine sunt cele de înregistrare a aceea ce am stabilit până acum.

- Eşti de-a dreptul nebun, ridică deja Mircea tonul la mine, la ce vrei să foloseşti tu asemenea înregistrări, doar şi tu eşti băgat în chestiile astea până peste cap?!

- Ei, de exemplu, pentru astfel de momente în care tu, în loc să-mi dai bucuros un răspuns afirmativ la asemenea ofertă începi să-ţi umfli nările, încercând să scoţi peste oferta mea şi aşa foarte generoasă.

- Ok, ok! spune Mircea, ridicând mâinile în semn de împăcare, scuze, este un defect de serviciu, se pare că mi-a intrat în sânge.

- Scuzele sunt acceptate, spun eu trântind geanta pe biroul lui.

- Ai aici 210 mii de euro. 10 mii sunt ale tale, iar cele 200 de mii te rog să le trimiţi pe contul deja cunoscut.

Mircea porneşte maşina de numărat banii şi o programează să se oprească la 200 de mii. În mai puţin de 2 minute, banii au fost împărţiţi între buzunarul lui Mircea şi seiful băncii.

Acum degetele lui lungi chinuiesc tastatura într-un ritm care ar face să roşească o secretară de birou. Sunetul imprimantei anunţă că transferul a fost încheiat şi că pagina cu confirmare tocmai este tipărită.

- Până mâine seară ar trebui să ajungă banii în contul din Luxemburg, corect? îl întreb pe Mircea, dându-i de înţeles că o să-mi controlez online contul din Luxemburg.

- Ca de obicei, ca de obicei, replică el, cu un aer atotcunoscător.

- Este clar că de foarte mult timp băncile lucrează cu banii „electronici" între ele. Fizic vorbind, banii tăi nu or să părăsească România aşa cum alţi bani spre România nu or să părăsească Luxemburgul. Un tip isteţ care a inventat regula aceasta dintre bănci a calculat că se economisesc câteva sute de milioane pe ani pe cheltuielile de transport, fără să mai vorbind de riscurile care ar fi, de asemenea, mari.

- Mda, este doar specialitatea voastră să economisiţi cât mai mult când este vorba de cheltuielile voastre şi să născociţii tot felul de taxe când este vorba de buzunarele clienţilor, îi răspund eu mai tăios decât aş fi dorit.

Sunt foarte aproape să-i spun că uneori mai apar unii curieri neaşteptaţi, aşa ca mine, care ajută ca banii să se mai deplaseze şi fizic. În loc de asta, îi doresc o seară plăcută cu mica lui avere din buzunar.

Masa lată de birou din faţa ui o folosesc ca şi scuză pentru nu a-i mai strânge mâna şi la plecare.

Ieşit afară, inspir adânc aerul cald de vară. Pentru mine este aerul libertăţii. Mai am un pic şi o să fiu în avion spre locuri noi, spre aventuri noi, spre experienţe noi. Hm! dar până atunci, trebuie să rezolv o problemă acută, şi anume am nevoie urgentă de o bere rece şi de o masă bună cu bucate româneşti.

La hotelul Arad, o clădire cu o arhitectură precum multe clădiri din Viena, recepţionera a murmurat ceva de noua lor grădină de vară şi de faptul că se poate mânca foarte bine acolo. Picioarele deja au considerat de la sine că nu mai au nevoie de intervenţia capului pentru a li se traduce comenzile stomacului şi au mărit pasul considerabil.

Într-adevăr, murmurul recepţionistei este o adevărată

revelaţie. În comparaţie cu centrul oraşului, care se pare că se împotriveşte cu succes oricărei tentative de investiţii şi modernizare, arată foarte îmbietor. Grădina de vară are două şiruri de mese şi scaune aşezate sub un acoperiş de lemn pentru a feri de soare sau de ploaia rapidă de vară şi un şir de mese aşezat lângă un rondou de flori de trandafiri. Aici se simte mâna unui arhitect sau a unei femei cu simţul frumosului, până şi combinaţia culorilor folosite la mobilier se potriveşte la jocul de vară al florilor. Un sursur liniştitor de apă, de la o mica fântână aşezată în mijloc, întregeşte atmosfera. Doar vocile vesele ale clienţilor mai tulbură din când în când imaginea de vis a acestui loc.

O voce plăcută, cu un accent mai neobişnuit, mă trezeşte din contemplare:

- Doriţi să vă aduc şi meniul de mâncare sau serviţi doar ceva de băut?

- Ăhh, îhh, sunt doar primele sunete pe care le pot rosti, privind în direcţia de unde venea vocea. Privirea mi se plimbă între ochii mari albaştri, buzele roz care arată într-un zâmbet de îngeri, nişte dinţi albi şi perfecţi, şi un păr auriu strâns într-o coadă care se odinhneşte leneşă pe unul din umerii acestei făpturi care mă priveşte uşor nedumerită de bâlbâiala mea.

- Do you speak English? repetă aceeaşi voce cristalină.

- Ăhhh, eu nu, adică da, vorbesc, adică nu e nevoie de engleză, ăhhh, sunt român, îhhh, care fusese întrebarea dumneavoastră? reuşesc eu să rostesc prima frază.

- Dacă doriţi şi meniul cu mâncare, răspunde făptura asta ruptă parcă din pozele de Playboy din sertarul de acasă, ridicând uşor iritată din sprâncene.

- Aduceţi vă rog tot ce are de oferit restaurantul, cât timp dumneata mă serveşti, nu am de gând să plec de aici, ciripesc eu dintr-o suflare.

Frumoasa asta observă că răspunsul meu este sincer şi râde uşor în timp ce pleacă să aducă meniurile cerute. „Muică, eu m-am îmbolnăvit de inimă", îmi vine să strig în gura mare, de abia acum o pot vedea în întregime. Al doilea gând este că trebuie să-i dau de băut celui care s-a hotărât pentru acest echipament al ospătăriţelor. Păi fusta asta scurtă şi mulată pe nişte şolduri care se leagănă ca şi grâul copt pe lanurile care doar aşteaptă să fie culese şi care sunt purtate de nişte picioare înalte şi încântătoare sunt cel mai tare desert pe care îl poate avea grădina aceasta de vară. La ce dracului mai visez eu la zbor cu avionul în alte ţări, când aici, în grădina hotelului Arad, am tot ce-mi pofteşte inimioara.

Zâna asta îmi aduce meniul restaurantului cu un zâmbet pe buze pentru care sigur şi sfântul Petre ar prefera să primească un loc la spălatul vaselor în bucătăria dracului, numai să-i smulgă un sărut făpturii acesteia. Eu probabil că rânjesc cu gura până la urechi, nu reuşesc decât să dau mulţumitor din cap iar ea pleacă chicotind.

„Oare îmi mai este foame?" mă întreb privind în urma ei. Bine că intră la bucătărie să aducă comanda altor oaspeţii, altfel aş fi uitat să deschid meniul de bucate. De fapt, îl deschid mai mult din obişnuinţă, ştiu de mult ce vreau să mănânc. O avea Viena şniţelul ei renumit, dar micii româneştii nu-i întrece nimeni. Eu îi prefer cu piureu de cartofi şi mult muştar. Şi pentru că nu am de gând să plec prea devreme, îmi comand şi o ciorbă de perişoare ca să simt că m-am întors în ţară. Iar ca aperitiv, o să iau o salată de vinete cu roşii. Hm, ca desert, mai văd eu, dacă mai pot înghite ceva.

Ridic brusc privirea, antenele mi-au semnalat din nou o blondă în raza de recepţie. Frumoasa chelneriţă mă priveşte cu ei mari şi care parcă zâmbesc uşor aşteptând să vadă ce o să mai spună un bâlbâit ca mine. Ce-i drept, prea m-am fâstâcit ca un un puşti de 13 ani care pune prima oara mâinile pe sânii unei fete, da acum încep să mă am din nou sub control. Ce să fac dacă am aşa o soartă: trebuie să vin tocmai din Viena, 600 de kilometri cu maşina, pentru a întâlni o fată aşa de frumoasă.

- V-aţi hotărât ce doriţi să comandaţi? întreabă ea zâmbind din nou, însă de data aceasta mă ţin tare.

- Da, am ales, şi îi spun ce doresc. Însă cu desertul mai am o îndoială şi mă întreb dacă aţi putea dumneavoastră să-mi daţi un sfat?

- La ce v-aţi gândit?

- Ca desert, îmi doresc să vă ţin pe dumneavoastră în braţe, însă nu sunt sigur care ar fi drumul cel mai sigur pentru aceasta: să vă invit diseară la mine în cameră, la o cafea, sau să încep cu o plimbare prin parc?

- Ce s-a întîmplat că dintr-o dată puteţi vorbi fără bâlbâieli? Cât despre dilema cu desertul, în principiu, la varianta cu invitaţia la o cafea în cameră, pot sa vă răspund că mai bine să faceţi un duş rece, ajută împotriva fanteziilor care s-ar putea să vă producă insomnie.

Poftim, iar a reuşit să mă lase fără replică.

Eu îmi primesc peste 5 minute berea rece comandată şi salata de vinete. Cu timpul, se adună mai mulţi clienţi în grădina de vară, iar eu mă mulţumesc să mănânc în linişte şi să o urmăresc cu privirea cât mai des. Trebuie să mă strunesc. Chiar dacă ziua se încheie fără incidente prea mari, ar fi bine să continui să rămân în continuare concentrat asupra paşilor următori. Nu mai sunt mulţi şi voi putea să mă bucur de libertatea dorită.

Am avut din nou vise erotice. Din cărţile de specialitate, ştiu că asemenea vise sunt normale pentru vârsta mea. Însă frecvenţa lor şi faptul că rareori am de-a face cu mai puţin de două femei cu care experimentez împreunări atât de contorsionate, de parcă aş fi un practicant de yoga, mă pune pe gânduri.

Mda, asta este, nimic nu se compară cu o zi începută cu o serie de flotări....

Hotelul oferă wireless gratuit care îmi permite să verific contul din Luxemburg. Banii încă nu au apărut acolo, trebuie să mai am ceva răbdare. După un duş, mă bărbieresc şi mă îmbrac lejer deoarece afară este deja cald

Mă uit pe geam şi văd ziua frumoasă de vară care îmi face cu mâna. După micul dejun, pornesc maşina şi aleg direcţia următoare: Deva.

În radio se anunţă unde sunt amplasate radarele, fiind o zi frumoasă, au ieşit şi poliţiştii la pândit.

Este greu să-mi menţin Opelul la limita de 50 km/h. Un drum european care să străbată sat după sat găseşti doar la noi. Din nou mă descopăr înjurând politicienii noştri corupţi până în măduvă. Despre contractul cu Bechtel ştie toată ţara. Culmea este că până şi nea Ştefan, spre care mă îndrept eu acum, este în temă că aici s-a lucrat cu „mănuşi murdare". Iar nea Ştefan este un pensionar care îşi formează părerile despre ce se întâmplă în jur din ziarele pe care le citeşte şi de la televizor.

Cu siguranţă că aceasta este o diferenţă majoră între poporul austriac şi cel român. În Austria, dacă s-ar fi aflat de asemenea „manevre", acei politicieni ar fost fost de mult daţi pe mâna justiţiei.

La români, până şi ţăranul analfabet ştie despre afacerile murdare ale statului, dar nimeni nu mişcă un deget, după zicala: „Capul plecat, sabia nu-l taie".

Pe lângă mizeriile aduse de politicieni poporului român, acţiunile mele şi ale lui Ali sunt mic găinării.

Iar nea Ştefan primeşte întotdeauna o parte pe măsura nevoilor lui, din ceea ce am obţinut eu. Asemenea gesturi mă fac oarecum să mă simt ca şi haiducii din trecut: luau de la bogaţi şi împărţeau celor săraci.

Nea Ştefan mi-a vândut anul trecut o parte din pământul lui, o parcelă cu ieşire la stradă, unde poate, cândva voi construi o căsuţă pentru mine. Cealaltă parte a bucăţii de pământ, care acum îmi aparţine, se opreşte în albia Streiului.

În circa trei ore, o să-i bat la poartă. Asta dacă am norocul să dau de el acasă, pentru că de obicei, până la asfinţitul soarelui, el se află pe dealuri cu cele 11 capre ale lui.

Ziua se anunţă însorită şi foarte caldă. Părerea mea este împărtăşită şi de domniţa de la radio, care anunţă vremea pentru azi. O muncă uşoară pentru metereologii de la radio. Încă nu i-am auzit să îndrăznească vreo prognoză pentru următoarele zile. Uneori mă gândesc că se uită doar pe geam înainte de a vorbi la radio. Pe de altă parte, are şi acest sistem informaţional avantajele lui: nu greşeşte niciodată.

În Deva mă opresc scurt la Omv, mi s-a făcut foame. Aici îmi comand o porţie de cârnaţi sârbeşti, de un fresh de portocale şi o cafea mare. Am făcut şi plinul la maşină, odată ajuns la nea Ştefan, o să urmeze câteva zile pe care vreau să le petrec mai mult în natură. Planul meu prevede ca, aproximativ două săptămâni, să rămân în ţară. O cunoştinţă de-a lui Ali ne povestise, la un pahar de bere, că poliţia austriacă, pentru următoarele două săptămâni alertează forţele de ordine de la aeroport, graniţe, controalele pe la bordelurile cu prostituate se intensifică, pentru că, deseori, unii mai înceţi la minte, după o spargere, se aruncă în braţele prostituatelor, având, în sfârşit, bani pentru propriile fantezii sexuale.

Eu o să-mi petrec cele două săptămâni în ţară, făcând cât mai puţin zgomot posibil. Cu nea Ştefan ne-am înţeles ca eu să apar ca un nepot de-al lui, o rudă mai îndepărtată pentru a avea explicaţii şi pentru urechile curioase ale satului.

La Deva, am trecut şi pe la Billa şi am încărcat portbagajul maşinii cu tot felul de produse alimentare. Şi aceasta a devenit aproape o tradiţie pentru vizitele mele la nea Ştefan. Nu am uitat şi câteva pungi cu bomboane care ştiu că-i plac foarte mult. Am schimbat vreo 2000 de euro în lei, pentru că nu vreau ca nea Ştefan, după vreo rachie, să se laude la vecini că ar avea valută acasă.

Oamenii satului sunt şi fără aceste informaţii curioşi sau invidioşi, mai bine să nu le ofere din greşeală o astfel de tentaţie.

Afară este deja foarte cald. Imediat după ce trec de pădurea Haţegului, spre stânga se aşterne, la picioarele străzii, una din cele mai frumoase porţiuni din Valea Streiului. Aproape de fiecare dată simt nevoia să opresc maşina şi să-mi las privirea să zboare deasupra câmpiei verzi care se întinde până la marginea Streiului, străjuit, pe partea cealaltă, de nişte dealuri înalte. Aici parcă sufletul simte ceva din libertatea cu care şoimul străbate cerul, departe de grijile omeneşti. Aici mă simt acasă, în mijlocul acestei naturi tăcute, ca un moşneag care poartă în el amintirile multor generaţii care s-au adăpostit în braţele ei.

Trecând de Haţeg, spre dreapta încep să se arate munţii Retezat. Abia aştept să-mi iau rucsacul în spate, cortul de două persoane, din material uşor, însă complet impermeabil şi să mă îndrept spre lacul Bucura. Voi sta acolo până mi se termină proviziile... Dacă nu vine vreo furtună de vară, voi petrece nişte zile de vis.

Japonia, Yokohama, după două săptămâni petrecute în Tokio...

71

POC! Lovitura mă readuce din nou în prezent. În faţa mea, un zid care începe să devină cenuşiu. În urmă cu 60 de minute, când m-am aşezat în faţa lui, era negru, adică doar bănuiam că acolo se află zidul acestei încăperi. Aceasta este a treia zi pe care o petrec într-un templu tradiţional japonez, în limba lor se cheama „shukubo". Un templu unde nu se pune accent pe confortul din Occident, însă se primesc turişti care vor mai mult decât să facă doar nişte poze cu călugări japonezi.

De jur împrejur, se aude doar respiraţia adâncă şi liniştită a celor care au reuşit deja să se elibereze de gândurile cotidiene, de grijile de zi cu zi şi să încetinească sau poate chiar să oprească agitaţia minţii. Eu, din păcate, încă sunt în căutarea unei asemnea linişti mentale. Mintea mea este mai agitată decât o maimuţă ţinută în cuşcă şi care ştie că urmează să primească de mâncare.

Sunt aşezat cu picioarele încrucişate, cu fundul pe o pernă care ajută genunchii să nu stea sub o tensiune prea mare. Îmbrăcat într-un chimono simplu, încerc să urmez indicaţiile date la intrarea în această încăpere: să caut să-mi liniştesc mintea privind acest zid din faţa mea.

Dintr-o dată, simt o uşoară mişcare în spatele meu, urmată de o lovitură destul de puternică pe umărul stâng. Lovitura este dată cu o bâtă din lemn de bambus, care se îndoaie uşor pe umărul meu.

Acum o lună, tot ce se poate că aş fi răspuns cu câteva lovituri bine plasate „condimentate" cu nişte înjurături româneşti picante, acum însă sunt recunoscător pentru acest gest.

Lovitura m-a readus din nou cu mintea, cu atenţia la zidul din faţa mea. Respir conştient, adânc şi o iau de la început cu contemplarea zidului. Cel care m-a lovit pe umăr este călugărul de serviciu din această dimineaţă. Aceste persoane sunt în stare să-şi dea seamă cânc mintea unuia dintre cei prezenţi iar a luat-o razna. Probabil că o astfel de persoană, cu mintea aiurea, generează inconştient mişcări uşoare ale corpului. Sau poate că tipul sesizeazá agitaţia mentală a cuiva, deşi asta mi se pare prea trasă de barbă. Eu unul am observat adesea la unii oameni cum, aşezaţi la o masă, îşi mişcă genunchiul unui picior, o mişcare pe verticală, cu o frecvenţă de parcă ar vrea să pună în umbră un picamer. Despre aceştia pot să bag mâna în foc că, în acele momente, mă întrec în ceea ce priveşte agitaţia minţii.

Nici nu este de mirare că în aceste trei zile am adunat probabil mai multe lovituri pe umăr decât aceşti călugări aplică în mod obişnuit într-un an întreg. Însăşi ideea că mintea mea ar fi agitată este un concept atât de nou, că, abia aşezat în faţa zidului cu intenţia să-mi liniştesc gândurile, încep să mă întreb ce anume înseamnă asta, de fapt, şi la ce o fi bun. Eu credeam că o minte activă este o dovadă de forţă analitică.

Poc! Din nou am primit o lovitură. Este evident că aceşti călugări sunt de altă părere. În gând, îi mulţumesc tipului cu bâta că este atent să nu lovească mereu acelaşi umăr. Altfel aş avea nevoie de un masaj după o astfel de şedinţă sau, mai rău, de îngrijire medicală. Sau poate el ar avea nevoie de îngrijire medicală.

Ceva tot am descoperit în aceste trei sesiuni de meditaţie budhistă; şi anume că, dacă mă concentrez să respir încet, aceasta are un efect asupra vitezei cu care gândurile îmi trec prin minte. De spus nu mi-a spus nimeni nimic, dar am remarcat la respiraţia uşoară şi rară a celor din jurul meu. Hmm... deci tot e bună la ceva analiza asta... În curând se va încheia şi cu această şedinţă de meditaţie. Lumina zilei va anunţa un nou posibil început. Dar nu pentru mine. Eu încă sunt prins în cătuşele întâmplărilor din zilele trecute. Şi caut cu îndârjire un drum afară din labirintul acestor gânduri. Simt că ceva este foarte aproape să facă o legătură între ceea ce s-a petrecut acum câteva zile şi ultimele mele zile petrecute în România.

Şi dintr-o dată, o expresie reapare la suprafaţa conştientului şi produce o tulburare interioară precum valurile unui ocean, furios pe norii care s-au strâns deasupra lui şi vor să-l ţină departe de mângâierea razelor de soare. „Femeia Shakti". Această expresie care oarecum este cauza întâmplărilor de aici am auzit-o prima dată în Retezat. Mai precis, pe malul lacului Bucura. „Femeia Shakti", blestem şi fascinaţie, nebunie sau înşelătorie, adevăr sau ticăloşie, adjective care ar putea toate să contribuie la caracterizarea acestei expresii. Şi încă ştiu prea puţin despre ce se ascunde în spatele acestei expresii, dar acum îmi este clar că nu am auzit-o prima dată aici, în Japonia, ci în Retezat, după ce plecasem de la nea Ştefan. Gândurile se îndreaptă din nou spre acel colţ frumos de ţară.

Iulie, într-un sătuc de pe Valea Streiului

Am ajuns deja la casa lui nea Ştefan. Parchez maşina în faţa porţii. Poarta de la intrare se deschide uşor şi, pentru că „Ursul", câinele lui nea Ştefan, este un vechi prieten de-al meu, nu-mi fac griji să intru neanunţat.

Pentru alţii care ar îndrăzni să-mi urmeze exemplul şi să intre în curte neinvitat, i-aş sfătui să strige mai bine la poartă, şi să aştepte până nea Ştefan îl leagă pe Ursu. Câinele ăsta este foarte pretenţios cu prietenii, pe care parcă şi-i alege el singur. Cei cunoscuţi şi aceptaţi de el se pot număra pe degetele de la o mână. Ce-i drept, dacă nea Ştefan te prezintă lui ca şi prieten, atunci ai şanse mari să fii acceptat de el, dar nu este obligatoriu să fie astfel; e posibil ca doar să te treaca pe lista celor care nu are voie să-i muşte. Este o rasă ungurească, numele lui tradus ar însemna ceva de genul „păzitorul". Este complet alb, înalt, însă cu gâtul scurt şi puternic. Are nişte ochii negri migdalaţi, a căror privire inteligentă te scanează de parcă ai fi la medic pentru analize de plămâni. Se spune că, în trecut, asemenea câini erau de găsit doar la nobilimea ungurească, având şi ei, datorită culorii albe, o alură nobilă şi, în acelaşi timp, fiind foarte buni păzitori ai stăpânilor. Pentru nea Ştefan, „Ursul" este prietenul lui care-l însoţeşte aproape peste tot.

Acum este linişte în curte. Doar nişte găini se plimbă prin ogradă, ciugulind din când în când nişte boabe de porumb imaginare. Din câte ştiu eu, primesc de mâncare doar dimineaţa şi seara. Curtea este doar parţial acoperită de nişte pietre, care încearcă, atunci când plouă, să oprească nămolul pe care, altfel, picioarele l-ar purta în camere. Nea Ştefan are două case, chiar dacă doar una dintre ele este cu adevărat folosită. Clădirea cea mare are patru camere, cu pivniţă şi un pod unde afumă porcul tăiat la Crăciun. Ce-a de-a doua este mai degrabă bucătăria de vară, unde însă are şi un loc de dormit şi, din cât îl cunosc eu, acolo doarme nea Ştefan. Casa cea mare este pentru oaspeţi, adică mai degrabă pentru mine, pentru că nu prea ştiu să mai aibă altfel de rude.

Nea Ştefan a lucrat la mină, în Petroşani. De vreo 20 de ani a ieşit la pensie, iar soţia şi-a pierdut-o în urma cu şapte ani, într-un accident de maşină. Copii nu au avut, astfel că, de când l-am întâlnit pentru prima oară, venind cu anunţul de ziar unde scria că vrea să vândă pământul care acum îmi aparţine mie şi, ascultând ce i-am propus, mă tratează aproape ca pe fiul lui.

L-am rugat să-mi vândă pământul fără a face prea mult zgomot şi să se folosească în continuare de el ca şi cum ar fi al lui, deoarece eu încă nu o să fac prea mult cu el pentru următorii ani, însă faptul că am cumpărat propria mea bucată de pământ a fost un sentiment copleşitor. Iar aşezarea lui, precum vă spuneam am ieşire la Strei, are pentru mine o valoare deosebită.

Vazând ce cadouri îi fac, mai ales în bani, deoarece doar cu pensia lui nu ar face mare lucru, mda, din nou îmi trec peste buze nişte „vorbe de mulţumire" pentru politicienii români, a hotărât că, de fiecare dată când îl vizitez, mie îmi aparţine camera cea mai mare a casei de oaspeţi.

Uşa o găsesc aşa cum mă aşteptam, închisă. Cheia este, ca întotdeauna, într-una din cizmele aşezate la intrare. După ce mă schimb de haine, adică mai las pe mine doar un slip de baie, aşez cumpărăturile în frigider sau ce nu mai are loc, în pivniţa răcoroasă, arunc un prosop mare pe umeri şi pornesc desculţ spre Strei.

Până la asfinţitul soarelui, petrec timpul la umbra unui nuc din grădină, împletind leneveala cu câteva pauze în care mă răcoresc în apa Streiului, care, parcă, îmi susură veselă: „Bine ai venit acasă!"

Diferenţa dintre Viena şi acest loc de natură, unde stresul şi agitaţia se pare că nu au trecut niciodată, este copleşitoare. După ce încerc de câteva ori să prind nişte peşti ascunşi sub pietre, aşa cum mi-a arătat nea Ştefan, însă fără succes, mă întind sub nuc şi adorm adânc şi lipsit de griji.

Mă trezeşte o limbă aspră şi un nas umed care îmi linge mâna dreaptă.

- Ursule, cum de m-ai găsit? Ia spune, ţi-a fost dor de

mine? Ursu mă privește dând din coadă cu o frecvență care ar face să roșească până și un ventilator de la Honeywell. Îi sar de gât și încerc să-l răstorn pe spate. El se pare că era pregătit la această mișcare din partea mea. Se sprijină pe labele din față, își apleacă capul în față fără a opune rezistența la care eu mă așteptam, iar mâinile mele slăbesc strânsoarea. Ursu atât și aștepta: cu o mișcare prea rapidă pentru capacitatea mea de reacție, își retrage capul și, aruncând labele din față pe pieptul meu, este învingătorul acestei întâlniri. Mulțumit, latră de câteva ori spre a-mi arăta că știe foarte bine cine a învins de data aceasta. Cu umilință, trebuie să accept că obrazul meu face și el cunoștință cu limba lui aspră.

- Aici erai! aud o voce ușor răgușită. Ursu îl aude și el pe nea Ștefan și coborând labele de pe pieptul meu, privește spre stăpânul lui cu o privire parcă vrea să spună: „Ei, ce spui, l-am găsit, așa cum mi-ai ordonat".

Nea Ștefan este neschimbat. Poartă o cămașă subțire de vară, cu mânecile ridicate până la cot și niște pantaloni trei sferturi. În mâini are un ciomag din lemn de plută. Pe cap are pălăria de cowboy cumpărată de mine. Fața lui înnegrită de soare ascunde doi ochi mici și negr din care acum, pentru că-mi zâmbește, se mai văd doar două linii mici de culoarea tăciunueui. Îi strâng mâna, simțindu-i din nou palma noduroasă, cu pielea aspră de la muncile câmpului. Ca înălțime, îmi ajunge pe la nivelul umărului și, deși are peste 65 de ani, strânsoarea mâinii îi trădează forța brațelor. Este subțire și cred că, dacă ar fi să i se măsoare grăsimea corporală, ar fi mai mică decât cea a sportivilor de performanță. Mâncarea lui preferată este laptele de capră fiert, cu pâine.

Astă-seară știu că va coborî din pod cârnați afumați și iuți cum numai la el am mâncat.

- Am văzut lucrurile lăsate de tine în casă şi atunci i-am zis lui Ursu să-l caute pe Mihai. Imediat a dat scurt târcoale la intrarea din casa mare şi, când tocmai începusem să cred că eşti într-una din camere, îl văd cum sare gardul dinspre grădină, şi atunci am ştiut că eşti la Strei, îmi explică el cu o voce liniştită. Doar străluirea ochilor mici îi dezvăluie bucuria de a mă revedea.

- Te-ai mai voinicit de când ne-am văzut ultima oară, spune el privind cu admiraţie spre mine. Bine ai venit! adaugă el punând mâna pe umerii mei. Sper că îţi este foame, deoarece eu şi Ursu nu am mâncat de azi dimineaţă nimic.

Ursu latră aprobator şi mă priveşte în ochi, aşteptând un semn de la mine. Ar ajunge să mă îndrept spre el, s-ar arunca din nou cu labele pe mine, însă acum mă uit spre nea Ştefan.

- O idee grozavă, alergatul după peşte m-a obosit şi pe mine. Oricum, nu am prins nimic, trebuie să îmi mai arăţi o dată cum funcţionează.

- Tehnica deja o cunoşti, trebuie doar să exersezi mai mult. Apropo, până când stai de data asta... Sper că nu doar două zile! răspunde tot el.

- M-am gândit la vreo două săptămâni, timp în care aş vrea să salut şi Retezatul, deoarece am terminat cu examenele, iar apoi o să lipsesc o perioadă mai îndelungată.

- Hmm, chestia din urmă îmi place mai puţin, dar acum hai să mâncăm împreună şi, apoi, surpriza aceasta merită şi un vin rece de la pivniţă; ce spui de asta? mă întreabă el zâmbind şi, ştiind că nu trebuie să răspund, ca şi cum ar fi întrebat: „Vrei, calule ovăz?"

Aşezaţi la masa de lemn din curte, cu farfuria plină de legume atunci culese din grădină, încerc aproape fără succes să sting iuţeala cârnatului piperat, folosindu-mă de vinul rece din oala de lut. Nea Ştefan îmi povesteşte de-ale muncii câmpului şi despre noii „membri" din turma lui de capre. Iezi născuţi anul acesta şi care au avut bafta să supravieţuiască Paştelui au fost, aşa cum se poartă la casa omului, deja botezaţi. Este interesant de observat, că, deja, de la naştere, aceste animale sunt împărţite între cele care vor fi tăiate sau vândute de Paşti şi cele care urmeaza să trăiască pentru mai mulţi ani la casa ţăranului. Cele din urmă primesc un nume care exprimă deseori chiar caracterul animalului. Aceasta se întâmplă pe baza unei simpatii care se dezvoltă din momentul în care ţăranul se ocupă prima oară de puiul nou născut. Atunci, la prima vedere se face o selecţie clară: frigăruie de Paşti sau un nume şi câţiva ani de viaţă la curtea ţăranului. Bineînţeles că şi robusteţea animalului are un cuvânt de spus, deoarece nici un ţăran nu va ţine animale slabe sau bolnave la curtea lui, dar pe lângă aceasta există o legătură tainică între cele două făpturi care se înfiripă la prima vedere. De aceea şi primesc un nume. Pentru cei de la oraş este greu de înţeles un asemenea comportament, însă timpul deja petrecut la curtea lui nea Ştefan m-a ajutat să descopăr această legătură aproape familială dintre ţăran şi animalele lui. Chiar şi atunci când ţăranul suduie şi mai scapă câte o lovitură pe spinarea lor, atunci când aceste animale sunt tăiate, de cele mai multe ori se cheamă un vecin pentru aceasta, iar ţăranul îşi şterge pe furiş o lacrimă care se scurge pe faţa lui asprită de soare. Este felul ţăranilor romăni de a se despărţi de animalele crescute de ei.

Am citit că indienii mulţumeau spiritului naturii pentru animalul tocmai căzut sub săgeţilor lor. Ţăranul romăn, dând un nume animalului la naştere, oferă astfel spiritului animalelor o cinste aparte, făcând din această creatură un membru al familiei lui.

Nici nu este greu să las mintea să facă asemenea corelaţii,

într-o asemenea atmosferă. Mirosul îmbătător al teiului care umbreşte masa unde ne-am aşezat, soarele care asfinţeşte peste munţii Retezat ce se văd în depărtare, vocea uşor răguşită şi cu ritmul ei domol, a lui nea Ştefan, Ursu care şi-a pus botul pe labe şi care ajunge să-l privesc pentru a începe din nou să măture cu coada lui praful de jos, toate aceste elemente mă relaxează, mă determină să trăiesc aici şi acum, să respir doar puternic din plamâni, în încercarea de a prelua cât mai mult din aroma dulceagă a florilor de tei.

Nea Ştefan continuă să-mi spună că, anul acesta, vremea a fost până acum bună cu ei. Când au avut nevoie de ploaie, au primit ploaie şi, când le-a trebuit soare, au avut soare. Cu această explicaţie... se referă nu la propriile dorinţe de ploaie sau soare, ci la ceea ce pământul pe care îl munceşte avea nevoie. Şi acest aspect este atât de diferit de felul de percepţie al orăşenilor. În timp ce nea Ştefan iese la câmp, pe ploaie şi în nămol până la genunchi, dacă ploaia face bine pământului în sensul că pomii, viţa-de-vie, legumele sădite tocmai aveau nevoie de aceasta, pe faţa lui se va regăsi un zâmbet liniştitor, chiar dacă cerul ar părea că şi-a rupt norii. Această simbioză a ţăranului cu natura este ceea ce m-a fascinat mereu şi m-a determinat să-mi găsesc un asemenea loc de retragere după escapadele mele din Viena.

Iar astă-seară, cea de-a treia ulcea de vin roşu a reuşit, în sfârşit, să învingă iuţeala cârnatului scos pe masă doar pentru oaspeţi. Iar efectele secundare ale vinului, precum gândurile uşoare şi genunchii moi sunt, cum spuneam, efecte secundare.

- Iar tu, Mihai, ce mai zici, cum îţi mai este viaţa prin Viena aia a ta? Voi pe acolo aveţi copacii, aveţi munţii aşa frumoşi ca ai noştri?

- Avem Dunărea mare pe care trec vapoare, avem şi copacii ca aici, dar nu avem munţii aşa frumoşi ca Retezatul.

- Păi vezi, răspunde mulţumit nea Ştefan, tot mai bine este aici la noi, turnându-mi din nou vin.

Acest schimb de vorbe este ca un ritual de fiecare dată când ne vedem. Deşi l-am invitat de câteva ori la mine, ideea de a-şi lăsa casa şi animalele pe mâna altcuiva l-a oprit de fiecare dată. Este plăcerea lui de a-mi arăta că aici la el este mai bine şi mai frumos decât oriunde altundeva, iar eu nu vreau să-l contrazic.

- Şi care îţi sunt planurile pentru mai departe? mă întreabă el, privindu-mă cercetător.

- Vreau să rămân două săptămâni aici, dacă nu ai nimic împotrivă, iar apoi voi lipsi o perioadă mai îndelungată, plănuiesc o călătorie mai lungă prin lumea cea mare, răspund eu.

- Aş vrea să-l împrumut pe Ursu pentru câteva zile, pentru o drumeţie prin Retezat, dacă eşti şi matale de acord. Ursu mă priveşte cu coada ochiului atent, gata să se ridice pe picioare dacă aş mai rosti odată numele lui.

- Ştii bine că poţi să-l iei cu tine, însă cât timp ai de gând să cutreieri lumea cea mare? mă întreabă el cu o îngrijorare părintească în glas.

- Depinde cât de mare e lumea cu adevărat, răspund eu misterios. Încă nu ştiu nici eu, dar simt că ceva în depărtări mă cheamă să plec, să descopăr, să învăţ lucruri noi.

- Ah, tinereţea asta cu focul ei neliniştit, răspunde nea Ştefan. Hai noroc şi bine ai venit!

- Noroc! răspund eu şi beau din a patra ulcea de vin, ştiind că momentele de luciditate vor deveni de acum înainte din ce în ce mai puţine. Niciodată nu am reuşit să număr mai mult de patru ulcele de vin, chiar dacă poate am băut mai multe, dar numărul cinci nu-mi amintesc să-l f rostit vreodată.

La fel se întâmplă şi acum. Mă trezesc dimineaţă pe la ora

9.00, cu soarele mângâindu-mi faţa, în cearceaful proaspăt mirosind a naftalină. Şi, din nou, mă minunez de faptul că nu am nici o durere de cap şi nici senzaţia aceea de mahmureală pe care o cunosc după unele nopţi scurte petrecute prin discotecile din Viena.

Fac patul şi, după o spălare cu apă rece de la fântână, sunt din nou complet treaz. Îmi simt corpul tânăr şi plin de energie, iar aceasta îmi oferă un sentiment plăcut de forţă, de luciditate.

Urmează două ore de flotări, abdomene şi combinaţii de lovituri, încheiate cu o săritură în Strei pentru a-mi răcori muşchii corpului. Descărcări de energie de-a lungul coloanei vertebrale sunt răspunsurile corpului la activitatea avută iar foamea din stomac mă aleargă din Strei direct la frigiderul plin de bunătăţi.

După o masă simplă, unt, brânză şi roşii, mă apuc de meşterit la locul meu de odihnă preferat. Între doi nuci bătrâni din grădina mea, construiesc un fel de hamac marinăresc. Apoi, cu o carte în mână, mă las legănat uşor, iar după câteva pagini citite, mă las cuprins de un somn adânc, fără vise.

Mă trezesc păsările de pe crengile din nucul de deasupra mea. Se pare că au o dispută aprinsă. Probabil iar a încercat vreo „vecină" să fure din construcţia cuibului unde deja puii au făcut ochi, încă nu sunt atât de mari încât să poată zbura. Mă uit la ceas şi văd că mai am timp să mă duc pe câmp în întâmpinarea lui nea Ştefan. Pe păsări le las să-şi continue disputa, sperând că lămuresc dilema până mâine.

Pe nea Ştefan îl găsesc uşor şi, după ce îi povestesc cum mi-am petrecut ziua, mă duc să mă joc cu Ursu, care se pare că nu a alergat azi suficient după capre, are o rezistenţă la care eu nu pot face faţă.

Astfel petrec următoarele zile, ocupându-mă doar de

condiţia fizică şi căutînd să nu mă gândesc la faptul că poate poliţia din Viena a dat de urmele noastre, că poate Ali este deja prins sau alt fel de catastrofe. Programul simplu, zi de zi, mă ţine departe de astfel de gânduri. Iar mâine am de gând să plec pentru câteva zile în Retezat. Pentru aceasta, azi mi-am mai verificat încă o data cortul pe care, de când l-am cumpărat, nu l-am scos din portbagajul maşinii decât pentru a înnopta în el. Verific şi sacul de dormit şi, până la urmă, doar bateriile de la lanternă trebuiesc schimbate. În rest, totul este pregătit pentru o excursie de câteva zile. Nu ştiu câte nopţi o să petrec în cort, prin Retezat, şi intenţionat nici nu stabilesc din start un asemenea plan. Voi hotărî spontan, la faţa locului când o să mă întorc, iar această atitudine este un semn al liniştii interioare care începe să mă cuprindă.

Este un rezultat al vieţii pe care am hotărât să urmez. Cu un serviciu regulat, cu un număr de zile fixe de concediu pe an, nu aş fi niciodată capabil de asemenea experienţe. Ce-i drept, riscul unei asemenea vieţi este mare, însă precum spun şi rechinii de la bursa de acţiunii: dacă te încumeţi la investiţii cu risc mare, şi posibilitatea de câştig este pe măsură. Şi căderea poate fi, de asemenea, foarte mare, dar, dacă începi să iei asemenea variantă în calcul, deja ai pierdut.

Iar acum, gândindu-mă cu bucurie la excursia de mâine, nu există nici un loc pentru gânduri negative în mintea mea.

Pe Ursu l-am informat deja. De două ore, în timp ce mi-am verificat echipamentul, îi tot explic fiecare detaliu în parte. Iar el latră aprobator, sărind în jurul meu. L-am înnebunit de câte ori i-am rostit numele. Însă sunt convins că l-a cuprins febra excursiei. Sau, cel puţin, o febră musculară a cozii pe care azi o mişcă cu o frenezie ieşită din comun.

Cortul nu-l mai verific în detaliu, ştiu de cum l-am împachetat ultima oară că are toate componentele în ordine.

M-am hotărât pentru un așa numit trecking cort, de vreo 5,5 kilograme și care se montează relativ ușor. Două persoane pot să se întindă după placul inimii în el. Hmm, nu se știe niciodată ce zână a munților îmi apare în drum.

Are în plus o perdea pentru protecția împotriva țânțarilor și două deschizături în acoperiș, pentru a lăsa aerul proaspăt în interior. Pe partea de intrare mai am posibilitatea de a prelungi zona printr-un acoperiș care se dovedește binevenit pentru Ursu când se mai întâmplă să ne prindă ploaia. Sau ne ține de umbră în momentele mai fierbinți ale zilei.

Considerând și sacul de dormit, plus ceva mâncare și niște ustensile de gătit, greutatea care se află pe umerii mei ajunge ușor la aproximativ 20 de kilograme.

Însă nu mă obligă nimeni la un tempo care să depășească capacitățile fizice, astfel că sunt mai mult decât mulțumit cu echipamentul meu. Cu rucsacul în spate, practic cu tot ceea ce am nevoie pentru a explora din nou Retezatul, sentimentul de libertate ia proporții care probabil că numai într-un asemenea cadru deosebit precum munții aceștia dragi se poate dezvălui sufletului meu.

Azi merg mai devreme la culcare și mă opresc la prima ulcea cu vin roșu. Nea Ștefan îmi mai dă niște sfaturi legate de renumitele vipere ale Retezatului, cum și ce este mai bine să faci să nu le calci pe coadă; eu ascult politicos, gândindu-mă că ideea cu viperele ține de poveștile spuse seara la foc, în satele de la poalele munților, pentru a băga un pic spaima în copiii sătenilor.

Eu cel puțin nu am întâlnit nicio viperă, ce-i drept nici nu am căutat după ele, dar nici de la turiștii cu care mai schimbă omul o vorbă nu-mi amintesc să fi auzit ceva despre ele. Oricum, nea Ștefan îmi vrea binele, astfel că-i mulțumesc frumos, îi doresc noapte bună și apoi mă las pe aripele viselor.

Blackberry-ul Storm care-mi ține de deşteptător, telefon, gps, mp3 şi încă alte câteva funcţiuni pe care încă nu le-am descoperit mă trezeşte fără milă la ora 6.00. Cred că organismul meu încă e fixat pe ora din Austria, deoarece se revoltă de parcă ar fi cu o oră mai devreme. Dar îmi rostesc cuvântul magic: Retezatul, Mihai, muntele te aşteaptă să te salute.

Afară ziua se arată promiţător. Nici cu luneta nu aş descoperi vreun pui de nor.

Eu sunt omul dimineţii, odată trezit, sunt foarte rapid în rezolvarea igeniei corporale, ora 7.00 mă găseşte pe la gara de la Ohaba de sub Piatră. Este locul preferat de a da de un mijloc de transport până la Cârnic. Ofertanţii sunt „binevoitori" de-ai satului pricepuţi în a jumuli studenţii veniţi pentru drumeţii.

Ce-i drept, în era internetului sunt deja o mulţime de informaţii disponibile de la preţul cerut iniţial până la preţul final negociat cu măiestrie, până chiar la numele şoferului şi anul de fabricaţie al troşcoletei cu care asigură transportul. Eu am fost anul trecut cu nea Nicu şi cu dubiţa lui marca Renault; probabil prima dubiţă ieşită de pe linia de fabricaţie a francezilor. Maşina îşi făcea încă datoria, deşi cred că ARO-ul vechi, românesc, m-ar fi scuturat mai puţin.

Azi ajung cu încă trei băieţi din Constanţa să plătim 36 de lei pentru patru persoane, într-o dubiţă marca Fiat. Anul de fabricaţie, hmm, cred că geamăn cu Renault-ul de anul trecut. Cei trei sunt mai puţin interesaţi de munte, se pare că mai mult de bucureştencele despre care, cică, au auzit ei că rezistă puţin la băutură şi că sunt foarte emancipate în privinţa partenerilor sexuali sau, mai bine zis, a numărului lor. Unul dintre ei transportă muniţia de vânătoare: vodcă pură. Sticlele sunt multe şi învelite cu grijă în prosoape mici ca să nu se ciocnească între ele. Rânjind, îmi spun despre cocktailul lor preferat: vodcă cu coca-cola. În funcţie de persoana care primeşte paharul, concentraţia diferă. Adică fetele pe care au pus ei ochii primesc coca-cola doar ca şi culoare în pahar.

- Şi la Bucura aţi fost? îi întreb eu, în speranţa să trezesc totuşi în ei un interes pentru bogăţia din jur.

- Ce ne trebe nouă Lacul Bucura, când gagicile frumoase se întorc seara la Cabana Pietrele? Frumoase şi dornice să dea de nişte bărbaţi adevăraţi ca noi.

Nu le răspund imediat. Mă uit la ei şi mă gândesc în sinea mea că au şanse bune să întâlnească în curând bărbaţi adevăraţi şi poate atunci vor înţelege diferenţa care pentru mine este evidentă.

- Aveţi grijă să nu vă legaţi de fata vreunui salvamontist, că vă văd dormind în braţele urşilor! le spun eu ca un sfat prietenos, în sinea mea însă sperând să supere pe unul din acei bărbaţi bărboşi şi cu faţa biciuită de vânt. Cu ei nu este de glumit. Păzesc munţii ăştia ca pe copiii lor. Şi, dacă în Occident oamenii au fost educaţi să respecte curăţenia atunci când fac drumeţii, printr-un sistem aspru de amenzi care se şi aplică consecvent şi fără excepţii, la noi, în Retezat, cei care au fost prinşi de salvamontişti că au lăsat mizerie în jurul lor au cunoscut câteva şuturi în fund date cu o aşa dragoste de natură, încât, cu siguranţă, ar fi plătit mai degrabă amenda austriecilor.

Din fericire, drumul până la Cârnic este scurt, iar cei trei zăpăciţi sunt o excepţie în ceea ce priveşte vizitatorii acestei zone. Sau cel puţin îmi place mie să cred că sunt o excepţie.

De la Cârnic mai sunt circa 6 km până la Cabana Pietrele, un drum de tractor, pe care eu sunt hotărât să-l fac pe jos. Cei trei idioţi, spaima femeilor de la Cabana Pietrelor, rămân în aşteptarea unui mijloc de transport. Îşi păstrează, cică, energia pentru dezmăţul care-i aşteaptă. Le dorec cu o jumătate de gură distracţie plăcută şi respir uşurat că am scăpat de compania lor. Cu Ursu în faţa mea mă îndrept spre munţii aceştia atât de dragi mie.

Satul l-am lăsat în urmă, iar eu am mărit pasul, azi m-aş bucura să-mi montez cortul pe malul lacului Bucura. Iar asta înseamnă câteva ore bune de mers pe jos, cu un rucsac de 20 de kilograme în spate.

Lacul Bucura. În sfârşit. Deşi o bucurie a fost chiar drumul în sine, sunt acum fericit să las rucsacul de pe spatele deja transpirat după efortul depus. Ursu s-a pus şi el cu botul pe labe şi doar ochii i se mişcă cercetător de la stânga la dreapta. Sunt convins că i-a ajuns şi lui pentru azi.

De aproximativ şase ore suntem într-un marş forţat. La cabana Pietrele am făcut doar o scurtă oprire pentru a verifica cum stau cu proviziile şi a da ziua bună celor de-a acolo. Hmm, cei trei idioţi lăsaţi în urma mea cred că vor trebui să se satisfacă reciproc, cel puţin eu nu am văzut picior de studentă dornică de orgie sexuală. Cabanierul îmi spunea că acum, pe vreme frumoasă, cei veniţi în Retezat stau cu plăcere în corturile aduse cu ei, iar la cabană vin doar pentru înnoirea proviziilor, aşa cum, de altfel, şi eu intenţionez. Că au trecut zilele trecute nişte grupe de studenţi, dar că acum sunt sigur împrăştiaţi prin diferitele culmi ale munţilor.

În jurul lacului mai sunt trei corturi deja montate. Nu se vede nici o mişcare, probabil că cei cărora le aparţin sunt plecaţi prin împrejurimi.

Nu am auzit pe nimeni până acum să fi povestit că ar fi fost furat. Aici aş fi putut să las geanta plină cu bani, în cort, fără să-mi fac griji că nu aş mai fi găsit-o. Aici, în munţii aceştia, mă simt sigur. Oamenii pe care-i întâlneşti au din start o variabilă comună cu tine: iubirea de natură. Variabilă pentru că la fiecare se manifestă diferit, dar comună pentru că egal cât de obositoare să fi fost drumeţia la care te afli, când doi oamenii se întâlnesc, se salută cu un zâmbet prietenos şi sincer şi cu o privire complice care ar vrea să spună: „Ei, ce spui de bogăţia aceasta din jur?"

Aici suntem toţi prieteni, aici se ajută unii pe alţii, de la sine înţeles. Nici măcar cei care vorbesc o limbă străină nu sunt priviţi ca străini. Forumurile de pe internet sunt pline cu relatări ale turiştilor din străinătate şi toate au un numitor: căldura şi prietenia cu care sunt întâmpinaţi şi acceptaţi de cei întâlniţi aici. De parcă muntele ar deschide în sfârşit inima şi mintea oamenilor şi ne-ar dezvălui în tăcere că diferenţele, prejudecăţile, impulsul de a cataloga, critica, analiza şi de a pune fiecăruia şi oricărui eveniment o etichetă sunt doar propiile noastre bariere prin care încercăm să ne dăm un sens vieţii de zi cu zi. O viaţă de chin.

Iar aici, aici se lasă toate aceste tipare deoparte, aici se ascultă liniştea. Aşa cum eu acum, închizând ochii şi lăsând soarele de amiază să-mi usuce picăturile de transpiraţie de pe frunte, ascult liniştea şi pe faţă am zâmbetul de care vorbeam mai sus. Iar liniştea aceasta deosebită are o mie şi una de nuanţe. Urechile parcă au primit un „zoom", le pot focaliza pe respiraţia rapidă a lui Ursu, pe zumzetul insectelor aflate ceva mai departe sau până în departări unde nu se mai aude nimic şi totuşi atât de multe.

Ceea ce iubesc eu la munţii aceştia: cu liniştea lor atotcuprinzătoare te conduc spre tine însuţi. Începi să te „auzi" din nou. Aceasta este una din comorile lor deosebite. Ceva ce, ca locuitor al oraşului agitant şi gălăgios, am uitat cu desăvârşire.

Marşul forţat a obligat organismul să producă endorfină. Poate că şi acesta este unul din motivele euforiei mele. Acum mă bucur de fiorii răcoroşi şi binefăcători care îmi străbat corpul.

Mă simt protejat, mă simt invincibil între braţele acestor munţi. Port în mine o idee ascunsă adânc, o voce care acum, şoptind misterios, mă descrie ca pe un haiduc din trecut. Un gând care s-a născut de când am început să-l vizitez pe nea Ştefan şi astfel să mă apropii mai mult de greutăţile de viaţă ale celor ca el. Pe cât de dragă îmi este această ţară, pe atât de mult mă revolt împotriva a celor care au ajuns să aibă bani şi putere. Iar, aici, în mijlocul acestor munţi, ascult parcă bătaia inimii acestei ţări. Şi este bătaia unei inimii de voinic, o inimă puternică, o inimă de rebel. Este chiar bătaia inimii mele.

Până când se lasă întunericul mai sunt câteva ore, iar pentru azi. Deşi am îndeplinit programul de activitate fizică, dacă vreau ca la noapte să am un acoperiş deasupra capului, trebuie să mă ocup de instalarea cortului.

Mai multe semicercuri construite din pietre aşezate una peste alta marchează locurile unde aş putea să-mi aşez cortul. Mă hotărăsc pentru latura cea mai din exterior pentru a avea o privire de ansamblu asupra celor două corturi deja montate, unul lângă altul sau a celor care poate vor mai veni.

Ursu ajută şi el cum poate la montatul cortului. Adică dă din coadă aprobator. Parcă ar şti că după aceea urmează să desfac o conservă de carne, pe care am să o împart cu el. Am şi brânză de la nea Ştefan, iar cu o ceapă spartă, este totul spus. Pentru nopţile reci, binecunoscute chiar şi în zielele de vară, am o pălincă galbenă, „întoarsă" de câteva ori prin cazanul lui nea Ştefan. Ajunge o gură, două din ea şi începe omul să creadă că a cărat cu el degeaba sacul de dormit.

Iar masa asta simplă, aici, pe malul lacului, după drumul din spatele meu, este cea mai bună masă cunoscută vreodată. Nici restaurantele de lux din Viena, unde, din când în când, mă cinsteam cu Ali după vreo „reuşită" de-a noastră, nu aveau o mâncare aşa de gustoasă. Cât de relativ este totul.... Mă trezeşte lătratul lui Ursu. Este un lătrat cu un ritm regulat, rar. Ursu mă surprinde mereu cu intelegenţa lui înnăscută. Eu, probabil, am aţipit după efortul zilei şi masa copioasă. Vocile pe care le aud în depărtări confirmă semnalul transmis de Ursu prin acest lătrat al lui. Oamenii cărora le aparţin corturile se întorc la locul de campare. Ursu doar mă avertizează că nu mai suntem singuri.

Scot capul din cort şi mă felicit că încă am ochii pe jumătate închişi. Altfel cine ştie ce efect ar fi avut limba lui Ursu care se plimbă veselă pe faţa mea. E bucuros că mesajul lui a ajuns la mine. Sau se bucură pentru un pic de acţiune. Acum lătratul lui devine ceva mai concret. Întors spre cei noi veniţi, latră şi dă din coadă în acelaşi timp parcă pentru a semnala că el nu este singur pe aici, ci că are o misiune serioasă pe care deja a îndeplinit-o cu succes.

De fapt, e doar la fel de curios ca şi mine să-i cunoască mai de aproape pe cei noi veniţi.

Sunt patru persoane. La prima vedere, aş spune că este vorba de două cupluri de tineri. Sunt adunate în jurul corturilor şi una din fete priveşte spre cortul meu astfel că ochii ni se întâlnesc inevitabil. Simt cum sunt măsurat şi analizat, iar eu, la rândul meu, fac acelaşi lucru. Este o roşcată cu părul lung până la umeri, înaltă şi suplă. Îmi place ce văd. Îi fac cu mâna şi ea îmi răspunde cu o mişcare veselă.

- Hai, Ursule, se pare că am fost invitaţi. Ursu merge lângă mine fluturând coada prietenos.

- Salutare! Spun eu, intenţionat mai tare astfel ca şi cel de-al doilea băiat care era pe jumate intrat în cort să mă audă.

- Salut, îmi răspunde unul dintre băieţi, care şi păşeşte înaintea celorlalţi şi-mi întinde mâna în semn de noroc. Eu o scutur în timp ce mă prezint.

- Eu sunt Mihai, iar dumnealui este Ursu...

- Eu sunt Cristi, răspunde cel căruia îi scutur mâna. Este o palmă moale, lipsită de tărie. Se potrivește la restul apariției: un tânăr cu un început de chelie, cu o burtică care dă să îi iasă pe sub tricoul prea scurt. Dar are o față veselă și ochi care mă privesc prietenos, pe sub ochelarii cu dioptrii mari.

- Eu sunt Dana, îmi zâmbește din nou roșcata cea înaltă. Acum îi observ pistruii care aproape îi acoperă complet fața. Ochii verzui mă privesc jucăuș și cu un interes evident.

- Monica, se prezintă ce-a de-a doua fată. În timp ce mă apropiam de ei am observat un fund uriaș de femeie. Ceva greu de descris. Monica era aplecată asupra rucsacului cu care călătorise, astfel că mi-a oferit o imagine greu de uitat. Aplecată în față, diametrul părții dorsale acopera cu succes umerii, capul și mâinile care scotoceau vioaie în rucsacul din fața ei astfel încât am crezut că văd o pară uriașă.

Acum, în fața mea stă o tânără brunetă cu părul împletit la spate, de înălțime medie, cu un corp mai degrabă suplu, cu un bazin însă cu adevărat impresionant, astfel că am și explicația imaginii de mai înainte.

- Ce spui, Dana, nu-i așa că avem aici un Shiva remarcabil, spune ea întorcându-se spre Dana.

- Mă numesc Mihai, repet eu pentru că am impresia că am primit o poreclă ciudată, care nu-mi spune nimic. Nu sunt sigur dacă a fost un compliment sau o batjocură.

- Am înțeles că te cheamă Mihai, răspunde brunețica, rapid, de parcă ar vrea să-mi transmită că are auzul foarte bun. Dar noi, aici, avem o Shakti inițiată, arătând spre Dana, iar tu ai calități evidente de Shiva.

Eu am impresia că sunt la un film cu nebuni. Nu știu ce se spun. Noroc cu Cristi care mi-l prezintă pe celălalt băiat. Un tip înalt și slab, cu o privire nervoasă venită din niște ochi înfipți într-o față de șobolan de câmp. Privind la el realizez surprins ce rapid pot trecede la sentimente de simpatie avută față de roșcată la o antipatie grețoasă creată de prezența celui din fața mea.

- Acesta este Laurențiu, îl prezintă Cristi. Să nu te mire că nu scoate nici măcar un sunet deoarece tocmai practică „mauna".

- Ce ai spus că practică? întreb eu ceva surprins.

Am observat că Laurențiu doar a clătinat din cap, dar am crezut că este doar felul lui de a exprima că nu mă vrea printre ei.

- Mauna, tehnica tăcerii. Trebuie să știi că noi suntem yoghini. Unii sunt mai avansați decât ceilalți, spune el privind cu respect către Laurențiu.

- Hei, Cristi, ia-l mai ușurel pe vizitatorul nostru spune Dana.

- Ei lasă, că dacă este un Shiva o să înțeleagă repede despre ce este vorba, se amestecă în discuție și Monica.

Este evident că singura persoana cu un dram de empatie este Dana. Ea pare să observe că eu sunt mai mult decât surprins, astfel că încearcă să aducă discuția din nou în sfere mai omenești.

- Noi ne pregătim să facem un foc de tabără, vrei să ne ajuți, Mihai?

În mod normal și firesc aș fi răspuns afirmativ la invitația unei fete frumoase și atrăgătoare, dar acest grup de tineri nu pare a fi normal în termenii cunoscuți de mine. Am nevoie de niște explicații suplimentare.

- Tu ești o Shakti inițiată? Există și Shakti neinițiate? Care este diferența? întreb eu, deși, de fapt, sper să aflu ce mama dracului este o Shakti.

- În fiecare femeie există o Shakti care poate fi trezită din potențialul latent inițial prin inițierea amoroasă cu un maestru yogin, se amestecă în vorbă Monica.

Iar eu credeam că cei din fața mea vorbesc românește. Privesc, puțin spus, ceva nedumerit la Dana încercând să descopăr la ea niște trăsături speciale, ceva ce mi-ar da un indiciu lămuritor pentru descrierea dată de Monica. Nu reușesc. În schimb murmur singura transcriere care îmi trece prin cap:

- Adică a făcut sex cu un yogin și astfel este acum o Shakti?

- Nu cu un yoghin oarecare, mă repede Monica, ci cu un inițiat în tainele amorului. Doar o astfel de persoană poate elibera forțele latente ale unei femei și să o transforme într-o Shakti.

- Ești și tu o Shakti? o întreb pe Monica deși am simțit o oarecare invidie amestecată cu speranță în replica ei de mai înainte.

- În curând voi primi și eu această inițiere și privește cu respect către fața de șobolan.

- Iar eu sper să fiu în curând inițiat de către o Shakti, adaugă visător cel numit Cristi. În privirea aruncată Danei este o rugăminte de copil care vrea și el o prăjitură.

- Și astfel vei fi un Shiva, răspund eu ca să le arăt că nu sunt lipsit de logică. Dacă Shakti este o exprimare a potențialului ascuns în femeie, Shiva trebuie să fie descrierea pentru potențialul din bărbat.

Cristi nu apucă să răspundă pentru că iar se amestecă Monica.

- Precum și la femei, există bărbați unde acest potențial este ușor de trezit, iar la alții este nevoie de o Shakti foarte experimentată.

Se pare că tocmai i-a tras o palmă verbală lui Cristi, ceva

de genul: „Pune-ţi pofta în cui". Acesta se pare că are urgent ceva de rezolvat în cortul din spatele lui.

Ursu, aşezat pe labele din spate, nu pare a fi iritat de ceea ce aude. Norocul lui că nu ia parte la o asemenea discuţie. Eu am sperat să dau de o grupă de tineri, iubitori de munte şi de poveşti la un foc de tabără, să bem o bere împreună aşteptând să se rumenească slănina înfiptă în frigăruile care nu au voie să lipsească la o asemenea întâlnire. Asemenea momente de reflecţii m-au ajutat deseori să ies cu bine din împrejurări mai neobişnuite.

- Dacă vă ajut la pregătirea focului, am voie să-mi prăjesc şi eu o bucată de slănină? Ursu o mănâncă şi crudă, dar eu o prefer ceva mai rumenită. Astfel îmi deschid o portiţă de scăpare din această întâlnire care începea să mă irite.

- Ştii, Mihai, noi suntem vegetarieni, răspunde Dana, uitându-se cu înţeles la Monica care se pregătea, cu mâinile în şold să mă înveţe o nouă regulă despre yoghini. Însă nu se poate stăpâni prea mult timp.

- Oh, deci tu eşti un mâncător de cadavre, mă taxează ea acum cu o privire unde se pare că interesul ei pentru braţele şi umerii mei musculoşi a dispărut.

Monica a muşcat din momeala aruncată de mine. Argumentul ei, că aş fi un mâncător de cadavre, este unul des folosit de vegetarieni. În Viena, printre studenţi, mai ales studente, am întâlnit mai multe feluri de vegetarieni. Unii dintre ei se simţeau foarte responsabili de cum mănâncă cei din jurul lor, astfel că am exersat de câteva ori discuţii de pro şi contra consumului de carne. Singura învăţătură câştigată din asemenea discuţii a fos că mi se par lipsite de sens. Vegetarienii sunt la fel de porniţi împotriva celor care manâncă carne precum şi reprezentanţii carnivorilor care se simt chemaţi să lupte pentru „drepturile lor" sunt plin de glume și ironii la adresa vegetarienilor. Nu am asistat la nicio convertire într-un sens sau altul.

- Cred că este mai bine să vă las acum în pace, răspund eu, fericit în sinea mea că mă pot îndepărta de acești tineri care trăiesc într-o lume a lor.

Lui Ursu nu aș fi putut să-i explic niciodată de ce nu-și poate primi porția de slănină rezervată astfel că atunci m-am întors fără prea multe păreri de rău la cortul meu petrecându-mi restul de seară doar în compania lui. Dar a fost prima dată când am întâlnit acest cuvânt: Shakti.

Japonia, Yokohama, după două săptămâni petrecute în Tokio...

Aceeași mână care a mânuit bâta de bambus, mi se așază acum ușor, pe umăr.

Este semnul cunoscut ce exprimă că ședința de meditație pentru unii și ședința de încasat lovituri pentru alții, s-a încheiat.

Mă ridic, scuturând ușor picioarele obosite și mă îndrept spre ieșire. Turiștii care au rezistat eroic să nu vorbească încep să ciripească în diferite limbi, mai rău ca niște vrăbii certărețe, îndreptându-se spre cantina unde se servește micul dejun. Îmi iau rămas bun de la călugărul de serviciu care mă privește parcă înțelegător pentru frământările mele. Îmi cade greu să-i accept privirea compătimitoare după loviturile încasate, dar sunt conștient că el și-a făcut doar datoria. Astăzi însă am impresia că nu au fost în zadar chinuielile mele de a medita. Am impresia că am pus o piatră în a construi puntea care ar putea lega între ele evenimentele trecute. Și, cine știe, poate chiar că voi găsi o explicație pentru evenimentele recente. Cu un ușor sentiment de speranță, mă îndrept spre micul dejun.

Poate chiar că voi putea să mănânc ceva astăzi. Şi poate voi reuşi să răspund la privirele prietenoase a grupului de suedezi sau danezi, nu sunt prea sigur, cu un zâmbet. Mai ales că am descoperit acolo două blonde interesante. Faptul că reperez din nou blondele pe radarul meu este cu adevărat un semn bun.

Mâncarea este simplă, dar binefăcătoare. Am primit un ceai verde, o supă uşoară, cred că se cheama Misso şi, lângă orez, se putea alege între peşte prăjit sau tofu. Am ales peşte şi sunt mulţumit de alegerea făcută.

După masă aleg astăzi să mă aşez pe una dintre băncile aflate în grădina care înconjoară mănăstirea şi să las soarele să mă cuprindă cu mirare că mă arăt, din nou, la faţă. Zilele trecute, după o cană de ceai, mă întorceam în cămăruţa pe care o am la dispoziţie şi continuam să-mi bat capul cu cele întâmplate.

De trei zile sunt aici. Fără voia mea. Am fost adus aici de Debra şi bătrânul samurai Minji. Ideea este că după două săptămâni de nebunii în Tokio, o asemenea schimbare este binevenită.

- Pentru siguranţa mea, a spus Debra. Acestea au fost parcă ultimele ei cuvinte... Ba, nu, parcă a spus ca ne vom mai revedea şi să aştept aici un semn de la ei.

Oricum şi o pauză de la sake-ul japonez îmi prinde bine.

Sake-ul japonez, o băutură japoneză clasică la fel de răspândită ca şi ţuica românească. După două săptămâni de Tokio, pot spune să sunt expert în a recunoaşte diferite feluri de sake-uri. Diferite ca şi tărie.

Deci sake-ul japonez, discotecile şi anturajul lui Mark, australianul simpatic cu care spre distrugerea mea m-am împrietenit deja a doua zi de stat în Tokio. Soarta mi-a îndreptat paşii la acelaşi hotel unde era şi el cazat şi, după cele trei zile de bântuit prin templul ăsta şi dormit pe jos, pe o saltea, înconjurat de nişte pereţi de hârtie care transmit foarte uşor sforăiturile şi alte emanaţii zgomotoase pe care călugării le mai dau drumul noaptea... după trei zile de budism pur sânge pot spune că întâlnirea cu Mark a fost o provocare a karmei mele. Prin karmă, budiştii ăştia japonezi înţeleg ceea ce românii la noi ar spune că este soarta omului. Numai că, dacă la noi se vorbeşte foarte superficial despre asta, aici karma este aproape o religie. Cu acest cuvânt se explică cam toate situaţiile din viaţa omului şi chiar şi din viaţa următoare, deoarece, urmând firul acestei religii, karma de azi este rodul acţiunilor din trecut, iar acţiunile noastre de acum vor avea ca şi rezultat o karmă într-o viaţă următoare. Un cerc destul de vicios în jurul karmei şi cred că acesta şi este ţelul budiştilor, să se elibereze din aceast lanţ al vieţii. Cam asta, cu partea teoretică. Aici am făcut nişte avansuri, templul are o bibliotecă cu cărţi în limba engleză, pentru novici ca mine care, se pare, vor intenţionat să obosească mâna paznicului cu bâta de bambus.

De trei zile încerc să elimin sake-ul, mirosul de ţigări din discotecă şi oboseala acumulată alergând aiurea cu Mark prin cluburile de noapte din Tokio, de parcă ar fi venit sfârşitul lumii şi am fi vrut să mai gustăm odată din plăcerile omeneşti. Dar cred că am avut o strategie şi un plan al dracului de eronat pentru că, dacă mai continuam mult astfel, ajungeam să cunosc sfârşitul meu mai repede decât sfârşitul lumii.

Al dracului australian putea să bea la sake, că începeau chelnerii să sune alte discoteci să mai întrebe dacă pot să le împrumute ceva băutură. Ce-i drept, cu o jumătate de litru de sake în sânge mi se părea chiar şi mie o japoneză din asta micuţă care îmi ajungea ceva mai sus de buric şi spoită pe faţă şi pe păr ca şi alea din revistele lor de „manga", foarte atrăgătoare. Este vorba de revistele lor care conţin tot felul de povestioare; ei spun că ar fi caraghioase aceste povestioare, eu am încercat să răsfoiesc câteva, însă te împiedici la tot pasul de ele, dar nu am prins se pare încă simţul umoristic al japonezilor.

Pe când cei de aici, din templu, adică aceşti călugări japonezi au făcut din ideea de karma o religie, în afara acestor temple, în oraşe precum Tokio mangas-urile acestea sunt religia generaţiei tinere. Japonia este plină de contraste. Nici nu-i de mirare că am aterizat într-un templu încercând să-mi ling rănile produse de sake, bătăi prin discoteci şi fetiţe manga.

Cum spuneam, cu sake în loc de sânge în organism, aceste fetiţe manga sunt destul de acceptabile.

Din păcate, Mark este mort. Iar eu am asistat la execuţia lui. Iar acest templu nu mi l-am ales eu, ci am fost adus aici printr-o combinaţie de împrejurări pe care nu mi le pot explica decât ca o mişcare puternică în karma mea individuală.

De trei zile nu fac decăt să retrăiesc ultimele momente din viaţa lui Mark, nu prea mai dorm şi caut cu disperare răspunsuri în aceste cărţi budiste. Singura explicaţie care mă ajută să accept cât de cât ceea ce s-a întâmplat o regăsesc în acest cuvânt magic: karma.

Experienţa puternică şi şocantă mă obligă din nou şi din nou să reîncep cu momentul întâlnirii cu Mark. Încerc în subconştient să descopăr unde a apărut acea ramificare de drumuri, ce aş fi putut face altfel ca să nu se ajungă la un asemenea rezultat: la moartea lui Mark. Şi, de fiecare dată, ajung la aceeaşi concluzie ciudată: Mark a ales ca eu să-i fiu însoţitorul lui până la moarte: o concluzie ciudată, cu siguranţă, concluzie izvorâtă din emanaţiile acestor cărţi citite dar singura care simt că se apropie de adevăr. Simt însă că mai mult de atât, moartea lui Mark înseamnă un nou început pentru mine. Un început care se află undeva în ceață însă totuşi foarte aproape. Şi mai am un gând care vrea să-şi găsească un loc permanent în mintea mea. Un gând la fel de absurd precum ceea ce s-a întâmplat: Mark m-a ales pe mine ca să-i răzbun moartea. Un gând care mă înfioară retrăind ultimele lui clipe.

Mark este un australian, cam de vârsta mea, de fapt era, deoarece acum este mort, dar încă totul este atât de viu în mintea mea încât trecutul şi prezentul se amestecă continuu, un băiat al cărei familie deţine în Australia vreo circa 4.000 de vaci şi care a ales să vadă lumea. Mark avea un plan foarte clar pentru perioada în care a petrecut-o în Tokio, iar planul lui era şi foarte simplu: să se distreze cât îl ţine pielea. Iar eu nu prea aveam un plan pentru primele zile, adică am ajuns de la aeroport în hotel şi după ce am petrecut o zi de unul singur căutând să fac pe turistul acela clasic cu muzee şi alte aiureli, am dat seara la barul hotelului de Mark care îşi „încălzea" muşchii pentru ieşirea nocturnă.

Un tip înalt, cu umeri laţi, suplu şi pielea bronzată, cu ochii albaştri, mereu zâmbind şi pus pe glumă, Mark m-a prins în plasa lui. De fapt, cred că m-a atras felul lui de a privi viaţa cu o relaxare şi uşurinţă care îmi era total necunoscută. Chiar dacă sunt eu român, să nu uităm că mi-am petrecut ultimii ani printre austrieci. Adică acolo nu se face nimic fără un plan, fără o strategie, fără un ţel care trebuie atins. Iar Mark reprezenta pentru mine un alt fel de a trăi. Cei drept, acum privind aceste schimbări fără ceaţa provocată de sake-ul japonez, un mod de a trăi mult mai periculos decât cel al austriecilor.

Fiul unei familii cu traditie în creşterea bovinelor, Mark mai avea încă doi fraţi cu puţin mai mari decât el. Tatăl lor le-a propus băieţilor ca, începând cu vârsta de 18 ani, pentru fiecare an petrecut la casa lui, ceea ce între paranteze fie spus, presupunea muncă de la răsăritul şi până la apusul soarelui, o să primească de la el pentru o lună de zile, tot sprijinul financiar necesar pentru a petrece această lună în ce oraş al lumii pe care ei îl vor alege.

Nu ştiu ce interese aveau fraţii lui Mark atunci când vizitau un loc nou, dar la Mark era evident că prefera să descopere noul prin ochii femeilor care aparţineau ţării pe care o vizita şi prin filtru băuturilor alcoolice. Nu pot decât să bănuiesc faptul că munca pe care acest tânăr trebuia să o îndeplinească timp de 11 luni conducea la astfel de reacţii din partea lui.

Mark se afla deja de peste 10 zile în Tokio şi avusese timp să descopere locurile lui favorite. Eu m-am bucurat că am dat de un „ghid" pe gustul meu. În primele seri a trebuit să mă sprijin pe umerii lui pentru a ajunge la hotel. Sake-ul acesta al japonezilor, care este servit uşor încălzit pare, la prima gustare, nevinovat şi fără tăria palincii noastre româneşti, care îţi poate arde gâtul chiar şi la propriu. Sake-ul are alt păcat: te lasă să crezi că poţi să bei mult şi fără griji din el. Se potriveşte foarte mult acestei naţii de japonezi. Mereu politicoşi, cu respect şi zâmbet pe buze îţi dau impresia că totul este în regulă, totul este la locul lui. Iar cei care lasă propriile ziduri de protecţie jos, cei care se încred în acestă aparenţă, aceştia sunt cele mai sigure victime.

Cum spuneam, mi-a trebuit ceva timp să mă obişnuiesc cu viclenia acestei băuturi. Între timp, m-am trezit după o astfel de noapte de beţie cu un tatoo pe umărul stâng: un mic dragon sau zmeu cum am spune noi românii, care scuipă flăcări.

- Mark, ai idee ce este cu acest tatuaj de pe umărul meu?

l-am întrebat în aburii de mahmureala de a doua zi.

- Ah, „my dragon brother" zice el cu un surâs larg pe toata fața: acum suntem frați. Tu ești cel care a ales acest model continuă el încercând probabil să răspundă la mirarea de pe chipul meu.

- „The spirit of the Japan sake" este tot ce scot eu din mine. Ne obișnuisem ca pentru toate nebuniile pe care le făceam împreună și pentru care orice om cât de cât normal la cap ar fi intrat în pâmânt de rușine, să avem o singură explicație: spiritul din băutura de sake era cel responsabil de acțiunile noastre.

O explicație foarte plauzibilă de altfel, deși acum aș spune că mai bine s-ar interzice turiștilor această băutură.

- Yeah, „the spirit of the Japan sake brother"! Răspunde Mark hohotind și-mi arată și umărul lui cu același dragon care scuipa flăcări.

Într-o altă dimineață, m-am trezit acoperit de trupurile a vreo trei japoneze micuțe, toți fiind goi pușcă, noi dormind pe jos, iar Mark cu alte două fete atârnate de gâtul lui.

The spirit of the Japan sake își făcuse din nou de cap, astfel că, după ce ne-am descotorosit de japonezele pe care nici nu știam cum le cheamă, am continuat ziua dormind buștean. Între timp, zilele se transformaseră în nopți și nopțile în zile.

Am descoperit că adevărata față a japonezilor se poate cunoaște doar noaptea. Ziua sunt toți la fel: politicoși, reținuți, atenți să respectele cele o mie și una de reguli de bună purtare. Însă noaptea, mai ales în barul nostru preferat, aveam ocazia să vedem cum managerul la costum și cravată ajungea după câteva căni de sake să aibă, probabil, orgasm sărutând papucii unei fetițe costumată ca un personaj din revistele lor cele mai răspândite: manga. Atunci se aruncau toate regulile peste bord şi vedeai faţa lor adevărată.

După cum ne explica Miniji, un bătrânel simpatic, care ni s-a prezentat ca fiind proprietarul barului unde noi petreceam cel mai mult timp, acestea erau reacţii absolut normale: în asemenea localuri, tot ceea ce se întâmpla aici, rămânea aici. O lege nescrisă însă respectată de toţi oaspeţii lor. O lume nebună pentru noi, o lume pe care eu şi Mark nu o ne-o puteam explica decât prin „the spirit of the sake". O lume care însă se părea să ni se potrivească şi nouă de minune: lui Mark care simţea astfel că se bucură la extrem de luna lipsită de griji, muncă şi obligaţii. Iar pentru mine: eu eram dornic de lucruri noi, iar acest comportament, acest ritm era cu adevărat nou. Plin de neprevăzut, momente de intensitate maximă de trăiri în afara regulilor de societate cunoscute până acum.

Însă faptul că Mark a fost omorât sub ochii mei, acest lucru a fost ca şi cum aş fi fost scuipat din această lume nebună plină de plăceri trupeşti într-o realitate nouă, străină, de neînţeles.

„De ce a trebuit Mark să moară? Ce aş fi putut eu să fac să opresc aceasta?" Faptul că şi eu fusesem rănit, o tăietură superficială la nivelul stomacului, nu era nici o consolare pentru mine.

Reuşisem să mă desprind doar două zile de anturajul lui Mark, pornind prima mea căutare pentru a găsi ceea ce m-a adus cu adevărat în Japonia. Am ales această ţară dintr-un motiv foarte bine conturat în ultima perioadă petrecută împreună cu Ali. Acţiunile desfăşurate cu Ali mi-au deschis un orizont nou, mi-au arătat că este posibil să urmez un alt drum de viaţă decât cel al oamenilor obişnuiţi. La aceste acţiuni împreună cu Ali s-au adăugat experienţele cu o încărcătura emoţională mare, cunoscute în vizitele mele din ţară. Discuţiile îndelungate cu nea Ştefan au trezit rebelul din mine, l-au adus la viață. Descoperisem la nea Ștefan o trăsătură pe care nici nu credeam că ar exista și în mine. Nea Ștefan trezise în mine dorul de țară, respectul față de natura bogată și milenară a pământurilor românești. Din discuțiile cu nea Ștefan se născuse în mine mândria de a fi român. Trăind printre austrieci învățasem să rostesc cu teamă, aproape chiar cu rușine, că sunt străin, că sunt „ausländer". Primii austrieci întâlniți îmi vobeau despre România ca o țară de copii părăsiți la orfelinate, de o țară de țigani, de o țară de primitivi.

Combinația dintre măreția Retezatului și iubirea de țară, de pământ, a lui nea Ștefan, a fost catalizatorul care a trezit în mine un dor de țara pe care o părăsisem împreună cu părinții mei. Îmi găsisem din nou locul meu unde mă simțeam cu adevărat acasă. În gândurile mele ascunse îl consideram pe nea Ștefan ca fiind un urmaș al dacilor care mai demult călăreau caii sălbatici chiuind cu pletele în vânt pe valea Hațegului. O legătură parcă ancestrală cu spiritul de războinici al acelor daci, care alegeau mai degrabă să moară decât să-și piardă libertatea se născuse în mine pe parcursul acelor discuții.

Cu atât mai mult mă durea și mă înfuria resemnarea lui nea Ștefan față de viitorul acestei țări. De la el aflasem de așa numiții baroni ai orașelor sau comunelor prospere, de acele căpușe care sufocau țara. Iar acest conglomerat de emoții, a găsit un ecou curajos în interiorul meu. Am hotărât că vreau să devin un luptător modern, unul care să fie în stare să pună în mișcare o schimbare în mințile românilor. Eu sunt convins că asemenea mie mai există mii, zeci și sute de mii de români cărora nu le este indiferent ce se întâmplă cu țara lor. Și, astfel, am hotărât să mă duc în Japonia, cu dorința, poate, aparent puerilă, de a găsi un maestru în arte marțiale, un maestru care să mă ajute să devin un luptător desăvârșit.

Dar am dat mai întâi de Mark, în răstimpul în care eu îmi îngăduisem o perioadă de acomodare. Doream o vacanţă, înainte de începe la modul serios de a porni pe acest drum demodat pentru cei din anturajul meu din Viena, dar înflăcărător pentru rebelul din mine.

În cele două zile vizitasem patru dojo-uri din Kyoto însă deşi aş fi avut multe de învăţat, nu se produsese acel „clic" în mine. În imaginaţia mea urma ca atunci când voi sta în faţa maestrului predestinat mie, voi simţi acea voce interioară care să-mi confirme încetarea căutărilor.

Cert este că doar două zile i-au trebuit lui Mark ca să se îndrăgostească de o Shakti. Mă înnebunise cu descrierea unei fete pe care cum spunea el trebuia neapărat să o cunosc şi eu deoarece doar astfel am să pot să-l înţeleg. Imediat ce m-a descoperit în lobby-ul spaţios al hotelului m-a îmbrăţişat şi a început să turuie.

- Mike trebuie să asculţi ce descoperire am făcut!

- Hi, Mark, cum se face că nu eşti deja înmuiat de „spirit of sake" deja?

- Mike, lasă-l pe acest spirit la o parte, cred că am dat de „spirit of love" de când ai plecat tu.

- Vrei să spui că te-ai îndrăgostit?

- Lulea, zice el rânjind până la urechi.

- Nici o problemă, o rezolvăm noi şi pe asta, replic eu, deoarece Mark şi dragostea este ca şi dracul dus la biserică: nu rămân prea mult timp împreună.

- Şi cum o cheamă? întreb eu pentru că este evident că aceasta va fi tema noastră în continuare. Este chiar mai bine că nu mă întreabă prea multe despre ce am făcut. Dacă i-aş povesti ce gânduri îmi fluturặ mie prin cap aş fi la fel de verosimil precum vestea lui că s-ar fi îndrăgostit.

- Ea zice că este o Shakti, dar nu cred că este numele ei.

Ştii, nu vorbeşte prea bine engleza astfel că bănuiesc că nu mi-a înţeles bine întrebarea. Şi apoi tu ştii că în barurile de japonezii, cretinii iubitorii de karaoke pot uneori să scoată nişte răgete de măgari înfometaţi.

- Deci în barul lui Miji ai dat de ea.

- Nu, doar ştii că Miji nu are animatoare. Am încercat unul nou, de pe aceeaşi stradă. Acesta avea mai multe animatoare care între ele vorbeau o limbă ciudată.

- Atunci este clar că nu te puteai decât să te îndrăgosteşti de ea. Mark îmi înţelege ironia şi se roşeşte uşor la faţă. Animatoarele din barurile japoneze ofereau o gamă foarte largă de servicii clienţilor. De la a servi un pahar cu băutură, a dansa şi cânta cu muşterii piliţi, până a avea sex cu ei, era totul inclus. Totul era doar o întrebare de cât de mult îşi putea permite clientul să plătească. Iar servicul din celălalt capăt al spectrului de activităţi pe care un client le putea experimenta cu o animatoare de acest gen era foarte scump. Asta ştiam tot de la Mark care îmi explicase că a lăsat o mie de dolari pentru o oră de asftel de diezmărdări cu o animatoare.

- A costat mult să guşti din dragostea ei, Mark?

- Hey, Mike, sunt serios când spun că m-am îndrăgostit şi poate l-aş fi crezut dacă ar fi mai fi păstrat faţa de ofensat pentru câteva secunde în plus.

- Ha, ha, ha, râde el, chestia cu plata este ultima variantă. Azi vreau să încerc să o conving cu puterea mea de atracţie.

- Mai bine i-ai povesti că ai în Australia peste 4.000 de vaci, acest argument s-ar putea să o intereseze.

- Ticălosule, răspunde Mark, nu ai încredere în puterea mea de seducţie?

- Ba da, Mark, tu ai putere de seducţie, dar o animatoare din bar nu cred că este sensibilă la aşa ceva.

- Mă rog, eu mai încerc în seara aceasta cu seducţia şi

dacă nu merge, mâine mă ajuţi tu să aflu ce preţ are.

- Ok, Mark, aşa ne mai înţelegem, răsuflu eu uşurat deoarece pentru o clipă crezusem că puterea mea de a înţelege cu cel fel de om am de a face mă părăsise.

- Deci astă seară mi-o prezinţi şi mie.

- Doar dacă îmi promiţi că nu-i faci o analiză prea subiectivă, răspunde Mark

- Cum adică, Mark, nu mă ştii tu pe mine ca fiind obiectiv în a descrie oamenii? Mă mir eu cu o mutră inocentă. Adevărul este că ne obişnuisem după ce ne pileam destul de bine să-i luăm prin lupa bârfei pe cei din jur. Fiind mulţi străini prin barurile japoneze ne imaginam tot felul de poveşti despre „victimele" noastre, astfel că doar noi ştiam de ce chicoteam cu paharul de sake în faţă. Iar descrierile noastre erau pe atât de obiective pe cât sake nu aveam în sânge, adică deloc.

Zis şi făcut, am plecat spre barul nou descoperit de Mark. La intrare ne aşteaptă un japonez morăcănos într-o geacă de piele, cu gâtul îndesat în umeri şi alură de paznic de bordel. Dar îl recunoaşte pe Mark astfel că se oboseşte să mişte uşor din cap în semn că putem intra.

În multe baruri japoneze, ca străin, ai nevoie de o recomandare. Nu ştiu ce le făcea Mark, probabil îi mituia cu bani, dar el nu părea să-şi bată capul prea mult cu asemenea reguli.

O lumină difuză, înecată de fum de ţigară ne întâmpină după perdeaua care acoperă uşa de intrare. Barul este format din locuri de stat la tejgheaua în formă de semilună, unde doi chelneri servesc băuturile, urmează în cercul interior al semilunii o podea înălţată cu patru bare de striptease unde se şi agită nişte fete să le atragă atenţia unor bărbaţi aşezaţi în fotolii de piele însoţite de mese micuţe unde pot bea şi se pot holba la spectacolul de pe scenă. În stânga şi în dreapta scenei de striptease stau doi indivizi, fraţi cu cel de la intrare, doar că nu au geacă de piele, ci doar un tricou negru. Sub tricou li se văd braţele muşchiuloase cu nişte tatuaje care, dacă ar fi să mă bazez pe filmele cu mafioţi, aş spune că sunt dintr-o grupare de yakuza, adică mafia japoneză. Probabil că sunt puşi acolo pentru a proteja fetele de bărbaţii cărora nu le mai ajunge doar să se uite. Nu că nu ar fi voie, dar mai întâi trebuie să plătească.

Toată atmosfera mă respinge. Eu nu fumez astfel că acum aş prefera să ne ducem la barul lui Miji unde se bea, se cântă, se mai ciupesc chelneriţele de fund, dar nu se fumează şi nu sunt mafioţi prin preajmă. Ce-i drept nu sunt nici animatoare, în sensul larg al cuvântului.

În dreapta semilunii se mai află un şir de mese unde se pare că sunt ceva musafiri, dar atenţia îmi este captată de grupul de patru bodyguarzi postataţi în apropriere, semn că aceasta este zona de V.I.P. La acele mese văd nişte feţe de europeni şi japonezi şi nu m-ar mira dacă Mark ne-ar duce şi pe noi acolo. Din fericire el se îndreaptă spre tejgheaua barului.

- Un sake, comandă Mark.
- O bere, comand eu.
- Ce s-a întâmplat, Mike, mă întreabă Mark, te-ai lăsat cucertit de călugării din Kyoto...
- Berea are alcool replic eu, deşi cunosc părerea noastră despre berea japoneză.

De berea japoneză nu-mi este teamă că m-ar ameţi cumva. Este mai degrabă ca o limonadă cu gust de orz. Mark mi-a explicat în prima seară de ce nu-mi recomandă berea japoneză şi de atunci trebuie, de fiecare dată, să mă gândesc la aceasta. Explicaţia lui a fost de genul: „Berea japoneză este ca şi cum ai face sex într-un caiac-canoe – este al dracului de aproape de apă..."

Adevărul că atmosfera din acest bar mă îndeamnă la vigilenţă. Poate şi faptul că am vizitat cele patru dojo-uri mi-au reamintit de ce am venit aici, dar cred că mai degrabă doream să rămân cu simţurile treze. Planul meu era să-l conving cât mai repede pe Mark să plecăm din acest loc. Eram conştient că totul depinde de cum va decurge întâlnirea cu animatoarea descoperită de el.

- Şi, deci, Mark, unde îţi este frumoasa? Dansează cumva pe scenă? întreb eu privind la fetele de origine europeană care se fâţâiau sub ochii grei de băutură a celor aşezaţi pe scaunele din apropiere.

Am remarcat că mai mult de a lăsa sutienul jos nu aveau în program. Cel puţin nu în acest program mai mult sau mai puţin gratuit.

- Da, este pe scenă, observi pe bruneta cu sânii cei mari? Răspunde Mark şi-mi atrage atenţia unei brunete care tocmai a cuprins bara cu picioarele şi se roteşte într-o poziţie uşor înclinată în jurul ei.

- Frumoşi sâni, remarc eu.

- Ticălosule, replică Mark.

- Să nu te prind că pui mâna pe ei, fata asta îmi aparţine mie.

- Atunci ar trebui să te grăbeşti Mark, cred că aparţine celui care plăteşte mai mult.

Ca răspuns primesc un cot în coaste. Nu prea tare, dar destul de grăitor. Sorbim încet din băuturi şi aşteptăm să se termine numărul cu arătatul sânilor. Între timp, unii din bărbaţi se mai ridică clătinânduse pe picioare şi încearcă cu mâna tremurând să agaţe ceva bancnote de bikinii fetelor. Preferata lui Mark se pare că a mai adunat ceva admiratori deoarece chiloţii ei sunt plin de de bacnote de dolari.

Dansul s-a încheiat. Fetele primesc nişte aplauze şi fluierături, se dau jos de pe scenă şi aruncând un halat pe ele îşi îndeasă banii adunaţi la cureaua bikinilor, în buzunarele halatelor. Apoi se împrăştie printre admiratorii adunaţi în bar. Mă surprinde că aleasa lui Mark l-a descoperit pe prietenul meu, deoarece vine direct la el. Probabil că au o privire antrenată despre unde se află clientul cu un mare potenţial financiar...

- Hello, Mark, cum te simţi astăzi, se aude o voce pe cât de mieroasă pe atât de falsă. Însă se pare că Mark este un pic orbit de generozitatea decolteului ei.

- Hi, păpuşico răspunde Mark. Aş dori să ţi-l prezint şi pe prietenul meu, Mike.

- Hello, spun eu, iar numele tău este... şi las o pauză pentru a-i permite să se folosească de ea şi să ne spună cum o cheamă.

- O , eu sunt o Shakti, eu nu îmi dezvălui numele decât în cadrul unei ceremonii de iniţiere.

- Aha, interesant, spun eu pentru că am observat un accent la fata aceasta, care mă pune pe gânduri.

Se întoarce intenţionat cu spatele la mine şi începe să-l mângâie pe obraz pe Mark şi să aibă grijă ca acesta să-i vadă din când în când sânii. Cu mâna liberă îi umple regulat paharul de sake.

Eu mă reazăm cu coatele de tejghea. Cum spuneam atmosfera din acest bar nu-mi inspira un confort dorit de o asemenea locaţie chiar mă pune în alertă. În stânga mea, Mark se pipăie discret cu femeia visurilor ui, iar eu privesc fără a-mi clinti capul, ci, dimpotrivă, jucând un pic pe turistul ameţit privesc printre ploape mişcările de personal. Astfel descopăr cum ajunge ca un japonez din zona de V.I.P. să facă un mic semn din cap către unul din paznici ca acestia să ridice frumuşel câte un vizitator prea afumat şi care începuse să facă ceva mai multă gălăgie. Observ cum şi animatoarele primesc comenzi date de o persoană din spatele meu pentru că, deseori, fetele privesc către bar şi, apoi, se îndreaptă către un musafir sau altul. Probabil că au un coordonator care stă la tejghea deoarece de aici se dezvoltă uşor o privire strategică către cei veniţi să li se scoată banii din buzunar de către animatoarele vesele.

Doi indivizi pătrund în bar şi privind în continuare pe sub pleoape observ o tresărire care se transmite de la paznicii de pe latura podiumului de dans până la fetele care dansează. Chiar şi Shakti a lui Mark a încetat să se mai ocupe de el.

Cei doi indivizi par a avea un rol important în conducerea barului. Unul este un băştinaş cu părul lăsat peste ochi astfel încât este greu să-i urmăresc privirea. Are însă o poziţie a corpului care-l descoperă în ochii mei ca fiind obişnuit cu artele marţiale. Are capul uşor aplecat în faţă ca un lup care adulmecă tot ceea ce-l înconjoară. Sunt conştient că o să-i atrag atenţia asupra mea ducând sticla cu bere la gură, dar o fac intenţionat. În fond şi la urma urmei asta se aşteaptă de la un tip ameţit care stă la bar.

Se pare că-i place ce vede, adică atmosfera locului este ceea ce-ţi doreşti, astfel că el se îndreaptă spre zona V.I.P. unde este salutat respectuos de paznici şi luat prieteneşte de umeri de către un amic aflat la masă. Atenţia mea se concentrează către cel de-al doilea individ. Barba şi fruntea îngustă sunt primele semnalmente care mă preocupă la el. Îmi aduce aminte de o maimuţă. Este, de asemenea, un tip înalt spre care toate fetele se uită aşteptând vreun semn special de la el.

El salută uşor cu mâna pe fetele de la bară şi vine direct către „prietena" lui Mark. Ea s-a desprins de Mark, este

110

evident că numai are ochi decât pentru bărbos, astfel că simt cum Mark începe să se înfoaie ca un cocoș. Eu mă întorc cu fața la bar, într-o mișcare de om amețit, adică îmi trebuie timp pentru a finaliza mișcarea. Ținând cont că fata deja făcuse doi pași către bărbos mă clatin ușor către Mark astfel încât trebuie să se uite la mine.

Prea amețit nu este nici Mark. Cert este că observă că privirea mea de bețiv este doar mimată. El știe prea bine ce apă de ploaie este berea japoneză. Eu apuc să-i șoptesc fără se ne audă fata.

- Ușurel Mark, întoarce-te spre bar și hai să mai comandăm ceva.

- Ai încredere în mine, mai adaug eu deoarece din reacția lui am dedus că se pregătea de un comentariu nepotrivit situației.

- Încă o bere și încă un sake, comand eu.

În timp ce barmanul ne aduce băuturile am timp să observ câte ceva din ceea ce se petrece în spatele meu. Bărbosul cu țeasta de om preistoric se întreaptă spre fătuca lui Mark, îi cuprinde obrajii cu cele două mâini păroase și, sărutând-o pe frunte, îi șoptește câteva cuvinte pe care însă eu, datorită distanței mici, le înțeleg. Sau, mai degrabă, i le citesc de pe buze. Norocul meu este că am coatele sprijinte de tejghea altfel poate mi-aș fi trădat surprinderea printr-un gest al mâinilor.

- Cum merge treaba, frumoaso, întreabă trogloditul din spatele meu, într-o românească fără cusur.

- Bine, bine răspunde Shakti a lui Mark, îmbrățișându-l strâns.

- Cine este cel cu care te distrai, crezi că ne poate înțelege? mai șoptește matahala de maimuță.

- Ah, nu-ți fă griji, este un australian. Cred că este deja

pregătit pentru o inițiere. Mai are puțin și mă va ruga.

- Foarte bine, foarte bine frumoaso, maestrul se va bucura mult de o asemenea veste.

- Ai vreo veste de la el, a spus poate cât timp mai trebuie să-mi ard karma negativă prin aceste locuri?

- Hey, Mirela (deci așa o cheama pe fătucă), ți-am explicat că nu numai de arderea karmei este vorba.

- Trebuie să-ți dovedești ție însuți că stăpânești detașarea de sine. Iar ca și semn că ai ajuns acolo va ajunge dacă vei realiza minimul de 50 de inițieri.

- De abia am ajuns la 18, spune fata a cărei putere de detașare scârție de la o poștă.

- Bine, dar nici nu ești aici decât de trei săptămâni. Eu sunt foarte mulțumit de tine. Sunt convins că maestrul te va contacta telepatic și că vei simți mângâierea lui.

- O, ce fericită sunt pentru o asemenea veste, răspunde vădit mulțumită această Shakti pe nume de Mirela.

- Acum să mă scuzi, iubita mea, mă duc să discut niște probleme organizatorice cu Nibori-san. Se referă cu siguranță la individul care l-a însoțit în bar.

Și, într-adevăr, se îndreaptă și el către zona de V.I.P. unde este întâmpinat de Nibori. Eu mă folosesc de cele câteva secunde până când fata să se îndrepte din nou spre Mark, ca să-i scriu pe ecranul telefonului următorul mesaj: „Lasă-mă pe mine să vorbesc cu ea, am înțeles ce limbă vorbește". Mark mă privește surprins, dar din cap aprobator.

Mirela se agață de umărul lui Mark încercând să-și facă loc între el și mine. Eu mă întorc spre ea și deschid discuția cu care speram să-l lecuiesc de dragoste pe Mark. Vorbesc însă în engleză astfel ca să înțeleagă și el ce spunem.

- Știi, prietenul meu, Mark, este cam timid și m-a rugat pe mine să te întreb ceva anume.

- O, ce drăguţ, îmi plac băieţii timizi. Şi ce anume ar dori Mark să mă întrebi, se arată ea curioasă şi se reazămă cu capul de pieptul lui Mark astfel că o pot pr vi direct în ochi.

- Ar dori să ştie mai multe despre ceremonia de iniţiere de care tu vorbeai. Cea în care er ar putea să afle şi cum te cheamă cu adevărat.

- Păi, este vorba de o ceremonie specială, care presupune ca şi el să fie pregătit să plătească pentru aceasta.

- Se poate să aflăm şi noi ceva detalii deoarece el pare a fi hotărât în a afla secretul tău, întreb eu zâmbind mieros.

- Este vorba de o iniţiere amoroasă, spune ea foarte serioasă şi atentă să vadă dacă eu nu cumva o să bat în retragere.

- Oh, remarc eu prefăcându-mă surprins de o asemenea destăinuire. De fapt este greu să-mi păstrez o faţă de jucător de pocker când o aud pe Mirela traducând din română în engleză ideea de iniţiere amoroasă. Mark însă rânjeşte ca şi câinele la cârnaţi.

- Ce spui scumpule, eşti interesat, se întoarce ea pe jumătate către Mark mângâindu-l din nou pe obraz.

- Adică să faci sex cu el, întreb eu ceva mai bădăran. Reacţia ei nu se lasă mult aşteptată.

- Eu nu sunt prostituată, spure ea ofensată. Eu sunt o Shakti, iar iniţierea mea are mai presus de actul sexual o încărcătura spirituală.

- Mda, ar fi cea de-a 19-a încărcătură spirituală pe care ai răspândi-o tu printre cei de aici. Şi mai ai mult până la 50. Bineînţeles că nu-mi dezvălui către ea aceste gânduri.

- Aha, scuze dacă te-am supărat. Noi auzim pentru prima dată de aşa ceva.

- Vă înţeleg. Mark mi-a dezvăluit că întâlneşte pentru prima dată o Shakti. Mda, iar eu pentru a doua oară, reflectez eu în sinea mea.

- Şi, deci există o activitate de gen sexual, dar nu acesta este principalul, reformulez eu ideea că ea vrea să aibă sex pe bani cu Mark.

- Da, deci activităţile sexuale vor fi însoţite de tehnici de meditaţie.

- Ai înţeles, Mark, meditaţie şi... sex nu mă pot eu stăpâni, deoarece ideea că Mark ar medita mi se pare la fel de reală precum dacă mi s-ar spune că nea Ştefan este hacker de computere.

- Nicio problemă prietene, o să mă descurc, răspunde rânjind în continuare Mark.

- Şi cât timp durează o asemenea iniţiere?

De la caz la caz, dar poate dura şi două ore, răspunde ea foarte serioasă

- Oau, este felul meu de a ascunde replica de pe buze. După cât este de înfierbântat Mark cred că nici cea mai tare meditaţie nu-l va opri să termine ce are de făcut în maximum 2 minute.

- Şi cât l-ar costa o asemenea iniţiere? întreb eu apropriindu-mă de momentul culminant al discuţiei?

- Preţul unei iniţieri cu o Shakti este la fel aici, în bar, indiferent de care ar fi aleasa lui Mark.

- Deci sunt mai multe Shakti pe aici? devin eu cu adevărat curios.

- Da, acum suntem şapte Shakti prezente în acest bar, dar este nevoie de o legătură aparte între o Shakti şi un discipol. Şi eu cred că Mark este pregătit pentru această iniţiere.

- Şi, deci, cât costă iniţierea?

- Preţul unei singure iniţieri este de 2.000 de dolari.

- Există mai multe iniţieri posibile? o întreb eu fără a avea intenţia să-i explic că o iniţiere de aceea se cheamă astfel pentru că se petrece doar o singură dată

- Da, avem persoane care sunt interesate să repete această experiență.

- Deci, să recapitulăm, spun eu. Pentru 2.000 de dolari, Mark va primi o inițiere amoroasă de la tine, ceea ce presupune sex combinat cu meditație. Toate acestea repet în engleză.

- Da, spune ea văzându-se ajunsă la țelul promis maestrului ei.

Următoarea întrebare o pun pe românește:

- Și ești dispusă să-l pupi și-n cur pe Mark pentru banii aceștia?

Păcat că maestrul ei nu se află prin apropriere pentru a vedea cum această Shakti ratează o mare șansă de iluminare. În cărțile citite de mine se povestea că o asemenea stare este posibilă doar dacă se oprește cursul normal al gândurilor, un fel de stare de vid mental. Iar Mirela din fața mea este pentru câteva secunde lungi într-un vid mental total. Din păcate, refuză să transforme această mare șansă, și prima ei reacție este de a încerca de a mă pălmui. Pentru mine este o nimica toată să-i prind mâna și să-i spun de adio pe românește:

- Dispari, târfă ordinară! Du-te la maestrul tău să te consoleze!

Mirela pleacă pleznind de mânie către zona de V.I.P. Eu nu apuc să-i explic ceva lui Mark că mă și pomenesc luat de gât de două mâini păroase. O privire furioasă încearcă să-mi producă teamă.

- Ce problemă ai tu, băi, beșină de om, mă întreabă mâna dreaptă a maestrului din România.

Eu trebuie să mă gândesc la filmul „Planeta maimuțelor" văzând această figură schimonosită de furie. De răspuns nu trebuie să-i răspund nimic. Mark execută un croșeu de stânga

115

care se duce cu precizie la tâmpla dreaptă a neanderthalezului. Acesta se prelungeşte fără vlagă la picioarele mele. Eu doar apuc să strig:

- Fugi, Mark, fugi, şi mă îndrept în viteză spre ieşire.

Este rândul meu să mă revanşez pentru ajutorul dat de Mark. Intervenţia lui nu a rămas neobservată astfel că unul din paznicii podiumului încearcă să mă oprească. Eu însă îi dau lui sticla de bere pe care nu o apucasem să o golesc. Ce-i drept îi dau cu ea în cap şi nici nu apuc să mă scuz pentru gestul acesta nepoliticos. Ajungem într-un vârtej afară şi continuăm să mai alergăm câteva străzi până când ne simţim în siguranţă. Ne oprim cu greu din râs.

Cirirpitul păsărilor care probabil se întreabă nervoase de unde vor face rost de apă pentru următoarele ore de căldură ale zilei, mă surprinde zâmbind la amintirea acestei întâmplări cu Mark.

- Nu te dor rău umerii? o voce de femeie mă readuce în prezent.

Ridicând încet privirea descopăr mai întâi doi sâni de silicon, acoperiţi superficial de o bluză de in, apoi urmează un gât lung şi frumos ca de balerină, nişte buze care au fost recent la un estetician şi ochii mari albaştri cu o urmă de compătimire în ei. Părul blond este, din păcate, tăiat scurt, aproape băieţeşte.

- După trei zile au început să se obişnuiască, răspund eu în rolul de bărbat care nu cunoaşte ce înseamnă durerea.

- Scuze dacă sunt indiscretă, dar eu şi prietenii mei ne-am întrebat dacă te putem ajuta cu ceva? Este evident că te frământă probleme mari, deoarece nu reuşeşti să te concentrezi la şedinţele de meditaţie.

- Mulţumesc de întrebare, răspund eu bucuros că

116

descopăr oamenii căror nu le este indiferent ce se întâmplă în jurul lor.

- Tu şi prietenii tăi sunteţi din Suedia?

- Nu, doar pe aproape, suntem veniţi în concediu din Danemarca, şi zâmbeşte cu două rânduri de perle albe spre mine.

- Nu am ajuns până acum să vizitez Danemarca, dar observ că au femei foarte frumoase. Ce să fac, în faţa unei blonde frumoase, chiar şi cu părul scurt, sunt cam pierdut.

- Aşa, deci am ajuns la cumplimente, remarcă ea râzând.

- Iar tu, de unde eşti?

- Eu, hmm, am venit din Viena, unde locuiesc şi studiez, dar sunt originar din România.

- Oh, ce interesant, nici eu ru am fost în niciuna din aceste ţări, până acum.

- Poate ar trebui să facem schimb de numere de telefon, continui eu să flirtez cu ea.

- Poate că ar trebui să-l întreb pe prietenul meu despre această propunere, răspunde ea uşor mustrător.

- Nu te obosi, sunt convins că ştiu care va fi răspunsul lui. Şi oricum pentru azi am încasat destule lovituri.

- Cam câte au fost? întreabă ea curioasă

- Vreo 15-20. Dar îmi cade greu să le număr când mi se cere să-mi opresc mintea, încerc eu să glumesc pe seama lor.

- Se pare că nu au fost suficiente pentru a-ţi dispărea simţul umorului. Iar, dacă mai poţi să glumeşti, mă întorc liniştită la grupul meu de prieteni.

- Rămâi cu bine, străinule.

- Concediu odihnitor, frumoaso!

Astfel ne despărţim, doi străini, fără a ne cunoaşte nici măcar numele. Dar interesul ei a fost real şi conversaţia mea cu ea mi-a făcut bine. Mă ridic şi trec pe la punctul sanitar pentru a-mi schimba pansamentul de la rana superficială lăsata de sabia lui Nibori. Îmi umplu o sticlă cu apă şi mă retrag la umbra unui copac umbros, din păcate nu ştiu ce soi este, dar umbra lui este binefăcătoare şi mă va feri în orele următoare.

De acolo observ cum grupa de danezi îşi aruncă rucsacurile în spate, salută respectuos pe călugării de care acum se despart şi se pregătesc să-şi continue intinerariul plănuit. Cu bucurie observ că blonda simpatică mă caută din priviri şi, când mă descoperă, îmi face semn de rămas bun. Îi răspund şi eu cu un zâmbet.

Este fascinant cât de dornici sunt oamenii să descopere noi locuri, noi oameni. Parcă în fiecare din noi ar exista un Marco Polo. Clipocitul apei ce reflectă leneş razele de soare îmi amintesc de imaginile din avionul care m-a adus aici. Nu au trecut multe zile de atunci, astfel ca îmi reamintesc cu uşurinţă toate impresiile din această călătorie. Şi au dominat imaginile cu femeiile blonde. Mă las intenţionat purtat pe valul acestor amintiri deoarece, altfel, simt că o să-mi explodeze capul dacă nu fac o pauză de la întâmplarea tragică cu Mark.

August 2007, aeroportul din Viena,

Îmbrăcat cu bermude, un tricou, sandale şi o şapcă care să-mi acopere un pic faţa, cu un rucsac pe spate şi geanta de laptop pe umăr, arăt ca mulţi alţi tineri ce sunt pe drum spre vacanţa mult aşteptată. Aclimatizarea este plăcută şi binevenită deoarece afară sunt peste 30 de grade Celsius. Mă îndrept spre ghişeul liniei de zbor austriece. Aşezat la rând, mă întreb oare cât o să mă coste biletul de zbor şi dacă o să mai găsesc locuri. Cândva avusesem ca şi client privat un pilot de curse lungi. Şi cum asemenea cunoştinţe erau unice pentru mine am avut grijă, în timpul în care îi reinstalam sistemul de operare la calculatorul personal, să-i pun o mie și una de întrebări referitor la meseria lui. Pe atunci era secund pe linia Viena-Tokio. Oare o să zbor cu el? Aceasta este și destinația aleasă de mine.

Agenta de vânzări, o femeie între două vârste, cu un zâmbet amabil pe buze mă întreabă ce doresc.

- Un bilet până la Tokio, doar dus, răspund eu.

- Când doriți să plecați? mă întreabă cu același zâmbet profesional pe buze.

- Azi, dacă mai aveți locuri libere, răspund eu curios de reacția ei.

Pentru o clipă și-a pierdut din masca de agent profesional.

- Azi? oau, se pare că vă place să hotărâți spontan!

- Așa este, mai ales dacă este vorba de aventura vieții mele!

- O să vă coste însă foarte mult.

- Am trei mătuși care s-au hotărât să-mi răsplătească rezultatele de la ultimele examene, spun eu zâmbind complice.

- Aha, ce s-ar face studenții noștri fără mătușile generoase.... Între timp se pare că mi-a găsit un loc liber. Cunoștința mea, pilotul îmi povestise că pe ruta lor, rareori se ocupau toate locurile. Se pare că avea dreptate.

- Să vedem cât de generoase sunt cele trei mătuși. Prețul unui bilet, doar dus vă costă 2671 €!

- Ce spuneți? Mai vreți biletul sau mai așteptați 2-3 săptămâni și atunci o să vă coste mai puțin?!

Eu scot deja geanta de voiaj, unde am și banii. În mod normal este ceva foarte neobișnuit să se plătească o sumă atât de mare, cash. Ar fi ajuns să atrag atenția asupra mea prin faptul că mă hotărăsc în ultima clipă pentru un zbor lung și costisitor. De aceea şi ideea cu cele trei mătuşi generoase. Am cunoscut mulţi studenţi care chiar aveau astfel de sponsori în spatele lor. Cum obişnuieşte Ali să spună: „Mike ce nu are omul trebuie să facă rost". Uneori, ajunge pentru aceasta doar imaginaţia.

Astfel, cu biletul în buzunar şi cu urările de drum bun ale vânzătoarei, mă îndrept spre restaurantul cu privire spre avioanele care decolează. Îmi iau de la autoservire o bucată de pizza şi un suc proaspăt de portocale. Mai am de aşteptat aproape două ore până la decolarea avionului.

Timp suficient să mănânc în linişte. Cu stomacul plin, mă deplasez ceva mai greoi spre gate-ul de unde voi lua avionul. Încă sunt înconjurat de europeni, curios, parcă îmi vine să-mi iau rămas bun de la acest amestec de culori. În jurul meu se văd oameni blonzi, mă rog, mă refer la blonde-slăbiciunea mea, dar şi oameni roşcaţi, negrii cu mersul lor mândru şi privirea nepăsătoare la cei din jur. Mă întreb cum o să fie Japonia, unde mă aştept să văd doar un fel de oamenii, bruneţi cu ochii lor specifici, care se apleacă dând din cap la fiecare ocazie, când vor să salute. Încet-încet încep să-mi fac gânduri despre ce mă aşteaptă.

Ce am luat cu mine este minimal, astfel că nu am nici un bagaj de predat. Banii cash s-au micşorat substanţial după ce am plătit biletul, astfel că nu-mi fac griji despre cei vreo 5 mii de euro care mi-au mai rămas în buzunar. Pentru orice eventualitate, am aranjat să mi se ridice limita la cartea de credit. Japonia este, cel puţin din ce am auzit, o ţară scumpă.

Ajuns în sala de aşteptare mă conectez la internet şi verific un forum special stabilit din înainte cu Ali, pentru a vedea dacă mi-a lăsat ceva mesaje.

O frază scurtă îmi spune ce vroiam să ştiu: „Pe aici e încă fierbinte, aşa că orice sursă de umbră este binevenită. Drum bun, prietene!"

Înseamnă că încă se fac valuri mari pe seama acţiunii noastre comune.

Eu îi răspund scurt: „Pe căldura asta nici eu nu mă gândesc decât la un loc răcoros şi liniştit. Te anunţ când am găsit unul".

O blondă durdulie ne anunţă la microfon că suntem rugaţi să prezentăm paşapoartele deoarece avionul este gata de îmbarcare. Oare mi se pare mie sau blondele mai grăsuţe sunt oricum mai drăgălaşe decât femeile obeze şi mai închise la culoare. Cred că, în curând, va trebui să fac ceva împotriva obsesiei mele legate de blonde. Poate mă va ajuta că mă duc în ţara oamenilor cu părul negru ca tăciunele. Acolo nu există blonde.... ce păcat.

Mă îndrept spre grăsuţa care urmează să ne controleze paşapoartele. În jurul meu au apărut şi o mână de japonezi, amestecaţi cu oameni de afaceri şi secretarele lor. Nu am timp să-i scanez prea îndelung pentru că îmi vine rândul să mă las verificat. Blonda îmi zâmbeşte cu nişte ochi mari albaştri şi veseli încât nu pot nici eu decât să-i întorc zâmbetul. Cred că în cazul ei aş face o excepţie, dacă ar fi să am ocazia să am sex cu ea. O excepţie de la regula mea privind femeile suple. Asta ca să confirm teoria conform căreia bărbaţii se gândesc de zeci de ori pe oră la sex. De fapt eu cred că asemenea reacţie mentală a bărbaţilor este un mecanism instinctual primar. Eu când observ o femeie pentru prima oară, trebuie, inevitabil, să o categorisesc. Şi nu există decât două categorii în ceea ce ne priveşte pe noi bărbaţii: femei cu care ne putem imagina să avem sex... şi celelalte. Probabil, de aici, ideea că bărbaţii ar fi creaturi simple. Eu unul sunt mulţumit de existenţa unui sistem atât de simplu şi eficient. Orice altă structură de categorii, cum mai mult de două opţiuni ne-ar complica inutil viaţa. În timp ce filozofam în sinea mea despre natura bărbatului am ajuns deja pe locul meu. Avionul este foarte spaţios, aici ar fi nimerit să spun ce tip de avion este, dar cei care le-au dat nume nu prea au dat dovadă de multă imaginaţie. O înşiruire de litere şi cifre pentru a descrie numele unui avion este ceva prea plictisitor pentru a mă obosi să reţin numele acestea. Întotdeauna mă amuză când, la o bere, se găseşte deseori câte un individ care evident că din plictiseală şi lipsă de provocare mentală se apucă se povestească cum că ar fi zburat cu avionul tip „xy73999" la o altitudine de peste 10.000 de metri. Indivizii de genul acesta mai şi privesc în cercul de cunoscuţi atât de mândri de cifrele şi datele imposibile pe care tocmai le-au rostit de parcă ei ar fi fost pe scaunul pilotului. Şi parcă ar fi o regulă: dintre cei din jur nici unul nu poate să recunoască, din numele avionului, despre ce este vorba. Eu îmi imaginez că trebuie să fie un avion mare, la o înălţime mare. Însă mai toţi dau din cap zâmbind ca nişte cunoscători ai istoriei aeronautice.

Cred că tipul lângă care eu am nimerit este tot unul de genul care memorează cu plăcere asemenea idioţenii. La costum, cu cravată, mă măsoară cu o privire de genul: „De ce dracu' a trebuit eu să nimeresc cu un pârlit ca tine?" El, la costum, eu, în bermude, este clar venim din două lumi diferite. Eu îi zâmbesc superior, îi doresc zbor plăcut şi mă bucur în sinea mea că eu stau la fereastră, iar el, la margine, astfel că o să folosesc orice prilej posibil în cele 11 ore care urmează, pentru a folosi toaleta. Mai ales atunci când o să-l văd că a aţipit.

Păcat că nu am nimerit cu un japonez, aş fi avut o mie şi una de întrebări legate de destinaţia care se apropie. În schimb stewardesele de pe acest avion, muică, au aterizat toate, dintr-o privire, în categoria care începe cu sex...

Tinerele, frumușele și toate blonde de Austria, probabil din zona Steiermarkului, unde blondele sunt foarte renumite. Se mișcă agil printre cei care încă nu s-au instalat, ajută la așezarea bagajelor în rafturile de deasupra capetelor noastre, ridicându-se ușor pe vârfuri astfel încât să le pot admira picioarele lungi ca de felină. Un deliciu să zbori cu un asemena echipaj. Șefa lor este o persoană mai în vârstă, dar care încă se ține bine. Anumite părți ale corpului ei par a fi fost retușate chirurgical și spontan îmi amintește de prima blondă cu care eu am făcut sex.

Suntem deja în aer și petele de nori care ne însoțesc zborul au un efect liniștitor asupra mea, iar gândurile mi se îndreaptă ușor spre prima mea experiență cu o femeie blondă.

Cu câțiva ani în urmă, aveam ca și client un tip cu afaceri imobiliare la nivel de centre comerciale. Un tip care se scălda în bani. Eu îl preluasem de scurt timp, tocmai când se hotărâseră să schimbe serverul vechi cu un Windows 2000. Și, pentru că reușisem, fără a le îngreuna activitățile de birou, să fac acest update, m-a rugat să mă ocup și de laptopul soției, care, cică, are nu știu ce fel de probleme. Iau adresa de la secretară; aceasta îmi dă și numărul de mobil al soției și-mi sugerează să sun mai înainte, pentru a stabili o oră de întâlnire. La telefon, o voce de pisică îmi spune că peste două zile, în jurul orei 17.00, aș putea să trec pe la ea. Iar dacă ea va fi ocupată, atunci o să se ocupe femeia care are grijă de casă să mă conducă la laptopul cu probleme.

Zis și făcut. Mai greu a fost să găsesc vila în care locuia, ascunsă pe o străduță mică de pe dealul Schafberg de unde Viena se așternea la picioarele milionarilor.

Femeia care îmi deschide este, evident, cea care se ocupa de curățenie. O asiatică, ca de obicei de întâlnit în asemenea vile. Aceste femei sunt muncitoare, ascultătoare și, mai ales, nu au pretenţii prea mari de plată: condiţie esenţială pentru a lucra pentru cei bogaţi. Eu aveam la acea vreme mulţi clienţi, cei mai mulţi din pătura socială medie, iar aceştia, atunci când îi ajutam în probleme private legate de computere, nu uitau niciodată să se revanşeze cu un bacşiş pe măsură. Altfel era situaţia cu cei bogaţi. Aceştia mulţumeau politicos... şi atât. Probabil că ăsta este secretul lor de a deveni bogaţi...

Deci femeia care îmi deschide îmi spune într-o germană specifică străinilor:

- Ah, calculatoare, tehnicianul, veniţi, veniţi, doamna ocupată eu arăt laptopul la dumneavoastră.

Eu mulţumesc şi o urmez, fără a schiţa nici cel mai mic de a mă descălţa. Oricum este un obicei foarte răspândit în asemenea case, ca musafirul să-şi păstreze pantofii aşa că nu m-am mai obosit să mă gândesc la asta. Din hol arunc o privire fugară asupra sufrageriei care are un perete doar din sticlă, ce duce spre o piscină aşezată într-o grădină încântătoare. Femeia mă conduce pe nişte trepte care duc la primul etaj unde ajung într-o cameră pe post de birou. În dreapta mea, se mai află o camera care acum este închisă. Servitoarea îmi arată laptopul cu pricina şi-mi şopteşte uşor conspirativ:

- Doamna vine mai târziu, acum ocupată, masaj. Şi mă lasă singur cu laptopul deschis pe masa din faţa mea. Eu îmi las timp. Dacă oricum nu o să primesc bacşiş, asta-i sigur, măcar să nu mă grăbesc cu rezolvarea problemelor pe care le are laptopul. Eu sunt plătit pe oră. Iar daca „boierii" ăştia fac greşeala de a mă lăsa singur, atunci măcar să-i pun la plată pentru asta. Oricum nu au nici o idee despre diversele probleme pe care eu o să le „descopăr" la acest laptop şi care necesită, se înţelege, un timp îndelungat de lucru. Deocamdată sunt preocupat de imaginea care mi se arată prin fereastra de la etajul unu. Sub nasul meu se află piscina pe care o vazusem la intrare. Nu este foarte mare, însă cu gust integrată în grădina unde florile se pare că se iau la întrecere în a oferi culori cât mai puternice şi atrăgătoare. Iar după grădina, privirea îmi alunecă peste Viena aşezată la poalele acestui deal. O desfătare să poţi privi în larg, fără să-ţi fie privirea blocată de clădiri aflate la câţiva metri distanţă. Mâna mi se plimbă absent peste mausul de la laptop. Observ că hard-diskul are nevoie de foarte mult timp pentru a avea acces asupra datelor din windows explorer. Ma uit în task manager şi descopăr acolo nişte prieteni vechi. Două servicii care chinuiesc procesorul la disperare. Diagnosticul este simplu şi clar: viruşi aduşi prin email-uri sau prin Internet Explorer. Cu atât mai bine. Am un motiv serios, deoarece devirusarea este o acţiune care aduce bani buni. Iar, deobicei, când le spun acestor oameni că am dat de viruşi pe calculatorul meu, reacţionează de parcă aş descoperi că ei înşuşi sunt infectaţi de nu ştiu ce boală incurabilă. De obicei urmează o mică discuţie în care eu le explic cum se poate ajunge la aşa ceva având grijă să le îndepărtez sentimentul de vinovăţie de care sunt în prima fază copleşiţi. După această fază, recunoscători că am înţeles că ei nu au nici o vină, ci că au fost victima unor răuvoitori, criminali cibernetici, extratereşti care şi-au propus să le fure lor pozele private, mă lasă în pace să investesc cât timp consider eu necesar să-i eliberez de asemena răufăcători. Iar eu mă orientez, în ceea ce priveşte timpul necesar curăţării de viruşi, după cât de gros este buzunarul clientului. Iar buzunarul acestui client este mare, foarte mare, astfel că abia aştept să văd ce reacţie o să aibă ochii de pisică cu care am vorbit la telefon, când am să-i povestec de viruşii de pe laptopul ei.

Deocamdată, mai aştept să apară cucoana. Între timp, servitoarea mi-a adus o cafea. La un moment dat, aud vocea de pisică din camera alăturată:

- Domnule „Matai", aţi ajuns deja? Numele meu de familie este Matei, dar nemţii ăştia, la început, întotdeauna, îl pronunţă greşit.

- Da, am ajuns şi am şi descoperit ce fel de probleme are laptopul dumneavoastră, raspund eu ridicând tonul şi vorbind ... cu pereţii.

- Nu vă înţeleg prea bine domnule Matai, staţi puţin că vin imediat, îmi răspund pereţii din dreapta mea.

Aud o uşă deschizându-se. Îmi pregătesc zâmbetul de profesionist, politicos, uşor distanţat, bucurându-mă de jocul simplu pe care o să-l am cu o „victimă a criminalilor cibernetici".

Însă de data aceasta, cel surprins sunt eu. Pe uşă intră o blondă între două vârste, ceva peste 40 de ani aproximez eu, cu părul prins într-un coc la spate şi îmbrăcată doar cu un prosop care este înfăşurat în jurul corpului mai mult descoperind decât să acopere părţile ei feminine. Sfârcurile sânilor se pare că au pus pariu să nu se lase acoperiţi de nici un material şi sunt foarte aproape să câştige această competiţie. Restul corpului luceşte de uleiul de masaj. Cucoana mă priveşte cercetător cu doi ochi mari un albastru spre gri. Mi se pare mie sau văd în colţul gurii un zâmbet de amuzament. Tipa este conştientă de apariţia ei şi de efectul pe care-l are asupra bărbaţilor. Ei şi acum să văd pe cel care mai este în stare să îndruge verzi şi uscate despre nişte viruşi veniţi din Asia care tocmai au luat controlul asupra laptopului. Condiţia esenţială ca explicaţia să fie profesională este ca ochii să nu rămână agaţaţi de sfârcurile obraznice. Faptul că mă întorc, din obişnuinţă, să arăt spre laptopul despre care este vorba mă ajută să alung vraja care mi se aşternus peste ochi. Astfel că inspir adânc şi iau o faţă de jucător de poker hotărât să privesc doar în ochii ei. Mai târziu, când am ajuns să discutăm şi despre alte teme decât despre calculatoare a recunoscut că a impresionat-o stăpânirea de sine de care am dat dovadă. Era evident că ma luptam din răsputeri să nu-mi lipesc ochii de sânii ei.

Nu prea îmi amintesc foarte mult din ce am discutat la această primă întâlnire. Ea a murmurat ceva scuze despre faptul că tocmai a terminat masajul, numai că ochii ei numai a scuze nu arătau, iar eu am căutat cât mai serios să-i explic că avem de a face cu o problemă serioasă care va lua ceva timp, dar că eu, adică profesionistul, cu siguranţă că voi găsi un leac pentru aceşti viruşi nesimţiţi.

Aşa a şi fost. Ea s-a retras să se schimbe, am auzit-o purtând ceva convorbiri telefonice, iar când eu am crezut că ar fi cazul să nu întrec măsura, m-am aruncat cu „regedit" asupra ticăloşilor de viruşi şi le-am scos colţii. Am făcut nişte teste şi totul a reintrat în normal.

- Ce credeţi, domnule Matei (am învăţat-o cum se pronunţă corect), aş avea nevoie de un laptop nou? Cine a vândut ceva în viaţa lui ştie că o asemenea întrebare este echivalentul a lui „vrei calule ovăz?" La final, am stabilit că vin cu o ofertă de un laptop nou, unul pe măsura ei, adică scump şi din nou scump, că ne trebuie o nouă legătură de internet, ce vreţi pentru a vizita site-urile unde se joacă cel mai bine golf are omul nevoie de o viteză de download cât mai mare şi că bineînţeles, să ai o piscină şi o grădină ca aceasta şi să nu poată omul să se distreze în internet de acolo este ca şi cum ai avea un Porsche şi te duci cu el doar la magazinul din colţ. Deci ne trebuie o soluţie de wireless pentru toate nivelele locuinţei. Astfel că unul din principile de bază al muncii ca şi tehnician, consultant, vânzător de soluţii IT le-am îndeplinit şi azi cu vârf şi îndesat. Acest principiu care joacă un rol foarte mare spune

„odată ajuns la un client nu pleci până când nu reuşeşti să-i vinzi o nouă soluţie echipament, egal ce anume, important este să stabileşti o legătură de viitor".

Au urmat câteva luni în care am cunoscut-o mai bine pe cucoana aceasta, pe soţul ei şi, de asemenea, şi toate ungherele ascunse ale casei. La instalarea reţelei de wireless am avut grijă să-mi iau timp să mă plimb cu laptopul prin toate colţurile casei pentru a fi sigur că am un semnal acceptabil. Chiar dacă aceşti oameni nu au nici o idee de ce înseamnă tehnica, au în schimb un cusur foarte neplăcut. Când nu funcţionează ceva, tehnicianul este bineînţeles suspectul numărul unu. Chiar dacă este vorba doar despre faptul că Ipodul nu mai merge pentru că nu le-a trecut prin mintea lor ocupată să-şi numere banii, că acest aparat mai are şi el din când în când nevoie de reîncărcarea bateriilor. Pentru a evita pe cât posibil asemenea situaţii, le ofer din start doar produsele de ultima oră cât mai performante şi mai scumpe. În felul acesta suntem toţi mulţumiţi. Cum spuneam, la instalarea reţelei de wireless, am ajuns şi în pivniţă. Ei acum nu mă refer la pivniţă în sensul celei pe care o are nea Ştefan. Nu, aici pivniţa însemna saună, pat de masaj şi alte nebunii, şi... acolo se afla şi seiful familiei. L-am descoperit întâmplător, fiind ascuns în spatele unor uşi de dulap care atunci s-au întâmplat să fie deschise. Atunci am simţit prima oara atracţia deosebită pe care o exercită un seif. Imaginaţia se trezeşte la viaţă: ce fac filmele din Hollywood... Acest seif va reprezenta mai târziu şi primul meu pas spre situaţia în care mă aflu acum.

Cert este că, după câteva luni, aflu că cei doi, adică cucoana şi soţul ei se află în pregătiri de divorţ. Cică (spuneau „gurile rele", adică secretarele de la birou), cucoana şi-a permis să intre neanunţată peste şeful cel mare când, acesta, în biroul lui, studia cu adâncă concentrare şi cu pantalonii daţi jos, oferta aflată între picioarele unei puicuţe cu vreo 25 de ani mai tânără decât femeia lui de acasă. Când am auzit detaliile mi-am dat seama că am ceva în comun cu tipul ăsta şi anume ne plac amândurora blondele. Asta pentru că şi cea tânără, care, se pare că în final câştigase competiţia cu soţia actuală, era tot blondă.

Astfel că întrebarea pe care mi-a pus-o clienta mea mai în vârstă, la puţin timp după cele întâmplate, nu m-a surprins prea mult:

- Aveţi o prietenă, domnule Matei? Eu mă prind repede la asfel de întrebări, iar de data aceasta chiar am spus adevărul:

- Nu, în acest moment sunt foarte ocupat cu servicul, cu studiul la facultate, deci am puţin timp pentru o relaţie mai de durată.

- Aha, spune ea şi mă măsoară din nou de sus până jos. Atât, doar un „aha" şi o privire lungă. Nimic mai mult dar din zâmbetul cu care s-a îndepărtat am înţeles că am urcat în „top five".

La puţin timp după această evaluare, mă sună din nou secretara de la birou:

- Mike, vezi că doamna te vrea din nou la vilă pentru o problemă cu laptopul şi internetul. Cică este urgent!

- Urgent, hmm, oare numai găseşte butonul de pornire al laptopului, arunc eu o primă posibilitate de rezolvare a problemei.

Secretara, cu care mă înţelegeam foarte bine şi cu care râdeam deseori despre mofturile acestor bogaţi snobi, râde şi-şi dă şi ea cu părerea:

- Ah, eu mă gândeam că are ungiile proaspăt lăcuite şi are nevoie de tine să accesezi tastatura în locul ei...

- Mda, o să-ţi spun cine a avut dreptate, îi promit eu.

Era o zi de vară, călduroasă şi mă gândeam cu invidie la piscina răcoroasă de care dispuneau aceşti clienţi ai mei. Ajuns la vilă, această senzaţie se accentuează văzând că sunt invitat pe terasă, unde mi se oferă o privelişte care mă face să mă încălzesc şi mai tare. Prima dată când o vedeam în costum de baie. Jos pălăria în faţa doctorului de estetică care se ocupase de femeia aceasta. Arăta foarte bine, pielea corpului, deja bronzată, nu arăta nici o cută care să-i redea vârsta mai înaintată. Sutienul de abia dacă ascundea un sfert din sânii mari şi rotunzi. Privind-o din spate, prima impresie era că a renunţat la chiloţi, deoarece avea un costum de un maro deschis foarte apropiat de culoarea pielii, şi dunga din care îi se pierdea între cele două jumătăţi ale fundului masat şi antrenat cu perseverenţă, de abia se observa. Picioarele înalte, frumos conturate şi uşor musculoase o purtau cu o graţie încât trebuia să fiu un robot să nu simt erotismul din aer. Aerul din jurul ei avea o notă de parfum dulceag şi excitant.

- Doriţi o limonadă sau un pahar cu apă?
- Pe căldura aceasta, sigur aveţi o sete mare! spune ea zâmbindu-mi îmbietor.

Eu încă eram preocupat să diger senzaţiile noi şi schimbările de peisaj. Oricum am înregistrat automat că vocea ei nu este vocea unui client care are o problemă de laptop care se vrea urgent reparată. Antenele mele deja îmi sugerau altceva. Sau era doar o speranţă ascunsă care acum prindea o formă concretă?

- Ahh... pentru mine un pahar de apă... mare vă rog!
- Imediat şi, urmărind-o cum se îndreaptă spre barul de la marginea grădinii, realizez că şi femeia de casă lipseşte. Astfel că speranţa mea creşte şi mai mult. Cu ea observ că în

pantaloni, penisul dă semne evidente de viață. Astfel că mă așez pe scaunul de la măsuța de vară unde se află și laptopul.

- Și ce anume nu mai merge? întreb eu cu o voce ușor răgușită.

- Computerele astea sunt un mister pentru mine spune ea o voce de școăriță care nu a înțeles încă cum se rezolvă problema de geometrie.

- Ieri a funcționat totul cum trebuie, iar azi nici nu mai vrea să pornească.

„Aha deci laptopul nou de 2500 € nu mai vrea să pornească, deci avem de a face cu o problemă clasică de lipsă de alimentare cu curent" mă gândesc eu...

- Așa deci, nu mai vrea să pornească.

- Îl verific imediat răspund eu și, întorcând laptopul cu spatele în sus, observ unde era buba: bateria era ușor ieșită pe partea dreaptă. O mișcare „profesionistă" cu mâna readuce bateria la locul ei, și cu mișcarea următoare: apăsarea pe butonul de pornire readuc la viață pacientul care dusese la chemarea mea de urgență aici.

- Gata, problema s-a rezolvat!

- Serios, fantastic. Sunteți un geniu, domnule Matei. Un adevărat vrăjitor al computerelor! mă copleșește cu complimente așezându-se lângă mne și oferindu-mi paharul de apă în care pusese două cuburi de gheață și o felie de lămâie.

- A fost din fericire ușor de rezolvat, nu vă pot promite că voi reuși de fiecare dată să rezolv urgențele atât de repede.

- Ah, domnule Matei, eu sunt convinsă că vă pricepeți la o mulțime de lucruri. Ce spuneți de ziua aceasta frumoasă? Nu vă este cald?

- Într-adevăr, o zi de vară foarte frumoasă, răspund eu. Și da îmi este destul de cald și să știți că vă invidiez pentru piscina aceasta îmbietoare!

- Nu vreţi să faceţi o baie? mă întreabă ea zâmbind.

- Ahh, aş vrea eu cu bineînţeles, însă nu am costum de baie cu mine, ştiţi noi suntem o firmă mai demodată încă nu ne-am modernizat echipamentul de tehnicieni...

- Ha, ha, aveţi umor domnule Matei! Cu mine puteţi liniştit să faceţi baie şi fără costum de baie. Aveţi, cu siguranţă, un corp pe care-l puteţi arăta cu mândrie şi, punându-mi mâna pe piept, se apleacă spe mine şi mă sărută uşor, dar apăsat, peste buze.

- Şi aveţi şi nişte buze foarte sexy, domnule Matei... îmi spune în şoaptă, privindu-mă în ochii aşteptând reacţia mea. Iar reacţia mea promptă şi tare ca betonul a fost urmată de sărutul cu care am răspuns apropierii ei. Are o limbă pricepută femeia asta. De făcut baie am uitat. Iar împotriva fierbinţelii care m-a cuprins are ea un leac foarte bun. În timp ce mă sărută, cu o mână îmi deschide nasturii de la cămaşă, iar cu cealaltă îmi cuprinde penisul care este deja în erecţie maximă. Se pare că-i place ce simte pentru că se desprinde de buzele mele şi se apleacă cu gura spre pantalonii mei umflaţi. Eu am ajutat la deschisul nasturilor în sensul că unii dintre ei s-au despărţit definitiv de cămaşă. M-aş fi repezit la sânii ei uriaşi care de mai mult timp fac parte din visele mele, însă şi ce are ea de gând este grozav. Cu mişcări pricepute, mi-a eliberat penisul şi de abia apuc să inspir adânc, iar capul lui dispare între buzele frumos rujate ale gurii ei. După cum mi-l prelucrează se pare că este foarte flămândă după un penis tânăr ca al meu. Îl linge, îl suge, îl muşcă uşor, iar eu mă ţin, cu genunchii tremurând uşor, de masa din grădină. Simt că numai durează mult şi o să-i explodez în gură. Dar nu vreau să se termine aşa de uşor. Acum e rândul meu: îi cuprind capul cu amândouă mâinile şi o ridic uşor spre mine. Sărutând-o cu foc, facem schimb de locuri şi aleluia, în sfârşit, mâinile mele cuprind cei doi sâni. Cuprind la figurat deoarece uriaşii aştia nu ar fi fost de cuprins nici de mânile unui handbalist. Oricum, încep un joc de masare a sânilor şi, din când în când îmi aplec buzele şi cuprind în ele câte un sfârc întărit. Iar cucoanei îi place asta. Între timp ea, de bunăvoie şi nesilită de nimeni, a tras de şnuruleţul care-i ţinea pe chiloţeii pe ea, iar aceştia au alunecat la picioarele ei ca un steag al inamicului care tocmai a capitulat. Mă aplec şi eu în jos şi ochii mi se opresc pe un inel, cercel, dracu ştie cum s-or numi bijuteriile pe care femeiile şi le agaţă de părţile intime. Al ei este undeva în zona clitorisului astfel că mă reped asupra lui, hotărât să-mi las limba să-mi spună din câte carate e făcut. Ei acum eu am citit şi m-am uitat prin poze aflând că, prin zona aia, ar trebui să fie clitorisul femeii. Sau, poate, femeia exact de aceea îşi lăsase să-i crească bijuteria asta, ca şi indicator pentru cei novici ca mine. Cert este că semnalul acesta ajutător a dat roade la mine, deoarece din gemetele ei mi-am dat seama că masam zona cu pricina. Îmi amintesc bine de întrebarea care mi-a trecut atunci prin cap: „Oare ce gust o avea pizda femeii acesteia", astfel că mi-am mutat limba la intrarea în vagin şi pentru că deja se umezise am simţit un gust uşor dulceag pe limba mea. Un gust plăcut trebuie să recunosc.

După câteva minute de luptă cu podoaba dintre picioare a fost rândul ei să mă ridice spre ea şi nu ştiu de unde a apărut între degetele ei un prezervativ. Probabil că în timp ce eu eram aplecat ea deschisese unul din cele două sertare ale masei pe care se sprijinea şi se pare că dăduse de scula absolut necesară într-o grădină de vară: un prezervativ verde. Nu apuc mult să analizez de ce trebuie să fie un prezervativ de culoarea verde, deoarece ea se şi saltă cu fundul pe masa din spatele ei şi deschizându-şi larg picioarele mă îndeamnă din ochii să trec la acţiune. Am fost mereu un tip care pricepe repede aşa că fără a argumenta sau comenta cumva gestul ei, penisul meu, acum verde, deja se şi mişca cu frenezie în interiorul ei. Din păcate nu mult timp pentru că deja am ajuns la prima ejaculare în forţă. Tipa mă priveşte cu un zâmbet superior în ochi. Iar eu, cu genunchii uşor tremurând, îi fac semne că mai îmi trebe un prezervativ. Penisul meu era în continuare nesătul. Iar ea face un gest foarte frumos. Se apleacă din nou în genunchi şi-mi cuprinde în gură capul penisului care încă mai avea pe el spermă şi-l suge cu putere. După ce se ridică, sperma care mai inainte fusese acolo dispăruse ca prin minune, iar penisul arăta ca la început. Numai era la fel de tare ca la început suficient însă ca al doilea prezervativ să se poată trage cu uşurinţă peste el. Iar blonda mea se întoarce cu spatele şi-şi dezvăluie fundul frumos bronzat. Eu, personal, consider că acest fel de a privi pizda femeii este cel mai frumos fel posibil. Combinaţia dintre fesele frumos încordate, uşor desfăcute exercită o fascinaţie asupra mea care, uneori, mă face să uit să respir. În timp ce eu mi-am lipit ochii de această podoabă pentru care de mult nu mai cred în povestea de adormit copii, cum că Eva i-ar fi dat lui Adam să muşte din mărul cunoaşterii, varianta mea proprie este că Dumnezeu l-a surprins pe Adam într-o poziţie asemăntoare cu cea pe care o am eu acum... deci, cum spuneam, în timpul în care eu renunţasem din nou să respir, ea începe să-şi mişte uşor şoldurile astfel că efectul de care vorbeam este intensificat exponenţial. Când pătrund în ea pe la spate, cuprinzându-i şoldurile cu amândouă mâinile am impresia că am ajuns la poarta Sfântului Petru. Acum, după ce am cunoscut experienţa cu Alina, sex fără prezervativ, îmi vine parcă să plâng la gândul ce am pierdut folosind tâmpeniile alea colorate pe penisul meu. Una dintre învăţăturile deosebite pe care le voi lua cu mine din excursia în Retezat este că sexul cu prezervativ este o înjurătura împotriva a tot ce înseamnă plăcere sexuală. Este aproape ca şi sexul virtual pe care dezvoltatorii de trăznăi electronice îl lasă să se întrevadă pentru viitorul apropiat.

Cert este că i-am folosit vreo trei astfel de chestii colorate clientei mele, şi am plecat acasă fără să o pun să semneze fişa de lucru pentru care fusesem iniţial chemat.

Asta a fost şi ultima oară când am avut de a face cu cucoana aceasta, deoarece apoi a urmat divorţul şi copia mai tânără a ei, adică noua prietenă a şefului avea ochi doar pentru Porscheul nou primit şi pentru o jigodie de câine care, totdeauna, mă lătra când intram la ei în vilă şi, de fiecare dată, mi-l imaginam undeva, pe fundul piscinei.

Acum însă reamintirea primei mele experienţe cu o femeie blondă a dus la o nouă erecţie în pantalonii mei la care se adaugă faptul că o parte din cantitatea de apă consumată se vrea eliminată. Numai bine, colegul meu de zbor se pare că se luptă cu o moleşeală care l-a făcut să închidă ochii astfel că e timpul să-l fac să simtă ce avantaje are locul de la margine.

- Mă scuzaţi! zic eu cu o voce care, în niciun caz, nu exprimă experesia de mai înainte Vizibil deranjat îşi mută genunchii într-o parte. O clipă se uită mirat la umflătura din pantalonii mei, dar eu trec prea repede pe lângă el ca să poată ajunge la alt fel de interpretări.

Ajuns la toaleta din avion descopăr că am de a face cu o problemă nouă: cum să urinez cu un penis în erecţie într-o toaletă de avion care parcă este construită pentru păpuşile de copii. Fenomenul nu-mi este nou, dar, în alte locaţii, mă ajut aplecându-mă mult în faţă în timp ce cu mâna încerc să aduc penisul la un nivel de înclinare suficient pentru a avea şanse de reuşită. Dar aici? Dacă mă aplec prea mult o să se deschidă uşa de la intrare, iar stewardesa numai poate trece printre rânduri. Aşa că încerc să uit de blonda din amintirile mele şi să citesc instrucţiunile de folosire a toaletei în timpul zborului. Sunt ceva mai multe şi mai detaliate decât cele dintr-o toaletă de tren, dar la fel de informative. Şi ajută, este evident că penisul meu nu are interes la informaţiile pe care creierul meu le asimilează în momentul de faţă, astfel că în curând reuşesc să mă întorc din nou la locul meu nu fără a-l trezi din nou pe colegul de bancă. Asta este, sunt un tip sensibil şi am o reacţie adversă faţă de indivizii care se cred superiori doar pentru că ei poartă cravată.

Ah, este un sentiment plăcut când omul se uşurează de presiunea din vezică. Şi faptul că deja zburăm de două ore înseamnă că peste vreo nouă ore o să ajung în Tokio. Mă bucur ca un copil care pleacă pentru prima oară cu părinţii la mare. Noul, necunoscutul mă atrage şi mă fascinează în aceeaşi măsură.

Nu aş fi crezut, în urmă cu doi ani, când am „schimbat meseria", că voi reuşi atât de repede să-mi îndeplinesc un asemenea vis. Nu ştiu unde aş fi fost acum, dacă nu l-aş fi întâlnit pe Ali.

Iar propunerile lui au prins foarte uşor rădăcini în mintea mea. Probabil pentru că existau, latent, gânduri asemănătoare referitor la societatea actuală. Exemplul erau părinţii mei, oamenii din jur, chiar şi eu însumi care munceam aproape 100 % şi câştigam suficient de mult pentru a-mi plăti costurile de facultate şi cheltuieli zilnice legate de mâncare şi locuinţă. Mai mult, însă nu. Iar viitorul nu se arăta cu mult altfel.

- Ce doriţi ca meniu principal? o voce cristalină venită dintr-o gură care îmi arată nişte dinţi albi şi perfect aliniaţi mă întreabă ce vreau să mănânc.

Mă hotărăsc pentru o tocăniţă cu pui, orez şi sos curry,

lăsând la o parte meniul de sushi. Îmi spun că merg în Japonia și, dacă tot este să gust pentru prima oară sushi, atunci să fie de la sursa originală. Colegul meu se îndoapă cu meniul de sushi și înainte de aceasta încearcă printre buze să mormăie un „poftă bună!" Eu îi răspund la fel de greu și astfel stabilim clar granițele de simpatie dintre noi doi.

Mâncarea este bună chiar dacă eu parcă aș fi terminat cu ușurință vreo trei astfel de porții. Sunt la vârsta la care pot să mănânc extraordinar de mult. Cea mai mare parte a banilor câștigați muncind ca tehnician IT cred că mi se duceau pe mâncare.

Astfel că, terminându-mi cina, cu căștile pe urechi, mă las cu scaunul pe spate, iar gândurile mele se îndreaptă spre prima întâlnire cu Ali. Se pare că în aceste ore de zbor voi face o recapitulare a ceea ce m-a adus să trăiesc momentul de față, a ceea ce condus spre această sentiment de libertate pe care-l trăiesc acum. Interesant că nu-mi fac griji că vom fi prinși. Sunt așa de convins de planul nostru pe care l-am gândit în detaliu, încât mă pot bucura din plin de libertatea pe care mi-o conferă contul de bani din Luxemburg.

Pe Ali l-am cunoscut la așa numitul restaurant „Centimeter". Sunt câteva astfel de locații în Vienna, frecventate cu plăcere de studenți. Mâncarea are denumiri haioase, de exemplu sandviciurile se pot comanda la centimetru. În general, porțiile sunt uriașe, gustoase și au prețuri moderate, o combinație ideală pentru buzunarul studentului care mereu poartă cu el un stomac supărat de foame.

În aceea seară am intrat cu gândul tocmai explicat mai sus, să mănânc pe săturate, iar la o masă am dat de Paolo, Ali cu care mi s-a făcut cunoștință și cu încă doi tipi pe care-o cunoșteam de la meciurile de fotbal de la sfârșiturile de săptămână, unde studenţii folosesc spaţiile de la universitatea de sport.

Aşezat la masa solidă de lemn, făcută parcă şi pentru următoarele generaţii, arunc o privire în jur şi, cam peste tot, sunt doar feţe tinere. Atmosfera lejeră este creată de ambientul în stil rustic, de chelnerii care, şi atunci când umblă aproape încovoiaţi sub greutatea halbelor de bere, mai reuşesc să-ţi arunce o privire amabilă, de porţiile de mâncare – mereu o surpriză pentru cei care le-au comandat, dar şi pentru ceilalţi, din jur, care se întreabă apoi îngânduraţi dacă nu cumva era mai bine să fi comandat ceea ce tocmai a primit vecinul de la masa alăturată.

Paolo mi-l prezintă pe Ali, în felul lui:

- Saluti Mike, acesta Ali care este salvatorul prietenului tău, Paolo!

- Aha, serios, şi de la ce anume l-ai salvat îl întreb eu pe Ali întinzînd mâna pentru a face cunoştinţă.

- Se înecase cumva cu sânul unei fete?

- Ah, nu, dar eşti pe aproape, cred că asta va urma în curând.

- Eu i-am montat un nou jacuzzi în locuinţă, îmi explică Ali.

- Da, Mike, am o nou loc de baie, super cool, cu loc pentru mai mult de două persoane.

- Bine, dar nu înţeleg de la ce te-a salvat Ali?

- Păi mi se stricase instalaţia de la baie, aşa că nu mă mai puteam spăla decât în chiuvetă. Un chin prietene, un chin pentru cineva care are grijă de pielea lui, în ideea că numai o piele îngrijită are succes la puicuţele tinere.

- Iar acum, în loc de vană clasică, am un jacuzzi despre care o să auzi în curând vorbindu-se prin sălile de facultate, dar nu de la mine, se înţelege.

- Ah, Paolo, mă bucur pentru că numai ai astfel de griji

acum, însă eu am una pe care trebuie să o rezolv imediat.

- Te pot ajuta cu ceva? întreabă Paolo şi ştiu că vorbeşte serios.

- Să vedem, eu mor de foame şi am o poftă să comand meniul „Obelix şi Asterix" însă voi ştiţi că nimeni nu a reuşit până acum să consume tot ce se pune acolo. Deci cine vrea să împartă cu mine această porţie?

- Te ajut eu se oferă Ali, şi eu am o foame destul de mare.

- Perfect şi, făcând semn chelnerului, comand cu bucurie „Obelix şi Asterix".

- Şi aduceţi, vă rog, şi un rând de bere pentru toţi.

- Hei, Mike se pare că ai luat salariul!

- Aşa este astfel că acum dau eu un rând de bere. Dar mai am ceva de sărbătorit.

- Da, ce anume? Curios, Paolo se apleacă spre mine:

- Prima mea blondă... spun eu, făcându-i cu ochiul.

- Felicitări, băiete, era însă şi timpul ţinând cont faptul că aici suntem în ţara unde blondele sunt în majoritate.

- Hai că acum vreau să aud detalii, dar detalii... înţelegi tu, amănuntele acelea multe, pe care nici o ureche de femeie nu le-ar suporta, însă pentru, noi, bărbaţii sunt ca o melodie.

- Atât mai adaug acum, iar restul după ce mănânc: blondă experimentată şi bogată.

Chelnerul tocmai ne pune berile pe masă şi, obişnuit cu poveştile din restaurant, îmi spune şi el:

- Respect: combinaţia ideală!

- Mulţumesc, dar ce se aude cu mâncarea, îl întreb eu deoarece chiar simt că leşin de foame.

- Aha, sunteţi mai flămând decât de obicei, o să vă ce se poate face şi pleacă în grabă spre bucătărie.

- Şi cât de bogată? mă întreabă Ali, zâmbind uşor.

- Aşa de bogată încât de exemplu de ziua ei a primit de la

139

soţul ei un Porsche de vreo 100 de miare.

- Soţul ei? se îneacă cu bere Paolo.

- Mike, nebunaticule, în ce te-ai băgat?

- Am spus că detalii o să primeşti doar după ce am mâncat, atunci o să afli în ce m-am băgat şi poate chiar de câte ori, şi râdem acum cu toţii.

- Am fost extra rapizi azi! spune chelnerul bucuros şi pentru că poate să descarce tava care conţine comanda mea.

- În sfârşit... şi ochii îmi sticlesc privind ce mi se aşază în faţă:

Meniul „Obelix şi Asterix" conţine trei grătare uriaşe de porc, trei ouă ochi, câţiva cârnaţi trecuţi şi ei pe la grătar, apoi câteva feliuţe de slănină prăjite până când şoricul se înconvoaie de arşiţa uleiului fierbinte, câteva felii de roşii şi ceapă şi un munte de cartofi prăjiţi. Un sfert din masa uriaşă este ocupată doar de comanda mea.

- Poftă bună! spune chelnerul mândru de bucuria care se vede pe chipul meu.

- Mulţumesc! răspund eu deja pregătit de atac. Nu mai observ privirile invidioase de la mesele din jur de abia apuc să nu uit de regulile de politeţe şi să-l invit şi pe Ali să-şi alege cotletul pe care îl vrea.

Urmează circa o jumătate de oră unde doar ascult ce mai povestesc ceilalţi despre examenele care urmează, discoteca care s-a deschis de curând, despre preţurile ridicate de chirie cerute studenţilor, despre nu ştiu ce mişcare de revoltă unde se caută semnături împotriva unor hotărâri ale conducerii universităţii prin care să se interzică fumatul în incintă. În acest timp, eu şi Ali schimbăm doar din când în când priviri aprobatoare în privinţa bunătăţilor din faţa noastră.

Paolo este mereu cu ochii la mine să vadă când termin de mâncat ca să fie sigur că o să mă ţin de promisiunea făcută.

După masa copioasă ar fi oricum un blestem să încerc să mă ridic imediat astfel că rândul de bere comandat de Paolo este o binecuvântare.

- Hai, Mike, te-am lăsat în pace, dar acum, gata, sunt doar ochi şi urechi! spune Paolo, iar ceilalţi trei băieţi sunt şi ei la fel de atenţi.

Iar eu le spun despre aventura mea cu prima mea blondă, aventură care se petrecuse cu câteva zile în urmă.

Paolo mă întrerupe de câteva ori punând nişte întrebări „de natură tehnică" însă, la final, se declară mulţumit cu detaliile aflate.

- Mike, povestea asta a ta mi-a amintit că încă nu am inaugurat aşa cum trebuie noul meu jacuzzi astfel că o să trec pe la discotecă să văd care este oferta zilei, spune Paolo.

- Vii şi tu?

- Mulţumesc de invitaţie Paolo, însă eu am muncit toată ziua astfel că sunt obosit şi apoi eu încă nu am nici un jacuzzi acasă...

- Hei, Mike, tu ştii care este principul meu: „Casa mea este şi a ta" adică jacuzziul meu este şi al tău, după cum spuneam au loc în el mai multe persoane. Chiar ar fi interesant, ei, ce zici?

Sunt convins că Paolo nu glumeşte, pentru el experienţe de genul acesta nu ar fi nimic nou, însă eu cu Paolo, goi, în aceeaşi vană... hmm categoric nu mă atrage.

- Poate altă dată, Paolo, acum sunt, cum spuneam ceva mai obosit. Eu mai rămân la o bere.

Paolo şi ceilalţi doi băieţi pleacă, iar eu cu Ali comandăm o „grapa", un fel de ţuică de prune pentru că stomacul are nevoie de ajutor pentru a se descurca cu „Obelix şi Asterix".

- Şi cât câştigi tu pe lună, cu meseria asta de IT-ist? mă întreabă Ali

- În lunile bune, adică atunci când pot munci 100 % ajung şi la 1200 €, însă, în general, cam 1000 € pe lună.

- Hmm, prea mult nu-ţi rămâne la sfârşitul lunii, aşa-i? continuă Ali, iar eu am sentimentul că întrebările lui nu sunt puse doar de dragul de a face conversaţie.

- Nu rămâne cam nimic, doar este vorba de Viena, aşa că este foarte important că am acest serviciu, altfel nu aş putea să studiez, răspund eu ceva mai puţin dispus, deoarece prea e amar gustul pe care ţi-l lasă buzunarele goale.

- Am auzit de la Paolo că l-ai scos dintr-o mare încurcătură.

- Ah, te referi la faptul că i-am salvat pielea lui fină de gigolo? Şi râdem amândoi... Da, aşa ne-am şi împrietenit, de atunci mă numeşte fratele lui păzitor. Ţinând cont de faptul că, uneori, se aruncă la femeiile altora, chair are nevoie de un înger păzitor.

- Iar tu, nu ai nevoie de un astfel protector? După povestea ta de azi, dacă află soţul blondei ce servicii i-ai adus, s-ar putea să vrea să se răzbune?!

- Nicio problemă, deja se află pe picior de divorţ, detaliul acesta am uitat să-l amintesc.

- Mike, uite, eu am o firma de construcţii, reparaţii de tot felul, dar sincer să fiu sursa mea de venit este alta.

- Şi caut de ceva timp pe cineva ca tine, adaugă el la final

- Cum adică „cineva ca mine"? întreb eu curios să văd ce părere şi-a făcut despre mine.

- Caut pe cineva care trăieşte mai nonconformist, iar povestea ta de azi cu blonda cea bogată mi-a plăcut foarte mult. De asemenea, caut pe cineva care este nu se fereşte când este vorba de rezolvarea unui conflict, chiar dacă pentru aceasta trebuie să-şi folosească pumnii sau picioarele. Şi mai caut pe cineva care este nemulţumit de sursa lui actuală de venit și care ar fi dispus să se aventureze în altfel de acțiuni dacă acestea i-ar aduce pe lună cam de 10 ori mai mult decât câștigi tu acum?

Mai ales ultima frază are încă un ecou puternic în capul meu. Sorb ușor din cel de-al doilea pahar de grapa și-l privesc tăcut pe Ali.

„Tipul ăsta vorbește serios", îmi spun eu și nu dă nici un semn că ar fi băut, deși două halbe și două pahare de țuică nu sunt ușor de prelucrat de ficat.

Și mă gândesc la blonda pe care tocmai o futusem, la fața ei lipsită de grijile pe cere le vezi pe chipurile oamenilor pe care îi întâlnesc prin metrouri de dimineața, la chipurile acelea obosite deja înainte de a fi ajuns la locul de muncă, la resemnarea de pe fața lor și-l privesc din nou pe Ali. Ce mă întreabă el este poate o șansă pe care nu o întâlnesc deseori. După felul cum mă întreabă îmi este clar că nu e vorba să vindem cireșe în piață.

- Despre ce este vorba? îl întreb eu.

- Ce zici să continuăm discuția asta în altă parte, de exemplu, te invit la un pahar de whisky?

- O idee bună, zic eu după masa asta se pare că nici grapa italienilor nu ajută prea mult

- Dă-mi voie să te invit eu astă seara, continuă Ali ceea ce eu accept fără comentarii. Am învățat că astfel de invitații, care printre oamenii aceștia sunt foarte rare, trebuie acceptate imediat.

Astfel, cu stomacul încă plin, ne îndreptăm spre ieșire. Ali merge în parcare, iar eu după el însă nu se oprește la o mașină așa cum m-aș fi așteptat, ci lângă o motocicletă Yamaha. Îmi întinde o cască de motociclist.

- Hm, sper să nu ia curve ca la MotoGp, deși, uitându-mă mai bine la el, îl cred în stare. Are o ținută atletică cu stomacul plat lipsit de orice fel de grăsime. Se pare că şi el se antrenează regulat.

Din fericire, circulaţia din Viena se desfăşoară în aşa fel încât cei pasionaţi de motocicletă nu se pot desfăşura pe placul lor, cel puţin nu la orele de vârf. Oricum, sunt surprins să observ că Ali nu se aventurează aşa cum deseori se întâmplă cu puştanii de 17 ani, care sunt fascinaţi de zgomotul motoarelor puternice. Uneori mă gândesc că în mintea lor urletul motoarelor înlociuesc strigătul primar al gorilei din junglă în lupta pentru femela aflată în călduri. Interesant că există destule femei care reacţionează admirativ la asemenea „mugete" moderne. Mă rog, fiecare cu gustul lui.

Ali locuieşte în sectorul 22, într-un complex de locuinţe, care sunt aşezate de-a lungul Dunării, lângă podul Reichtsbruecke. Întrând în apartamentul lui prima impresie este aceea că te afli în concediu. Geamul de sticlă. Aproape un perete întreg care duce spre balconul uriaş arată spre Dunăre unde, din când în când, se văd vapoare ce plutesc leneşe pe undele de un albastru-gri ale Dunării. De asemena, insula renumită a Vienei se aşterne ca un voal verde la picioarele noastre. Şi nu se aude zgomot de maşini. Aici se poate, cu siguranţă, dormi vara cu geamurile deschise, mă gândesc eu automat, având în amintire locuinţa mea unde trebuie făcut un compromis între zgomotul de afară şi căldura din interior.

Interiorul este modern mobilat, adică bucătăria şi sufrageria se află în aceeaşi încăpere. Pereţii cu un alb şi un galben auriu contrastă cu parchetul din lemn de nuc. Baia este uriaşă şi conţine pe lângă cele două chiuvete şi un duş cu pereţi de sticlă, de asemenea, un jacuzzi.

- Paolo a primit acelaşi model? întreb eu arătând spre vana care mă atrage să mă aşez în ea şi să mă las masat de jeturile de apă.

- Nu, a lui este circa de două ori şi jumătate mai mare, el gândeşte în alte dimensiuni.... zâmbeşte Ali.

- Poate că o să accept totuşi invitaţia făcută de Paolo cu o oră mai înainte, de a mă scălda cu el şi cu siguranţă cu nişte însoţitoare pe măsură... rostesc eu gândindu-mă că viaţa poate să fie chiar plăcută atunci când cash-ul este pe măsură. Din păcate, deocamdată, nu este cazul meu, astfel că-mi amintesc brusc de ce am acceptat invitaţia lui Ali.

Ali a pus pe masa de bar care delimitează bucătăria de sufragerie cu un perete invizibil, două pahare pentru sticla de Jack Daniels. Alături, într-o cupă, se află şi câteva bucăţi de gheaţă, iar pe o farfurie se găsesc proaspăt tăiate felii de lămâie. În fundal, se aude o muzică de jazz. Mda, mă bucur că am aceptat invitaţia lui şi sunt numai urechi să văd ce are de povestit Ali.

- Îţi place locuinţa mea? mă întreabă Ali.

- Da, este cu siguranţă o bucurie să te întorci acasă, într-o asemenea oază de relaxare.

- Există şi o prietenă în viaţa ta, o relaţie mai fixă? întreb eu făcând aluzie la baia cu jacuzzi şi cele două chiuvete.

- Nu, nu am nimic fix, pentru asta însă multe vizite de scurtă durată, răspunde Ali, făcându-mi cu ochiul. Pe atunci încă nu ştiam de preferinţa lui pentru *call girls* de lux.

- Spune, Mike, de unde crezi că am avut eu bani pentru o asemenea locuinţă? mă întreabă Ali jucându-se cu cuburile de gheaţă din paharul deja gol.

- Păi, spune-ai că ai o firmă de construcţii, astfel că este logic să mă gândesc că de acolo vin bani pentru o asemena locaţie.

- Fals, răspunde Ali. Firma am preluat-o eu după moartea tatălui meu, pentru că acolo lucrează oameni, compatrioţi de ai mei pe care îi ştiu aproape de când eram mic. În schimb, firma se luptă cu datorii, iar pentru contracte în construcţii trebuie să lucrăm cu marjă foarte mică. Trebuie să ştii că firma mea este ultima rotiţă din mecanismul acestei branşe. Adică, noi adunăm firimiturile pe care ni le aruncă firme mari care au relaţii pe măsură pentru a ajunge la asemenea proiecte. Noi suntem însă executanţii.

- Iar asta înseamnă că din bucata mare de profit de la începutul proiectului nouă ne mai rămân doar resturile de la masa şmenarilor.

- Firma mea lucrează pe baza unor credite luate la bancă, pe care reuşesc deocamdată să le ţin pe linia de plutire, dar sunt departe de profit.

- Nasol, deci nici astfel nu este uşor de trăit o viaţă în libertate financiară.

- Deci, dacă nu este firma, atunci mă dau bătut spune-mi tu care este cealaltă sursă de bani!

- Am un hobby mai aparte spune el, lăsându-şi intenţionat timp.

Ne umple din nou paharele şi-mi face semn să mă aşez pe unul din fotoliile din sufragerie.

Îi urmez sfatul şi mă bucur de sentimentul plăcut de relaxare pe care-l conferă aceste fotolii uriaşe, din piele veritabilă. Iar curiozitatea mea creşte odată cu pauza pe care Ali o creează intenţionat.

- Îmi place să desfac seifuri! spune Ali, iar după o înghiţătură adaugă:

- Seifurile acelora care este evident că sunt bogaţi spune el şi mă priveşte atent să citească reacţia de pe faţa mea.

E rândul meu acum să fac o pauză şi descopăr ce mijloc potrivit este în asemenea situaţii să te poţi ascunde în spatele unui pahar cu băutură. Nici nu vreau să pun vreo întrebare mai tâmpită de genul: „Este legal ce faci tu?" sau să exclam ca o fată mare care se dezbracă prima cară în viaţa ei în faţa unui bărbat: „Dar asta se numeşte hoţie".

Mintea îmi lucrează rapid, dintr-o dată simt cum amorţeală digerării cotletului de la restaurantul „Centimetru" s-a încheiat şi pot gândi din nou clar.

- Deci pentru acest hobby ai nevoie de ajutorul meu? spun eu în final.

Zâmbind uşor, Ali spune:

- Mă bucur de prima ta fraza după această destăinuire pe care am făcut-o!

Are şi dreptate, astfel i-am şi spus că, de fapt, găsesc interesant hobby-ul lui.

- Mda, ţinând cont de ce văd în jurul meu şi de ceea ce am eu parte cu serviciul meu, trebuie să recunosc că există un anumit interes, adaug eu.

- Dar şi o nesiguranţă privind posibilitatea de a fi prins în timpul hobby-ului

- Mike, prinşi sunt doar idioţii care nu au nici o idee despre ce înseamnă un plan, o analiză a acţiunii ce urmează.

- Deci tu faci totul cu un plan dinainte.

- Sigur, condusul firmei de construcţii este o provocare foarte mare şi fără un plan în detaliu eşecul este garantat.

- Şi, pe de altă parte, este un a ibi foarte convenabil, dacă este să fie ceva mai serios, adăugă el mulţumit de felul acesta de a prezenta lucrurile.

- De fapt, mă consider un Robin Hood modern, doar că ce iau de la cei bogaţi nu împart la toţi săracii, ci păstrez grosul pentru mine. Astfel simt că fac ceva cu sens în viaţă.

Iar eu a trebui să mă gândesc la planurile mele de a vedea lumea şi la înjurăturile care-mi ieşeau printre dinţi când, la sfârşit de lună, plătind toate facturile, mai rămâneam cu câţiva euro amărâţi.

147

- Şi, deci, ai avea nevoie de cineva care să te ajute la astfel de acţiuni. De ce unul ca mine? De ce tocmai eu?

- Mike, tu eşti străin în ţara asta, la fel ca şi mine, iar asta înseamnă „fără rădăcini".

- Apoi eşti un băiat care studiază, deci ai ceva în cap. Sunt convins că vrei prin acest studiu să-ţi schimbi viaţa... Numai că-ţi spun eu ceva sigur, garantat: în ţara asta vei rămâne mereu un străin, deci, pentru poziţiile cu adevărat bănoase, vei găsi foarte des porţile închise în nas. Vei avea mai degrabă parte de frustrări şi vei descoperi cum visurile tale au fost de fapt doar un fum care acum s-a evaporat lăsându-ţi în faţă realitatea deloc de invidiat pentru tine. Vei descoperi cum în ţara asta poziţiile cu adevărat bănoase sunt date mai departe, în familie, cu relaţii deosebite.

- Există şi aici un cerc aşa numit elitar, cei care cu adevărat învârt bani grei în Austria. Şi nu ai nicio şansă să ajungi la nivelul lor. Şi mai este un motiv: după cum am înţeles de la Paolo, ai folosit un mijloc foarte neobişnuit pentru a-ţi învinge teama în situaţii de conflict. Iar aceasta înseamnă tărie de caracter. Tu eşti partenerul pe care-l caut de mult timp, Mike, iar dacă vei fi de acord să lucrăm împreună, vei vedea că viitorul va lua o cu totul nouă direcţie pentru tine.

- Ali, trebuie să-ţi spun că am nevoie de ceva timp să „diger" propunerea ta, spun eu, însă simt deja că adrenalina îmi pompează în sânge. Simt mirosul aventurii şi, mai ales, simt mirosul libertăţii.

Sunt la vârsta la care riscurile unei acţiunii de acest gen sunt puse pe ultimul loc. În cel mai bun caz, deoarece în acele clipe nu-mi amintesc să fi pierdut prea mult timp cu consecinţele negative în cazul unui eşec. O astfel de propunere am privit-o ca pe o provocare în care să-mi măsor forţele, fizice şi mentale.

Primul job împreună cu Ali a fost unul uşor.

- Spune, Mike, crezi că ai putea să-mi faci un plan detaliat al vilei unde locuieşte blonda despre care ne-ai povestit, mă întreabă Ali după câteva zile după ce eu răspunsesem pozitiv la propunerea lui.

- Fără nici o ezitare, cunosc fiecare încăpere a vilei de pe timpul când instalasem reţeaua de wireless.

- Excelent, de cât timp ai nevoie? vrea Ali să ştie.

- Într-o oră sunt gata! răspund eu cu un optimism nemascat.

- Lasă-ţi timp cu planul! îmi taie Ali din elan. Importante sunt detaliile, iar pentru asta ia-ţi pentru calcule măcar o jumătate de zi! mă sfătuieşte el.

Şi aceasta a fost prima mea lecţie primită de la Ali: un plan bun are nevoie de timp. Detaliile care sunt importante şi nu trebuie ignorate, nu sunt aşa de uşor de pus pe hârtie.

Deşi la început am fost sigur că o să fiu mult mai repede gata, la final a trebuit să-i dau dreptate. În efortul de a pregăti un plan cât mai detaliat, am descoperit cât de selectiv şi de superficial priveam, uneori, mediul înconjurător. Din fericire am fost mereu un autodidact, am ascultat mereu de vocea interioară care are în ceea ce mă priveşte are obiceiul nepoliticos şi, deseori, foarte enervant de a analiza de mai multe ori ceea ce fac, de a privi o situaţie din mai multe unghiuri de vedere. Aş putea spune că am o minte care lucrează intens chiar şi atunci când eu am impresia că, de fapt, dorm adânc. Acest mod de a trece prin viaţă este destul de obositor, un adevărat consumator de energie, însă trebuie să spun până acum mi-a fost de folos. Drept rezultat sunt acum în drum spre Tokio, cu un cont considerabil în Luxemburg, pentru un tânăr de vârsta mea.

Cert este că, după ce am predat planul lui Ali, acesta l-a

analizat aprobând la final efortul făcut de mine.

Au urmat câteva zile în care Ali a făcut câteva tururi de recunoaştere, iar într-o zi de marţi mă sună pe neaşteptate:

- Mike, ce program ai pentru mâine dimineaţă?

- Ca de obicei, adică o să încerc să-mi fac vreo intrare la un client folosind unul din motivele standarde: trebuie să fac o verificare a serverului, chiar dacă ştiam din start că nu are nici pe dracu'.

- Ce spui tu dacă mai bine te întâlneşti cu mine să facem un mică plimbare împreună? Aş avea o idee care s-ar putea să te intereseze.

- M-ai convins! răspund eu fără a sta mult pe gânduri. Din vocea lui mi-am dat seama că este ceva mai serios. Îmi notez ora şi locul de întâlnire şi apoi închid telefonul.

A doua zi, la minut, deoarece întotdeauna mi-a plăcut să fiu punctual, mă întâlnesc cu Ali.

Acesta îmi întinde în loc de salut un aparat de pus în urechi, precum cele folosite de a te conecta la handy, prin bluetooth.

- Mike, azi o să vorbim prin acest aparat. Pune-l la ureche, şi mai mult nu trebuie să faci. Ele sunt deja setate pe o frecvenţă de lucru mai puţin folosită. Trebuie însă să vorbeşti cu mine doar atunci când este neapărată nevoie, îmi explică el privindu-mă cercetător.

Se pare că este mulţumit de ceea ce citeşte pe faţa mea.

- Şi, deci, care este rolul meu, ce urmează să fac? întreb eu cu nerăbdare.

- Tu va trebui să stai de pază şi să-mi dai imediat de ştire în caz că cineva vrea să intre în vilă. Acum blonda şi soţul ei par a fi plecaţi de acasă. De dumincă nu le-am mai văzut maşinile să intre în parcarea subterană, spune el sigur pe sine.

- Hei, Ali doar nu vrei să mă faci să cred că tu ai petrecut ultimele zile și nopți ascuns într-un tufiș de pe marginea drumului?

- Bineînțeles că nu, doar nu crezi că ai de a face cu un amator.

- Hai la fața locului și va fi mai ușor să-ți explic.

Curios să aflu cum a ajuns Ali la concluzia că nimeni nu se află acum în vilă, îl urmez fără să mai spun ceva. În mintea mea analizez câteva variante care mi s-ar fi părut realizabile, dar, până la urmă, renunț la ele. Asfel că ajunși în aproprierea vilei, Ali nu mă lasă să ies din mașină până când nu-mi explică cum a urmărit el obiceiurile celor din vila pe care, evident, urma să o ușurăm de anumite lucruri de valoare. Pe planul făcut de mine notasem cu un „X" mare și roșu locul unde se afla seiful pe care îl remarcasem la „plimbările" mele prin vila acestui client.

Trebuie să recunosc că, aflând la ce soluție recursese Ali, am rămas impresionat de puterea de creativitate a noului și experimentatului meu partener.

Ali montase o cameră web la o legătură de internet mobilă astfel încât, apoi, de acasă salvase pe un harddisck toate informațiile trimise de cameră. Camera era una specială cu un focus mare, ce nu se întâlnește în magazinele de electronică obșnuite. Softul folosit pentru a salva informațiile trimise era și el unul mai neobișnuit, deoarece era programat să salveze doar mișcările înregistrate de cameră cu data și ora exactă.

Astfel că Ali, venind seara acasă, relaxat, cu un pahar de vin în față reușea cu un efort minimal să vadă ce se mai petrecuse la locația urmărită. Camera fiind mică și dotată cu acumulatori puternici, a fost uțor de ascuns pe sâlpul de înaltă tensiune.

În timp ce întorceam pe o parte și pe alta aparatura

folosită de el, parcă citindu-mi gândurile, Ali îmi dă un răspuns la întrebările mele:

- Vei fi surpins să vezi ce poţi găsi la anumiţi ingineri cehi, care lucrează pentru clienţi mai speciali, aşa ca mine.

- Tehnica a avansat foarte mult şi ceea ce vezi tu pe piaţa de desfacere pentru consumatorul obişnuit sunt pentru astfel de elctronişti ca şi cunoştinţa mea din Cehia, nişte relicve care ar trebui puse, de fapt, în muzeu. Cei care se află în laboratoarele de cercetare lucrează cu technologii care probabil doar peste 10 ani vor apărea pe piaţa de consum.

Ce mai, ştiam eu că sunt un începător, însă cu această dezvăluire m-a făcut să mă simt ca un copil neînţărcat.

- M-ai convins! spun eu cu o faţă mucalită.

- Şi, deci, ce am eu de făcut, doar să stau de pază? Doar atât?

- Pentru început, ajunge! răspunde Ali pe un ton care nu acceptă să fie contrazis.

- Eu mă bazez pe planul făcut de tine, astfel că o să mă descurc în vilă ca la mine acasă.

- Iar rolul tău este foarte important deoarece aşa eu mă pot concentra să deschid cât mai repede obiectul marcat de tine cu roşu, fără să mă întreb la fiecare minut dacă nu cumva se întorc oamenii acasă.

- Tu le cunoşti maşinile astfel că va fi uşor pentru tine să mă avertizezi din timp.

- Alles klar, spun eu, adică „am înţeles", chiar dacă eram ceva dezamăgit de faptul că de data asta fac doar pe paznicul, am înţeles pe deplin argumentele sale.

Iar aceasta primă acţiune a mea cu Ali a mers ca pe roate. Ali s-a întors fără nici un fel de piedică, după circa 45 de minute, cu o faţă zâmbitoare semn că operaţiunea noastră nu a fost în zadar.

Ajuns la el acasă, după ce pe drum m-a lăsat să fierb în sucul propriu, revenind din dormitorul lui unde am auzit că a golit rucsacul cu care fuses în vilă, Ali îmi întinde un pachet de bancnote care mă lasă cu gura deschisă.

- Sunt 10 mii de euro, partea ta

- Ești mulțumit?

Atâția banii încă nu văzusem la un loc și, mai ales, nu-mi imaginasem până atunci că un job de 45 de minute ar putea să-mi aducă atâția bani.

Am dat doar din cap rânjind cu gura până la urechi.

Iar Ali îmi mai dă o lovitură:

- În seif am mai găsit și câteva bijuterii foarte interesante. Eu nu sunt specialist, dar bănuiesc că voi lua un preț bun pe ele. Tu o să-ți primești partea după ce o să reușesc să le „mărit".

- Ai încredere în mine, Mike?

- Ce vrei să spui? răspund eu derutat de o asemenea întrebare neașteptată.

- Vreau să spun dacă ai încredere în mine că am împărțit corect ceea ce am luat cu mine din vilă?

- Ali, m-ai bine m-ai întreba dacă sunt mulțumit sau, și mai bine, ar fi să citești răspunsul singur, de pe fața mea.

- Banii pe care îi am acum în buzunar sunt aproape ceea ce eu eram obișnuit să câștig într-un an, astfel că eu sunt foarte, foarte mulțumit.

- Foarte bine, Mike, mă bucur că privești astfel lucrurile. Dar este important să te întreb, iar tu să-mi răspunzi sincer deoarece nimic nu este mai distrugător decât doi parteneri care nu au încredere unul în celălalt.

Cu aceasta ne luăm ramas bun, iar eu am ajuns parcă plutind acasă... ideea de a renunța la jobul actual era acum foarte îndreptăţită.

Iar după două săptămăni, după ce Ali mi-a dovedit că dădusem lovitura băgându-mi în buzunar încă 15.000 de euro, am anunţat cu bucurie şefului că trebe să-şi caute un altul.

Hmm, ce sentiment plăcut să nu mai depinzi de un şef care trăieşte mai mult de pe spinarea ta.

Astfel am început eu prima dată să lucrez cu adevărat cu folos. Riscant, dar cu folos.

Japonia, Yokohama, după două săptămâni petrecute în Tokio...

Picioarele mi-au amorţit după atâta timp de stat în „poziţia turcului". Mă ridic cu greu şi mi le masez aplecându-mă în faţă, în timp ce mii de furnicături par a transforma pielea de pe ele în acuri micii care mă înţeapă uşor. Se pare că nici astăzi nu voi primi nici un mesaj de la Debra sau bătrânul Miji. Cine ar fi crezut ce zace în aparentul proprietar de bar, în bătrânul Miji. Dar nici cu Debra nu mi-e ruşine, ca şi chelneriţă a făcut o figură bună. Iar acum aştept un mesaj de la ei, în timp ce mintea strigă flămândă după tot felul de răspunsuri de care aş avea nevoie acum. Cea mai puternică întrebare rămâne: ce ar fi trebuit să fac eu ca să-i pot salva viaţa lui Mark.

În acea noapte totul părea să se deruleze precum în nopţile similare: băut de sake, vorbind şi amuzându-ne copios de engleza stâlcită a lui Minji, cântând la concursul de karaoke împotriva japonezilor veniţi de la serviciu şi pipăind la japonezele îmbrăcate în cele mai ciudate costumaţii manga posibile.

- Mai luăm un rând de sake? întreabă Mark cu ochii sticlind, semn că alcoolul a început serios să i se amestece cu sângele.

- Hai să trecem pe bere, propun eu.

- De ce? Nu-ți place „șuica" japoneză? vrea Mark să afle încercând să facă referire la țuica noastră. Am încercat să-i explic cele trei trepte ale băuturii noastre de prune: țuică, rachiu și pălincă punând, bineînțeles, accentul pe tăria gradelor care fac diferența între definiţiile aceluiaşi extras de prune, însă Mark a reţinut doar țuica. Probabil pentru că i s-a părut lui acest cuvânt mai haios.

- Nu, dar dacă mai avem noroc să punem mâna pe japoneze asta seară, aş vrea să rămân şi eu de data aceasta cu nişte amintiri plăcute. De ceea ce s-a întâmplat data trecută nu-mi amintesc nimic.

- Ah, asta îmi amintesc eu însă: ai fost un armăsar greu de potolit pentru fetiţele acelea, îmi explică Mark chicotind ca un elev de clasa a şaptea, care la sport a văzut şi el la colegele de clasă începuturile unor sfârcuri.

- Tu acum râzi de mine! îi spun eu fără să fiu supărat pe el.

- Doar aşa, un picuţ, zice el însă a acceptat propunerea mea si comandă două beri.

Aşteptând să ne aducă Minji cele două beri comandate ne sprijineam cu coatele de masa de bar şi ne uitam în jurul nostru pentru a ne evalua şansele pentru următoarele ore ale nopţi şi mai ales pentru a vedea dacă se află în bar ceva deja pe gustul nostru.

Eu observasem că, de ceva timp, o chelneriţă pe care ne-o prezentase Minji, cu numele Debra, studentă din USA, şi care mai ajuta serile în barul lui, se uita cu nişte priviri în care eu citeam un oarecare interes. Sau de vină era sake-ul japonez. Debra era o frumuşică înaltă, cu părul şaten, prins în codiţe care îi deau un aer nevinovat dacă nu ar fi fost privirea ei prea

155

îndrăzneață pentru o studentă cuminte. Drace, cine a mai vazut o studentă cuminte, să ridice mâna sus, că-i dau un premiu. Sau o trecem în cartea de recorduri internaționale. Așa ceva nu există; ca și în cazul Debrei pe care, prin aburii de sake, o găseam din ce în ce mai interesantă.

În interiorul meu mă mai luptam doar cu remușcarea creată de faptul că încă nu avusesem de a face cu o japoneză adevărată, iar Mark îmi umpluse capul cu ce curioase sunt fetele acestea. Curioase în sensul dorit de noi bărbații, se înțelege.

Cam acestea erau gândurile „pline de intensitate sufletească" ce mă preocupau în acele momente, iar Mark nu părea prea departe de lugimea mea de undă.

Minji tocmai se îndrepta cu cele două beri spre noi, iar eu, ridicând privirea spre el, observ cum deodată mișcarea lui dezinvoltă se transformă în pași mai înceți, mai apăsați și simt cum corpul ia acea poziție a luptătorului concentrat.

Pff... Minji și luptător, bătrânelul acesta simpatic... se pare că sunt beat de-a binelea, îmi spun eu. Prin ceața băuturii observ însă că Minji nu mai privește la mine sau la Mark, ci undeva, printre noi.

Nu apuc să mă întorc să descopăr sursa acestei schimbări, pentru că simt cum sunt bruscat, împins spre stânga de două mâini și am mari greutăți să-mi mențin echilibrul și să nu scap ceașca de sake unde mai aveam ceva din lichidul acesta viclean.

Fără să vreau, sunt dat la o parte și reușind totuși să nu cad și, mai ales, să nu pierd nici un strop de sake, îmi întorc fața cu un rânjet de mândrie către Mark pentru a mă lăuda cu dexteritatea mea. Spre dezamăgirea mea, nu-l văd pe Mark, ci un cap negru aproape la înălțimea mea care aparținea unui trup străin, un trup ajuns între mine și Mark. Probabil că aceste mâini care acum gesticulau către Minji erau cele care mă împinseseră pe mine cu câteva clipe mai înainte.

Așez cu mare grijă ceașca de sake pe tejghea și, clătinând din cap ca un cățeluș de pluș de pe parbrizul unei Dacii mai vechi, încerc să pornesc un dialog cu cele două mâini care mă împinseseră. Este greu. Cele două mâini se mișcă prea repede și îmi dau seama că nu înțeleg nici engleză, nici germană și nici română. Încercarea mea de a prinde măcar una din cele două mâini nu trece neobservată. Alte două mâini mă cuprind de umeri, mă întroc brusc cu spatele la tejgheaua barului și-mi aduc aproape un cap de japonez încruntat care parca sâsâie pe engleză ceva de genul să nu mă mișc. Eu încep să râd ca un tip sensibil, care este deschis spre glume specifice țării străine unde mă aflu. Adică, râd din politețe. Și întorc din nou capul spre Mark și Minji care acum văd că ascultă cu capul plecat și cu o privire umilă bolboroseala primului individ. Cum cel de-al doilea individ îmi fixa mâinile și umerii, mâinile mele se puteau doar de la nivelul coatelor să se miște libere și, astfel, încercam să-i atrag atenția lui Mark asupra situației hazlii în care mă aflam. Mark însă nu avea ochi pentru mișcările mele, ci se uita încruntat la tipul care se pare că făcea pe șeful și misiunea lui era să bage spaima în prietenul nostru Minji.

Minji se retrăsese între timp, cu capul plecat, și se înmdrepta spre debaraua din spatele barului prin ușa unde scria ceva în japoneză. Probabil ceva de genul: „interzis persoanelor străine". Eu îmi bălăngăneam mâinile fiind bucuros că măcar ele mai răspund la comanda dată de capul aburit de atâta băutură.

Minji, întors cu o cutie de lemn o pune la fel de serviabil și temător în fața celui care „lătra" la el. Acesta o deschide și atunci observ că este plină de dolari americani.

Între timp, ori mă săturasem de gluma japonezului care

continua să-mi fixeze umerii ori începusem eu să mă dumiresc de faptul că sunt singurul din zonă care este atât de beat să creadă că aici se desfășoară o piesă de teatru de comedie. Sau poate doar începuseră să-mi obosească mâinile deoarece acest individ îmi apăsa destul de tare umerii de tejghea.

Cert este că în următoarele secunde s-au petrecut foarte multe lucruri simultan: cu coada ochiului, am observat cum mâna mare a lui Mark se pune pe cutia de lemn pe care japonezul cu un rânjet victorios voia sa o ia cu el. Cum acesta brusc îl împinge la fel ca și pe mine, pe Mark cu amândouă mâinile lovindu-l cu palmele în pieptul lui mare. Dacă pe mine m-a prins nepregătit pentru o asemenea mișcare, împingându-l pe Mark a fost însă ca și cum ar fi vrut să facă flotări la zid. Mark nu se clintește nici un milimetru.

Mark nu a considerat însă această mișcare o glumă folclorică japoneză sau un ritual de-al locului, de salut, ci îl trage cu mâna stângă pe japonezul acesta nepolitos din traiectoria mea, iar cu mâna dreaptă, făcută pumn, îi trântește o directă în față încât, chiar așa beat cum eram, mi-am dat seama că încă unul intrase în clubul celor cu nasul spart.

Această lovitură dată cu toată forța umărului lui drept îl face pe cel care o secundă mai înainte rânjea victorios să aterizeze în cur, în fața altor doi japonezi și ei îmbrăcați la fel ca și primii doi, complet în negru, complet în haine de piele neagră.

Eu am considerat că e cazul să-i explic celui din fața mea mea că la noi în țară avem și noi felul nostru de a răspunde la asemenea glume proaste astfel că îi sparg pentru început o sticlă de bere în cap celui care îmi fixa umerii și se uita la ceea ce îi se întâmplase șefului lui, iar, apoi, văzând că nu mi-a înțeles pe deplin mesajul și că încă mai stă în fața mea ținându-se cu mâinile de cap, îi aplic o lovitură de genuchi între picioare şi, în timp ce-şi duce mâinile de la cap la nivelul genitalelor, următoarea lovitură, o mişcare bruscă şi scurtă cu cotul drept la tâmplă, îl trimite în lumea viselor.

Acum că spaţiul dintre mine şi Mark se eliberase, mă întoc spre el şi, după ce ne lovim mâinile ca negrii din Brooklin, ceva de genul „give me five!" ne sprijinim coatele pe tejghea şi privim amândoi ca nişte cocoşi înfoiaţi spre japonezul cu nasul spart care era adunat de pe jos de ceilalţi doi oameni ai lui.

Era rândul nostru să rânjim victorios spre ei. Din păcate, acesta ar fi fost momentul când ar fi trebuit să o luăm la fugă. Mai ales pentru că individul pe care îl lovise Mark era Nibori. Iar din privirea lui furioasă am înţeles că şi el ne recunoscuse. Deci şi-a amintit de fuga noastră din barul lui şi de pumnul primit de „peştele" fetelor numite „Shakti".

Însă tâmpitul de mine căuta privirile Debrei spre a-i da de înţelegere că în mine a găsit masculul pe măsura picioarelor ei înalte şi frumoase. Dovada se afla la picioarele mele: japonezul pe care eu îl făcusem knock-out. Uitasem sfatul de aur a lui Bruno: nu te opri din luptă până când adversarul sau adversarii tăi nu mai sunt în măsură să te rănească.

Între timp, se pare că Nibori strigase după întăriri: o altă trupă de patru indivizi, tot în negru îmbrăcaţi şi ei, apăruseră în faţa noastră.

Deja era prea târziu să fugim. Spre mine se îndreaptă doi dintre ei. Pe unul dintre ei reuşesc să-l lovesc cu talpa piciorului în piept. Se dezechilibrează, dar nu pare să fie prea impresionat de lovitura mea. Cel de-al doilea se fereşte cu uşurinţă de ce-a de-a doua sticlă de bere. Din nou îl aud pe Bruno: nu folosi aceeaşi metodă când te lupţi cu mai mulţi indivizi odată: oamenii învaţă repede din greşelile celorlalţi. Bruno are din nou dreptate: lovitura mea cu sticla de bere are doar pentru mine un efect: mă dezechilibrează timp suficient pentru cel de-al doilea să treacă repede în spatele meu şi să-mi prindă ceafa cu ambele palme unite blocându-mi şi de data aceasta mişcarea umerilor. Hotărât lucru, indivizii aceştia în negru sunt un pic prea fixaţi pe umerii oamenilor. Iar cel lovit de mine în piept nu are un minimum de respect pentru unul ameţit de sake ca şi mine. Cu două lovituri de picioare în faţă îmi înmoaie genunchii astfel că alunec ca o pernă de puf din mâinile celui care mă ţinea. Sau mă lasă el din prinsoare observând că nu-şi mai are rostul.

Deşi sunt ameţit de lovituri, observ cu uimire o sabie japoneză care face o mişcare armonioasă şi puternică prin aer, apoi un zgomot sec, iar la picioarele mele se rostogoleşte capul lui Mark cu ochii încă deschişi, parcă spunând că japonezii aştia chiar se ţin mereu de glume proaste. Iar eu încep să urlu. Stau în genunchi, privesc la capul lui Mark şi urlu: nu de durere, ci de surprindere, de şoc, de furie. Urlu fără întrererupere. Nibori, cu nasul spart şi cu un rânjet diabolic pe faţă, stă cu picioarele desfăcute în faţa mea, cu sabia în mână, de pe lama căreia se prelinge sângele lui Mark şi arătând cu degetul către capul lui Mark şi către mine zbiară în japoneză cuvinte de neînţeles către mine. Eu nu-l ascult, sunt cu ochii pe ochii lui Mark şi urlu... Sunt complet imobilizat, psihic vobind. Nu sunt în stare de nici o reacţie. Pentru aşa ceva nu m-a pregătit nici Bruno. Nu cred că ar putea cineva să mă pregătească pentru un asemenea moment cumplit.

La un moment dat, observ cu coada ochiului aceeaşi mişcare armonioasă de sabie în aer şi aud un strigăt puternic care pare să fie a lui Debra:

- Mike, fereşte-te!!! Un înger păzitor sau efectul antrenamenelor cu Bruno, ceva mă face să mă ridic brusc în picioare şi să fac un pas înapoi. Sabia condusă de Nibori, şi care îmi ţintea şi mie gâtul trece şuierând pe la nivelul stomacului și doar vârful sabiei îmi rănește ușor pielea. Parcă, în același moment, bătrânelul simpatic de la tejghea sare înarmat cu o bătă în mână și, răsucindu-se în aer, face ca un capăt al ei să se opreasca în capul lui Nibori care mă privea cu ură demonică.

Eu sunt prea slăbit ca să mai fiu un pericol pentru ei. Ceilalți șase japonezi se reped către acest bătrânel simpatic acum cu o față concentrată și emanând o forță și o stăpânire demnă de un samurai din vechime. Îl văd rotindu-se printre ei, mult prea repede pentru japonezii îmbrăcați în negru. Debra se răsucește și ea de câteva ori în aer și reușește cu lovituri de picioare perfect efectuate să mă facă o clipă să uit de tragedia din fața mea.

În vreo două minute, doar două persoane rămân în picioare: Minji și Debra; de necrezut. Minji îi spune Debrei ceva în japoneză, iar ea vine spre mine și mă ajută să mă ridic în picioare. Îmi mai amintesc cum sunt condus de Debra într-o dubiță mică, cred că un Daihatsu, și, apoi, cred că mă cam lasă nervii când privesc la propriul sânge care îmi înroșește tricoul la nivelul stomacului. Și leșin.

Și, astfel, am ajuns în acest templu. Debra și Minji m-au lăsat aici spunând la plecare să aștept un semn de la ei. Până când nu voi primi nici un semn de la ei, să nu părăsesc aceste templu pentru că mă aflu încă în pericol. Se pare că trupa de japonezi în negru mă va căuta să termine ce au început în acea seara, în barul lui Minji. Deși mi se pare exagerată ideea că acea trupă de nebuni în negru m-ar căuta pe mine, un turist precum alte sute de mii care se află în același timp cu mine în Japonia, nu simt nici o curiozitate să părăsesc acești pereți ocrotitori ai templului, chiar dacă mâine o se reiau acțiunea cu încasatul loviturilor cu bâta de bambus.

Iar acum, plimbându-mă prin grădina aparțind templului,

îmi dau seama că sfatul lui Debra a fost unul foarte înţelept. Sunt încă foarte bulversat şi şocat de moarte lui Mark.

O scurtă analiză a ceea ce am descoperit, învăţat şi experimentat până acum îmi dezvăluie că nu am pierdut nici o clipă cu gânduri legate de ce se întâmplă cu omul după moarte. De fapt, până acum am trăit ca şi cum eu nu aş muri niciodată. Hmmm, un fior îmi trece prin coloana vertebrală şi mă face să mă scutur ca un câine ieşit din apă. Moarte... o idee la fel de străină şi îndepărtată de mine ca şi ultima galaxie a universului... dacă aşa ceva există...

Japonia – prima întâlnire cu maestrul căutat

A mai trecut o noapte agitată şi o dimineaţă când am încasat din nou lovituri cu bambusul. Simt cum un sentiment de disperare începe să pună stăpânire pe mine. Sper ca astăzi să primesc o veste de la cei doi prieteni neaşteptaţi, ce m-au adus aici. Altfel cred că sunt în stare să fac vreo prostie de genul de a părăsi acest templu pe cont propriu. Rana mi s-a vindecat complet, în cel mai rău caz va rămâne o cicatrice aproape de neobservat.

Mă aşez pe o piatră de mărimea a doi pepeni mari, iar la picioarele mele sursură uşor un pârâiaş care a devenit însoţitorul gândurilor mele. Ce păcat că nu le poate lua cu el astfel încât să nu mai apară mereu şi mereu în capul meu.

După cum am aflat, o grădină japoneză presupune cel puţin o treime din suprafaţa ei să conţină apă. Se porneşte de la un obiect mare, de exemplu o stâncă, un copac înalt sau ca în cazul acestei grădini unde templul reprezintă punctul de referinţă al grădinii, iar toate celelalte elemente trebuie să fie plasate în jurul acestui punct fix de referinţă. Când este totul gata, jocul armonios de lumini, culori şi mirosuri trebuie să creeze o oază de liniște și refacere.

Părerea mea este că această grădină a fost creată de un perfecționist. Mi-am petrecut cele patru zile aproape aici, în afara templului. Din când în când, mă mai înclinam cu respect spre o persoană pe care o întâlneam în drumul meu, iar aceasta îmi răspundea la fel.

La fel și acum, auzind niște pași mergând pe partea cealaltă a firului de apă ridic privirea să aflu cine a cauzat acest zgomot. Spre uimirea mea descopăr doi ochi negri care mă privesc cu intensitate nemaiîntâlnită până acum.

Și restul feței căreia acești doi ochi pătrunzători îi aparțin, emană o forță deosebită. Capul mai degrabă pătrat, decât rotund este acoperit de un păr negru lucitor. Doar la tâmple se văd niște șuvițe de păr grizonat. Urechile mici încadrează fața. Cu toată intensitatea din ochi, buzele par a fi relaxate de un surâs ușor. Trupul neobișnuit de înalt pentru un japonez (aproximez că îmi ajunge cu capul până la umăr) este acoperit de o bluză de in, albă, care se termină ceva mai jos de mijloc, lăsând loc unor pantaloni din același material care se opresc la nivelul gleznelor. Picioarele se odihnesc în niște sandale tradiționale. Ca și întreg, această persoană emană o liniște adâncă de parcă ar fi parte din elementele aceste grădini. Dacă nu ar fi acești ochi care par a mă sfredeli.

Spontan, mă ridic și înclinându-mă ușor, păstrând însă contactul viziual, îl salut cu puținele mele cunoștințe, în limba locului: „ohayo gozaimasu", adică bună dimineața.

Spre surprinderea mea, personajul din fața mea sare sprinten peste firul de apă și, apucându-mi mâna dreapta, mi-o scutură energic, răspunzându-mi:

- Hello, bună dimineața, „minte neliniștită"!

- Scuzați, ce fel de minte ați spus?

- „Minte neliniștită", așa te numesc călugării de aici!

Pentru o clipă realizez că, cel puţin acum, nu mi se potriveşte deloc această denumire deoarece surprinderea este atât de mare încât mintea mea nu găseşte nici o replică. Cred că am intrat într-o stare zen sau mai ştiu eu cum numesc aştia momentul când mintea se blochează.

Parcă simţind încurcătura în care mă aflu, acest bărbat necunoscut mie, continuă:

- Eu vin din când în când pe aici să-mi vizitez nişte prieteni din acest templu şi ei mi-au povestit cu mare amuzament că au un vizitator nou care îi scuteşte de gimnastica de dimineaţă. Asta pentru că trebuie de fiecare dată să-i aplice o mulţime de lovituri ca să-l readucă în starea de meditaţie, încât numai au nevoie de exerciţiile de încălzire obişnuite. Aşa că m-au rugat să arunc o privire asupra ta, deoarece, ei cred că, în afară de faptul că lor o să le crească muşchi la mână, nimic altceva nu o să se schimbe în ceea ce te priveşte.

- Adică vreţi să spuneţi că nu mă mai primesc în templul lor? întreb eu aşteptându-mă la orice de la aceşti călugări.

- Ah, nu este vorba despre asta. Ei chiar vor să te ajute să-ţi găseşti liniştea, însă tu nu ai vrut să iei parte la nici o altă activitate oferită de templu, decât la meditaţia de dimineaţă, iar, astfel, ei văd mici şanse de reuşită pentru tine. Adică, pentru ei, rămâi o „minte neliniştită" adaugă el, evident amuzat.

- Iar dumneata eşti medicul familiei trimis să mă vindece de agitaţia interioară? întreb eu cu ironie, pentru că râsul lui a început să mă deranjeze.

- Nici pe departe, să spunem că eu mă interesez, din principiu, de cazuri mai puţin obişnuite. Aş putea, de asemenea, să spun, acum că te-am văzut, şi că vizita mea de azi nu este deloc întâmplătoare.

- Aha, spun eu, deşi numai pricep nimic.

- Şi, deci, acum că m-aţi văzut, aşa cum ziceaţi, ce se întâmplă mai departe?

- Vreau să-ţi fac o propunere, răspunde el.

- Şi anume?

- Înainte de a-mi asculta propunerea, mai am un mesaj pentru tine.

- Un mesaj? De la cine?

- De la Debra şi Minji-san.

Surprinderea mi se citeşte uşor pe faţă. În sinea mea am sperat că voi primi cât mai curând de ştire de la cei doi, ei fiind singurii oameni pe care îi cunosc în acest moment. Dar că vestea de la ei va ajunge prin acest personaj care mă cam ia peste picior este cu atât mai surprinzător pentru mine.

- Şi care este mesajul lor pentru mine... mă bâlbâi eu uşor?

- Am să o redau cuvânt cu cuvânt: „Mike acceptă propunerea lui Ori-san, dacă vrei să ne revedem".

- Şi cine este, mă rog, acest Ori-san?

- Eu sunt Ori-san, spune bătrânelul lovindu-se cu mâinile de coapse şi râzând copios.

- Aha, spun eu din nou.

Urmează o perioadă de linişte unde eu fac pe gânditorul, iar Ori-san mă priveste evident foarte amuzat de situaţie. De fapt nu prea am de ales. Pe de o parte, m-aş bucura să o revăd pe Debra şi Minji-san pentru că am o mie şi una de întrebări legate de ceea ce s-a întâmplat în acea noapte. Pe de altă parte, sunt ceva circumspect faţă de propunerea pe care acest individ din faţa mea vrea să mi-o facă. Dar cum spuneam, nu prea am de ales.

- Deci, care este propunerea pe care doriţi să mi-o faceţi?

- Aş vrea să-mi acorzi câteva zile din timpul tău, perioadă în care eu sunt convins că vei găsi liniştea pe care o cauţi, poate chiar mult mai mult decât atât.

- Cum adică să vă acord câteva zile din timpul meu? Vreţi să-mi arătaţi cum se meditează corect? întreb eu oarecum curios.

- Şi, deci, pot să mai rămân în templu? adaug eu, deoarece aici mă simt ocrotit.

-Nu, din păcate, va trebui să te desparţi de prietenul tău de dimineaţă.

- Hm, prietenul meu de dimineaţă? întreb eu pentru a doua oară complet derutat.

- Cel cu bâta de bambus şi râde în hohote.

Curioasă descoperire: bărbaţii japonezi pot fi foarte glumeţi, când este vorba de pielea altuia, se înţelege.

- Asta înseamnă că va trebui să vă însoţesc?

- Da, răspunde el destul de sec, astfel că, inevitabil, continui cu întrebările.

- Lucrurile mele (nu aveam decât un rucsac lăsat în hotel însă cel mai mult îmi lipsea laptopul meu) se află într-un hotel în Tokio, iar eu nici măcar nu ştiu unde mă aflu acum. Ar trebui să trec pe la hotel să le iau.

- Nu este necesar. Debra a rezolvat asta pentru tine.

- Cum adică? A trecut pe la hotel? De unde ştia ea unde locuiesc eu?

- Hmm, Debra spunea că tu şi prietenul tău eraţi foarte comunicativi, după câteva pahare de sake.

Iar sake-ul acesta – jur că nu mai pun la gură această băutură. Ultima lui frază mi-a reamintit de Mark.

- Ştiţi, cred că cineva ar trebui să anunţe familia lui Mark despre ce s-a întâmplat.

- Şi ai vrea să faci tu asta? mă întreabă el un pic sfidător. În acest moment poliţia s-ar bucura foarte mult şi de cel mai mic fir de informaţie, numai vorbesc de trupa de bătăuşi care sunt responsabili de moartea lui Mark.

- Dacă poliţia află ceva, este ca şi cum, în acelaşi timp, şi mafioţii ar afla în acelaşi moment. Au oameni infiltraţi peste tot.

- Bine, dar cine sunt aceşti oameni. De ce să vrea să răzbune pe mine? Doar nu le-am făcut nimic.

- Ba da, le-ai făcut un mare rău: şi anume l-ai batjocorit pe fiul şefului triadei din Tokio. El este cel cu sabia. Şi de fapt este de ajuns faptul că nu a reuşit să te omoare şi în plus el şi trupa lui să fie bătuţi de Debra şi Minji-san.

- Înseamnă că şi cei doi sunt în mare pericol.

- De ei eu nu mi-aş face prea multă grijă, ei ştiu să se protejeze de căutările triadei. De tine îmi fac mai mult griji: eşti ca un pui de raţă care se plimbă, pe malul unui lac plin de crocodili, orbit de razele soarelui.

- Ar fi bine să vii cu mine şi să-mi oferi câteva zile din timpul tău. În acest moment noi suntem singura ta alternativă de a rămâne în viaţă.

De data aceasta, tăcerea care a urmat este mult mai lungă. Nici măcar nu trebuie să fac pe gânditorul pentru că la o asemenea întorsătură de lucruri nu m-aş fi gândit. Până acum câteva minute eram preocupat să-mi pun cenuşă în cap şi să-l bocesc pe Mark. Acum se pare că trebuie să mă îngrijesc serios de pielea mea. Bătrânelul acesta, pare serios în ceea ce spune. Oricât de ireală ar părea aceasta schimbare de situaţie un argument foarte real mi se plimbă mereu prin faţa ochilor: capul lui Mark rostogolindu-se la picioarele mele. Aveam de a face cel puţin cu nişte nebuni, maniaci, criminali sau mai ştie dracu' în ce ciorbă japoneză am călcat eu cu piciorul greşit. În asemenea momente realizez că există mai multe feluri de lupte pe care trebuie să le duc. Aici era vorba de ceva mult mai mare decât eu cunoscusem până acum. Iar sfatul lui Bruno care îmi răsuna în urechi nu era deloc de ignorat: înainte de a începe o luptă uită-te în jur să vezi dacă chiar eşti singur. S-ar putea să descoperi aliaţi în jurul tău. În asemenea cazuri strategia de luptă trebuie să fie alta, să fie una de echipă: foloseşte resursele din jur.

Şi dacă bătrânelul acesta este un trimis al triadei? Dacă este doar o capcană menită să mă scoată din zidurile acestea ocrotitoare? Ce-i drept această supoziţie se bazează pe nişte picioare cam şubrede, dar se pare că şi Ori-san simte această schimbare de interpretare. Sau observă că privirea mea acum îl cercetează ca pe un posibil inamic.

- Minji-san mi-a spus, în cazul în care te vei îndoi de intenţiile mele, un cuvânt pe care el s-a chinuit, în momentele voastre de veselie, să-l înveţe de la tine.

- Şi anume? întreb eu deoarece aceasta propunere pare fi o soluţie de a ieşi din impasul aflat. Îmi amintesc foarte bine ce cuvânt m-a făcut deseori să mă tăvălesc de râs, în compania lui Mark şi a lui Minji-san.

- „Tuica" zice Ori-san cu un accent la fel ca şi Minji-san astfel că nu pot să nu zâmbesc.

Hotărât lucru este că am mare nevoie de aliaţi. Nici măcar nu ştiu unde mă aflu, nu ştiu mai nimic despre indivizii care se pare că ar dori să-mi taie capul, iar Ori-san pare a fi singurul meu pai de salvare... cel puţin pentru următoarele zile.

Se pare că perioada de jale trebuie să o închei mai repede decât aş fi dorit. Acum este vorba despre pielea mea. Şi nu degeaba zicem noi românii: „De tine îmi este milă, dar de mine mi se rupe inima".

- Bună ideea lui Minji-san, spun eu înclinându-mă spre Ori-san. Hotărârea mea este luată: vă accept propunerea.

Auzind porţile masive cum se închid în spatele noastre nu mă pot abţine să nu-l întreb pe Ori-san:

- Chiar este necesar să mă deghizez într-un călugăr budist? Mi se pare o glumă proastă, pentru că hainele primite cam atârnă pe mine. Este evident că-mi lipseşte burta pe care statuile cu Buddha o scot aşa de frumos în evidenţă astfel încât toate poveştile despre perioada în care Buddha a refuzat să mănânce, ajungând piele şi os, se transformă în minciuni care zgârie urechea unui om în stare să gândească logic.

- Este necesar... din păcate nu excludem faptul că cei din triadă au o descriere foarte exactă despre tine. Probabil s-au şi împărţit poze cu tine pe la aeroporturi, gări şi de autogări. Probabil că şi unii dintre şoferii de taxi au descrierea ta. În ziua de astăzi, cu internetul, informaţia se răspândeşte foarte repede. Dacă este vorba de fiul şefului triadei, probabil că este pus şi un preţ pe orice informaţie valoroasă despre tine.

- Dar de unde să aibă ei poze cu mine? Nu-mi amintesc de nimeni umblând cu aparate de fotografiat atârnate de gât.

- Ai uitat că te afli în Japonia? Aici se poate filma chiar şi prin ochii unui bibelou aşezat nevinovat, într-o vitrină.

- Şi, apoi, barul lui Minji-san avea instalate camere de filmat. Din păcate, nu a mai fost timp să se şteargă toate înregistrările.

- Şi încă ceva, adaugă Ori-san: de acum înainte, până când nu-ţi fac eu semn, vei păstra o tăcere deplină. Oricât de bună ar fi această deghizare, dacă deschizi gura, oricine va observa această păcăleală.

- Va fi greu, pentru că mai am vreo mie şi una de întrebări.

- Dacă vrei să le mai poţi pune, va trebui să-mi dai ascultare, spune Ori-san făcând un semn către unul dintre taxiuri care aducea şi lua turişti dornici de meditaţia budistă din acest templu sau masochişti dornici de loviturile cu bâta de bambus. Ne urcăm amândoi în taxi, pe bancheta din spate.

Urmează un schimb de cuvinte între Ori-san şi şoferul japonez căruia se pare că-i place să conducă ascultând muzică foarte tare, astfel că, oricum, o discuţie ar fi fost imposibil de susţinut. Este evident că pe Ori-san nu-l deranjează deoarece nu se plânge de acest zgomot. Eu îmi imaginez în schimb mai multe posibilităţi de pedepsire a şoferului pentru acest hip-hop japonez cu care mă chinuie.

Ajunşi la gară, Ori-san mă lasa să aştept pe o bancă, printre alte câteva mii de japonezi micuţi şi foarte politicoşi, iar el se duce să cumpere biletele de tren.

- Am hotărât să mergem cu Shinkansen Nozomi spune el, de parcă eu aş fi de la CFR-ul japonez şi aş fi în stare să înţeleg ce înseamnă Nozomi ăsta....

- Aha, zic eu.

- Nozomi este cel mai rapid tren în acest moment, ne duce la Kyoto în 2 ore şi 15 minute. Este important să părăsim cât mai repede Tokio.

Mie încă mi se pare că se exagerează cu acest tam-tam în jurul meu de parcă aş fi atentat la fiul preşedintelui. Sau poate că tocmai se plictisec de moarte, mafioţii japonezi şi m-au găsit pe mine ca şi activitate revigorantă, să le umple timpul de plictiseală. De fapt, în spatele acestor gânduri, se ascundea doar ignoranţa mea faţă de ce înseamnă pentru japonezi o mândrie rănită.

Ne prezentăm biletele la un automat care apoi aprinde o luminiţă verde semn că ne lasă să trecem mai departe, astfel că, în mai puţin de 10 minute, stau în vagon. Din păcate, nu am apucat decât cu coada ochiului să privesc în viteză locomotiva acestui tren. Arată precum de pe o altă planetă. Are forma unui glonte lucios. Acest tren merge cu 550 km/oră. Mă întreb oare cum o să fie în interior pentru pasageri. Oare vom fi legaţi de scaune cu centuri grele precum în parcurile de distracţie pentru a nu zbura prin aer?

Vagonul unde noi avem locuri este unul fără compartimente. Sunt vreo 40-50 de scaune, foarte comode, şi cu spaţiu pentru picioare suficient şi pentru un jucător de baschet, aşezate pe două rânduri. Eu mă aşez pe scaunul de la fereastră, iar Ori-san lângă mine.

Eu îmi muşc limba de câteva ori, deoarece am întrebări despre ţinta călătoriei noastre, despre acest tren, am şi câteva glume pe seama călătorilor din jur: se pare că, în acest moment, pentru bărbaţii japonezi este la modă părul roşcat. Iar eu care îi asociam pe japonezi mai degrabă cu samuraii din trecut, această schimbare la faţă a acestei societăţi nu pot să o las necomentată. Dar trebuie, trebuie să joc pe călugărul budist şi mut: grea încercare.

Singurul semn că acest tren s-a pus în mişcare sunt impresiile lăsate de privitul pe geam. Hei, hei unde eşti tu tren personal Petroşani-Simeria? În acel tren puteam să privesc pe geam şi chiar era foarte relaxant acea depănare de relief, într-un ritm plăcut pentru ochi. Am renunţat foarte repede la a încerca să mă focusez la ce se află afară, în imediata apropriere a trenului. Aproape că am ameţit şi o senzaţie de vomă se facea simţită. Viteza acestui tren este incredibilă. Trebuie să mă focusez pe imagini din depărtare, acolo mai pot distinge clădiri sau forme de relief unde aceşti omuleţi mici şi foarte mulţi nu şi-au pus amprenta technlogică. Astfel se mai poate privi ceva pe geam. În rest, nu simt nimic din viteza incredibilă cu care acest tren se deplasează. Din fericire, pentru una din întrebările mele, se pare că staţia următoare, indicată pe o tabelă electronică fixată deasupra uşii de intrare în vagon, va fi Kyoto. Bineînţeles că nu ştiu nimic despre acest oraş. Nu că aş fi un turist intersat doar de sake şi de fustele japonezelor, dar planul meu arăta iniţial cu totul altfel. Eu plănuisem să vizitez în linişte şi într-un ritm dat doar de spontaneitatea şi interesul meu, această ţară. Că voi căuta, în ritmul definit de mine, un maestru al artelor marţiale care să mă ajute să-mi dezvolt tehnicile de luptă stăpânite în prezent şi să învăţ altele noi. În nici un caz nu-mi imaginasem eu acum câteva zile că mă voi îndrepta spre Kyoto, îmbrăcat în călugăr şi urmărit de o hordă de mafioţi japonezi. Este de înţeles sper că nu am avut nici o şansă să mă pregătesc pentru această călătorie. Este, de asemenea, de înţeles că am o mie şi una de întrebări. Din păcate, nu-mi rămâne decât să execut exerciţiile de respiraţie învăţate în utimele zile. Remarc cu un umor că nu s-a schimbat prea mult. Doar că încerc să-mi liniştesc mintea privind spre materialul gri care îmbracă scaunul din faţa mea sau pe geam. Hmm, parcă îmi lipseşte lovitura cu bâta de bambus....

Apogeul acestei călătorii se anunţă prin faptul că o necesitate naturală se face simţită. Cine consumă lichide, trebuie să permită organismului ca reziduurile să fie eliminate cândva... Astfel că eu îi dau de înţeles prin pantomimă, lui Ori-san, că trebuie să merg la toaletă. Direcţia este uşor de observat, mai ales că semnalizarea dacă toaleta este liberă sau ocupată se face prin nişte simboluri şi beculeţe, unul verde sau altul roşu, afişate tot deasupra uşii de intrare în compartiment pe care chiar şi un călugăr mut ca şi mine le poate înţelege. Iar, în plus, unul din jocurile mele din ultimele minute a fost să urmăresc, de fiecare dată când beculeţul se schimba în roşu, cât timp petrec, în medie, japonezii la toaletă. Din păcate nu am ajuns la rezultate care să revoluţioneze antropologia. Doar o constatare seacă şi fără efect de surpriză: femeile au nevoie de mai mult timp decât bărbaţii.

Deci, acum, bucuros de puţină mişcare, mă îndrept şi eu spre capătul vagonului deoarece toaleta este în spaţiul dintre două vagoane. Becul este încă roşu, dar ultimul intrat a fost un bărbat astfel că dacă calculele mele au fost corecte, toaleta va fi eliberată în următoarele secunde. Ceea ce se şi întâmplă. Un bătrânel cu părul alb, suplu ca o prima donă, iese zâmbind şi înclinându-se politicos spre mine. Eu mă înclin, la rândul meu, deşi mă întreb ce anume i-a creat această bună dispoziţie aproape molipsitoare. Poate că la bătrâneţe este bărbatul bucuros de orice semn dat de „unealta" lui. Hmm, se pare că această haină de călugăr are o influenţă specială asupra mea: încep să filosofez despre viaţă; chiar dacă începuturile sunt puerile... este un semn bun dacă prin cap îmi trec idei glumeţe. Probabil că această hotărâre de a urma propunerea lui Ori-san are totuşi efecte benefice asupra psihicului meu.

Toaleta are un singur lucru în comun cu toaletele din trenurile din Austria şi absolut nimic în comun cu toaletele din trenurile româneşti. Şi această toaletă este foarte curată de parcă acum s-a inaugurat acest tren. Ce or fi făcut oamenii care au fost înaintea mea aici nu pot să-mi explic. În rest este plină de butoane şi mânere la diferite nivele, spaţioasă încât ai putea să şi dormi în ea şi, din fericire, explicaţii în jurul butoanelor integrate în perete, sub formă de imagini: o limbă internaţională poate chiar cosmică (presupunând că alieni ar fi şi ei asemănători oamenilor şi ar avea necesităţi asemănătoare). Descopăr de exemplu un buton care îmi dă de înţeles că dacă îl apăs, atunci capacul de WC se va lăsa de la sine pe gura de WC. Ceea şi fac, de mai multe ori se înţelege. Asemenea chestii automatizate îmi sunt mie, în general, la început foarte suspecte. Oricum atâtea butoane şi imagini desenate pe pereţi că aproape că uit de ce am intrat aici. Iar ca timp petrecut în toaletă am depăşit o femeie gravidă. Cert este că la final mă şi spăl frumos pe mâini şi mă răcoresc şi pe faţă. La final, apăs pe butonul care îmi deschide uşa şi realizez că şi eu ies din toaletă cu un zâmbet asemănător bătrânelului dinaintea mea.

Din păcate, am uitat să-mi trag peste cap partea din mantaua de călugăr care îmi protejează nu numai capul dar, mai ales, faţa. Iar în faţa uşii de la toaletă, mă aşteaptă un individ care priveşte destul de supărăcios. Este un tinerel, cam de vârsta mea, mie îmi ajunge până pe la piept, cu coama lui de păr de un roşcat enervant. Ce mai, o altă generaţie de japonezi, dacă este să-l compar cu bătrânelul de mai înainte. Nu numai că nu-mi răspunde la salut, dar se şi uită la mine într-un mod prea cercetător şi nu se dă la o parte pentru a putea trece pe lângă el. Nesimţit cum se pare a fi acest individ, în timp ce-mi blochează ieşirea, scoate un telefon din buzunar, apasă pe nişte butoane, se uită din nou la mine şi, apoi, din nou la telefon, ca şi cum ar vrea să compare o informaţie.

Este momentul unde realizez că s-ar putea ca acest „roşcovan" să fie un fel de curier de-al indivizilor care mă caută pe mine, deşi ideea mi se pare, în continuare, absurdă.

Ori-san mi-a interzis să vorbesc. Astfel că-l iau de gulerul cămăşii şi îl arunc cu mult mai puţin respect în stânga mea astfel că drumul spre vagon îmi este acum liber. Şi pentru că a dat dovadă de nesimţire şi probabil pentru că sunt şi curios din fire, îi zmulg telefonul din mână şi privesc pe ecranul lui. Din păcate văd o poză cu faţa mea, din semi-profil, şi având în mână o ceaşcă de sake. Hotărât lucru, aceşti japonezi care mă caută au o părere foarte proastă despre mine; arăt ca un beţivan uşor de eliminat. Roşcovanul nu are tupeu să încerce să-şi recupereze telefonul, ci îşi ia picioarele în spate şi dispare în vagonul învecinat.

Cu un sentiment neplăcut în stomac mă duc, din nou, pe locul meu şi, dându-i telefonul lui Ori-san, murmur:

- M-au găsit!

174

Ori-san priveşte spre ecranul telefonului, apoi îl bagă într-unul din buzunarele lungi care fac parte din echipamentul de călugăr budist şi-mi şopteşte:

- Vom avea nevoie de ajutor când vom ajunge la destinaţie. În tren nu vor avea curajul să ne atace.

- Mă scuzi acum câteva clipe, mai adaugă el.

Eu mă aştept să se ridice în picioare sau să înceapă să telefoneze, dar el doar îşi îndreaptă spatele şi închide ochii. Dar nu-i închide ca şi cum ar dormi, ci, mai degrabă, ca şi cum ar vrea să mediteze.

Dacă nu mi-ar fi atras mai înainte atenţia să nu-l deranjez acum l-aş fi tras de mânecă crezând că face o glumă de prost gust.

Oare se roagă la Buddha? De unde dracului să primim noi ajutor dacă nu strigăm după ajutor? Iar cu strigatul e aşa o chestie. Când este omul urmărit de nişte mafioţi japonezi, care au părul roşcat şi care seamănă foarte mult cu alte câteva sute de pasageri, într-un tren care se deplasează cu mai mult de 500 de km/h, iar acest om, adică eu, nu cunoaşte o vorbă în japoneză, să strig, aşa, aiurea, după ajutor ar fi ca o glumă de prost gust pentru cei din jurul meu. Iar singurul om de la care ar putea veni un ajutor, în loc să telefoneze, să sune la vreun prieten sau la poliţie din parte mea, dă ochii pe spate şi meditează.

Nu îmi este teamă de ce ar putea să urmeze. La urma urmei sunt tânăr, am avut deja câteva acţiuni unde am dovedit că ştiu să lovesc cum trebuie, să şi încasez cu stoicism iar, între timp, am mai descoperit că aceşti indivizi de pe urmele mele mai folosesc şi săbii cu care obişnuiesc să decapiteze turiştii tupeişti ca mine şi Mark. Partea cu sabia îmi dă ceva de gândit dar mă consolez cu ceea ce mi-a spus Ori-san: că vom fi lăsaţi în pace în trer. Iar dacă apuc eu să simt peronul sub tălpile mele, mă bate gândul să-mi ridic sutana de călugăr pe vine şi să o iau la fugă. O fi ia ruşinoasă, dar în acest caz mai mult decât sănătoasă. Din fericire portofelul şi paşaportul îl am la mine pentru că nu obişnuiesc să mă despart de ele astfel că sunt hotărât ca la nevoie să mă descurc pe cont propriu. Prea mult ajutor de la unul care începe să mediteze când e nevoie de acţiune nu mă pot aştepta. Astfel că mă liniştesc un picuţ: acum am un plan de acţiune. Dacă va funcţiona voi vedea cel mai târziu într-o oră şi jumătate, cam atât a mai rămas până la destinaţie.

Timpul acesta se scurge fără alte incidente. Doar faptul că „roşcovanul" nu era singur în tren este confirmat prin partenerul lui deoarece cei doi s-au aşezat pe primele locuri aproape de ieşirea din compartiment pentru a nu ne scăpa din priviri.

Ori-san a revenit şi el din meditaţia în care intrase şi a replicat scurt şi misterios:

- Ajutorul este pe drum şi va ajunge la timp.

Eu am dat doar din umeri nedorind să dezvălui că şi eu am hotărât ce voi face de îndată ce voi ajunge pe peron.

Trenul opreşte fără alte incidente, iar noi ne îndreptăm spre ieşire, evident spre cealaltă parte a vagonului lăsând astfel câteva persoane între noi şi cei doi care ne urmăresc.

Cobor ultimele trepte ale trenului, iar în clipa în care piciorul meu atinge peronul, iar eu deja doream să sprintez spre ieşire, o mână mă cuprinde de antebraţ şi o voce cunoscută mi se adresează:

- Hello, Mike, mă bucur să ne revedem din nou!

- Debra, replic eu mirat, ce faci tu aici? Surprinderea mea este cu atât mai mare cu cât descopăr că în jurul nostru s-au mai strâns câţiva călugări budişti. Inclusiv Debra.

- Rămâi, te rog, lângă mine, adaugă Debra.

Eu doar dau din cap afirmativ deoarece tocmai trebuie să renunţ la planul de a-mi lua picioarele în spinare. În câteva secunde, eu şi Ori-san suntem înconjuraţi de alţi patru călugări sau călugăriţe, dintre care unul dintre ei, care rămâne în spatele nostru îmi atrage în mod deosebit atenţia: un munte de om, cu o faţă dură, ochi pătrunzători şi lipsiţi de căldură. Mai degrabă în alertă deşi cred că doar un nebun sau sinucigaş ar putea avea ideea de a se pune cu acest individ. Emană o asemena energie destructivă încât până şi călătorii obişnuiţi îl ocolesc de la distanţă. Cei doi din spatele nostru telefonează evident surprinşi de schimbarea de situaţie. Pe de o parte, mă simt mai în siguranţă acum, în primul rând, pentru că se pare că Ori-san pe lângă pauza lui meditativă a găsit timp să-şi anunţe colegii şi mai ales având pe uriaşul din spatele nostru. Pe de altă parte, şase călugări budişti, cu capetele acoperite, sunt uşor de reperat, de la o distanţă considerabilă şi acum sunt convins că şi cei doi din spatele nostru au primit întăriri.

Grupul noastru se îndreaptă hotărât spre ieşire, iar eu, cu Debra în dreapta mea şi Ori-san în stânga, mă mişc cu conştiinţa în alertă maximă pentru că pericolul nu a trecut.

În câteva minute ajungem într-o parcare unde ne îndreptăm către un Chrysler Voyager de un verde închis, cu geamurile pe laterale şi în spate de un negru de nepătruns din afară. Eu sunt aşezat pe rândul de scaune din mijloc, de asemenea între Ori-san şi Debra. Uriaşul nostru se aşază în dreapta şoferului, iar alţi doi călugări pe ultimele două scaune din spatele nostru. Mie mi se pare cam exagerat mai ales că cel puţin din politeţe l-aş fi lăsat pe Ori-san sau be Debra la mijloc însă Debra îmi dă de înţeles că nu este timp de negociat.

Nu se vorbeşte în grupul nostru. Se pare că sunt o echipă rutinată. De asemenea, nu observ nici un fel de agitaţie de parcă am fi pe cale să facem o excursie în Kyoto. Semne clare pentru mine că aceşti călugări nu sunt în nici un caz călugări, ci, o grupă bine organizată şi care au mai experimentat asemenea acţiuni şi în trecut.

- Sunt în spatele nostru, spune şoferul sec, după ce de câteva minute ne aflăm pe o autostradă cu şase benzi într-o direcţie şi, culmea, totuşi foarte aglomerată.

- Va fi uşor să ne piardă urma la circulaţia de afară, replică Ori-san foarte liniştit.

- De cele două maşini nu-mi fac griji, dar cred că mai este şi un motociclist cu ei spune şoferul.

- Mda, de acesta nu vom scăpa aşa de uşor. Concentrează-te să laşi mai întâi în spatele tău cele două maşini. De motociclist se va ocupa Igor, după aceea.

Igor se pare că este uriaşul din faţă deoarece îl văd dând din cap aprobator. Eu sunt recunoscător pentru aclimatizarea din maşină pentru că în cele două minute în care am părăsit gara şi am ajuns în maşină, am transpirat datorită combinaţiei dintre căldură şi o umezeală a aerului de parcă m-aş fi aflat la tropice. Hotărât lucru, nu este prea isteţ să vizitezi Japonia în august. În această perioadă, vremea este ucigătoare pentru un european. Sau, dacă nu te pune jos vremea, atunci un nebun de mafiot care taie capetele turiştilor mai îndrăzneţi. De ce dracului nu mi-am luat un ghid turistic mai actual? Poate aş fi aflat acolo mai multe despre ce se poate întâmpla unui turist neştiutor.

Circulaţia pare că şi ea a suferi de aceeaşi ameţeală creată de această vreme obositoare, deoarece cele şase benzi sunt foarte aglomerate. Şoferul nostru se strecoară însă printre maşini chiar dacă deseori îi obligă pe unii dintre ei să frâneze brusc sau să-i facă loc pentru a evita o coliziune cu maşina noastră. Însă până acum nu am văzut nici un deget mijlociu ridicat şi nici nu am auzit nişte strigăte care să sune a înjurături sau ameninţări. Şoferul nostru ar fi fost până acum de trei ori scalpat sau linşat dacă ar fi încercat acelaşi lucru pe străzile Bucureştiului dar, din fericire pentru el, noi ne aflăm acum în drum spre Nara. Acesta este numele cel mai mare citit de mine pe panourile care însoţesc autostrada. Cert este că ieşirea spre centrul Kyoto am lăsat în spatele nostru ceea ce mi-a confirmat că noi ne îndreptăm spre un alt oraş.

- Maşinile nu se mai văd de circa 5 minute, spune la un moment dat şoferul.

- Iar motociclistul? întreabă Ori-san

- Este cel cu Kawasaki negru şi echipamentul de culoare albastru închis, exact în spatele nostru, răspunde şoferul.

- Igor, tu îl vezi? întreabă Ori-san

- Nu l-am lăsat o clipă din ochi, îl aud prima dată pe Igor vorbind. Numele lui corespunde perfect accentului care acum îmi dezvăluie originea lui Igor: este rus sau din zona fostelor ţări sovietice. O asemenea engleză nu se poate vorbi decât în acea regiune.

- Stabileşte tu singur cu Patrik când vrei să ne eliberezi de prezenţa lui, sugerează Ori-san.

Astfel înţeleg că Patrik, băiatul cu părul negru din faţa mea este şoferul care ne-a dus până aici.

- Patrik, când îţi fac eu semn, te rog să frânezi brusc, îi cere Igor.

- Ok!

La un moment dat, când deja începeam să prindem ceva viteză, Igor spune scurt şi sec:

- Acum!

Eu sunt mulţumit de faptul că am ascultat sfatul Debrei de a-mi pune centura de siguranţă.

Patrik frânează brusc, iar Igor nu aşteaptă ca maşina să

oprească complet, ci deschide aproape din mers uşa şi sare din maşină.

Nu vă recomand să încercaţi în momentul în care forţa de inerţie dată de corpul aflat într-o maşină care la o viteză de vreo 150 km/h se frânează brusc, să întoarceţi capul spre geamul din spate al maşinii. Eu însă muream de curiozitate să-l văd pe Igor în acţiune.

Igor aterizează ca o felină din maşina care încă îşi continuă mişcarea pe cele patru roţi frânate complet. În spatele nostru, motociclistul este foarte preocupat de a frâna şi el, la rândul lui, la fel de brusc astfel încât motocicleta se ridică pe roata din faţă pentru a diminua forţa frecării generate de frâna bruscă. Igor priveşte cum, pentru o clipă, motocicleta, într-o roată, se deplasează prin faţa lui. Câteva milisecunde înainte de a trece prin faţa lui îl văd pe Igor executând un mawashi-geri perfect încât şi mie îmi îngheaţă sângele în vene când văd cu ce precizie laba piciorului lui loveşte casca motociclistului. Acesta este aruncat în aer, într-un flic-flac necontrolat şi rămâne nemişcat pe asfalt. Cred că a rămas în viaţă datorită doar căştii de motociclist. Însă răspunsul la această întrebare nu mi se mai dezvăluie.

Igor este deja din nou în maşină, iar Patrik vorbeşte de parcă nu s-ar fi întâmplat nimic.

- Frumoasă lovitură, Igor, zice Ori-san în timp ce-l bate afirmativ pe bărbat pe umeri.

- Cu plăcere, zice Igor uitându-se spre mine şi zâmbind pentru prima oară. Sunt surprins de schimbarea petrecută cu acest uriaş mohorât în momentul în care îl văd zâmbind. Zâmbeşte şi cu ochii şi cu inima, iar zâmbetul lui sincer ne molipseşte pe toţi cei din maşină. Dintr-odată, tensiunea avută până acum pe umeri mei s-a risipit. Încă nu-mi vine să cred ce am trăit în ultimele ore, dar un sentiment de siguranţă începe să mi se strecoare în suflet.

O curiozitate, de a afla cine sunt aceşti oameni, cum de sunt atât de bine antrenaţi şi organizaţi ca un orologiu eleveţian, începe să bată ca nişte clopote mari în mintea mea.

După vreo încă 40 de minute de mers cu maşina, se pare că am ajuns la destinaţie, deoarece Patrik parchează, iar toţi ceilalţi coboară din maşină. Eu, fiind la mijloc, aştept ca Debra să iasă prima ca, apoi, să o urmez.

Poarta din fier masiv care s-a închis în spatele nostru, sprijinită de ziduri masive care parcă ar fi un rând de uriaşi nemişcaţi dezvăluie un drum din pietre mărunte şi albe ce se pierd într-o pădure de pini.

La intrarea în această pădure, se află o clădire pe un singur etaj cu acoperişul specific construcţiilor japoneze din secolele trecute. În faţa acestei clădiri, la circa 10 metri în faţa noastră, se află o arătare care îmi produce un tremur în stomac. După echipament, deşi până acum nu văzusem aşa ceva decât în filme, se pare că ne va întâmpina un samurai adevărat.

– Bine aţi venit, Ori-san, începe această apariţie să semnalizeze că nu este o statuie aşa cum crezusem la prima vedere datorită faptului că nu se mişcase deloc până când nu am ajuns în faţa ei.

În momentul în care capul, ce urmase mişcarea de aplecare a trupului, se ridică uşor, observ doi ochi mici şi negri ce mă privesc în mod iscoditor.

- Minji-san, exclam eu surprins şi bucuros în acelaşi timp să-l revăd pe salvatorul meu.

- Mike, îmi dai voie să ţi-l prezint pe maestrul Kazuko-san. El este fratele geamăn a lui Minji-san.

- Hello, Mike, spune un călugăr din spatele meu şi eu atunci îl recunosc pe Minji-san. Eu am o privire mai

181

consternată, se înţelege. Am şi scuza faptului că nu mi se întâmplă des să întâlnesc gemeni, mai ales unii atât de diferiţi care acum se ţin cu mâinile de stomac râzând de consternarea mea.

- După cum vezi, Mike, cei doi fraţi sunt interesaţi de lucruri diferite, continuă printre zâmbete Ori-san. Maestrul Kazuko iubeşte tradiţia de samurai, el fiind unul precum mai rar se poate întâlni. Iar Minji-san iubeşte să fie un neconformist, preferând să experimenteze diferite roluri. Tu ai cunoscut deja câteva din ele.

- Da, ca şi barman simpatic si neputincios apoi ca şi luptător neînfricat cu bâta iar acum ca şi călugar glumeţ răspund eu molipsit de râsul lor şi bucuros de revederea lui Minji-san.

- Din fericire, acum nu mai avem nevoie de a purta aceste haine, pentru că aici suntem în siguranţă, remarcă Minji-san.

- Poate vom mai avea ocazia să ne revedem. Sper să accepţi invitaţia lui Ori-san. Noi acum o să ne retragem, adaugă el în loc de rămas bun şi pleacă împreuna cu Debra, Patrik şi Igor. Probabil că toţi se bucură să schimbe hainele de călugări care, în afară de Igor, sunt pentru toţi ceilalţi cam largi.

Am rămas doar eu, Ori-san şi noul personaj, fratele geamăn a lui Minji-san. Îmi este greu să-l privesc cu aceeaşi simpatie ca şi pe fratele lui deoarece maestrul Kazuko se plimbă în jurul meu şi mă adulmecă, mă scanează de sus până jos de parcă aş fi un cal de curse.

- Maestre Kazuko, bine te-am găsit răspunde, la rândul, lui Ori-san.

- Ce părere aveţi de noul meu student? Ce credeţi că îl va interesa mai mult din ceea ce se poate învăţa la noi? îl întreabă Ori-san. Acesta se apleacă uşor spre mine, mormăind ușor:

- Să vedem, să vedem – zice Kazuko-san. Singurul lui instrument de analizare este privirea lui dar, din motive necunoscute, am impresia că mă aflu dezbrăcat, gol pușcă în fața lui.

- Cu siguranță că are potențial de a deveni un luptător, deși... și acum urmează o pauză care îmi captează atenția, mai mult decât ceea ce tocmai auzisem de la el.

- Deși cred că are potențial foarte mare și pentru casa din sud, sfârșește fraza tocmai începută.

- Așa este, maestre Kazuko, de aceea l-am și invitat pentru următoarele zile aici, așa cum este obiceiul la noi replică Ori-san, mulțumit de răspunsul auzit.

- Urmează să așteptăm hotărârea pe care o va lua după ce și el ne-a cunoscut mai bine.

Iar eu mă uit la acești doi comedianți din fața mea așteptând ca cel puțin unul din ei să izbucnească în râs datorită glumei pe care tocmai au făcut-o pe seama mea.

Însă cei doi par a vorbi serios, așa că mai notez un punct pe lista imaginară de întrebări pe care am început deja să o pregătesc. Mi-am propus să aștept cu întrebările, până când Ori-san va termina cu prezentarea pe care mi-a promis-o. Deși mă mănâncă limba să aflu ce vor să zică când se referă la „casa de sud".

Maestrul Kazuko ne salută brusc de rămas bun de parcă rolul lui a fost cu acest schimb de replici, îndeplinit.

Urmez exemplu lui Ori-san și mă înclin și eu, de rămas bun, către noua cunoștință care se îndreaptă spre clădirea din care se pare că a urmărit sosirea noastră.

Ori-san se uită la mine, parcă citindu-mi gândurile și rostește în timp ce se îndreaptă spre drumul de pietre care continuă în pădurea de pini ce ne întâmpină cu o răcoare binefăcătoare în aceste zile călduroase.

- Mai ai un pic răbdare, în câteva minute va sosi momentul unde vei primi răspunsuri la multe din întrebările pe care cred că deja le-ai pregătit.

Şi, se pare că, într-adevăr, nu mai avem mult, după circa 15 metri, văd o bifurcaţie de drumuri. Ajuns la această punct, observ că drumul nostru, dacă ar fi să-l continuăm mergând înainte, se transformă într-o mică potecă, din aceleaşi pietre albe, iar în stânga şi în dreapta mea drumul se împarte în două direcţii diametral opuse.

Noi păşim pe poteca din faţa noastră şi ajungem la un mic pod de lemn de circa 3-4 metri lungime. La capatul ei, se vede o casă din lemn ce se află pe nişte piloni din pietre înfipţi în apa peste care păzeşte acest poduleţ. Casa de lemn îşi ascunde cu succes dimensiunile datorită copacilor mari care o înconjoară şi care o şi protejează de soarele arzător. Rămân din nou fascinant de arhitectura acestei grădini, deoarece, fără nici o îndoială, mă aflu din nou într-o grădină japoneză din care eu, deocamdată, sunt pe cale să descopăr doar o mică parte. În jurul podului se află petece de pământ pe care se înalţă nişte copaci necunoscuţi mie, dar destul de curioşi pentru a-şi întinde crengile lungi ca să ne urmărească intrarea în casă. Observ, de asemenea, stânci de diferite forme ce se află acolo parcă la întâmplare şi totuşi impresia creată este aceea că natura aici se află în deplină armonie cu aşezarea omenească.

Iar florile din jur ne salută şi ele fără nici o urmă de zgârcenie cu parfumul pe care îl împrăştie în aer.

De-a lungul verandei care este construită pe partea stângă a casei, sunt agăţate câteva felinare care, probabil,că seara, urmează a fi aprinse.

Ori-san deschide o uşă aflată de-a lungul verandei şi

pătrundem într-o cameră care are în mijloc o masă lungă, dar așezată pe niște picioare care mie nu îmi ajung până la genunchi. Realizez că mă aflu într-un fel de cameră de zi tipică acestei țări.

Mă fascinează simplitatea acestei camere, deși nu are decăt această masă de lemn lăcuit, de culoare de maro închis și niște perne mici în jurul ei, culorile podelei, ale pereților care se integrează perfect și creează probabil tocmai prin această simplitate un sentiment liniștitor. Afară încă se mai aude ciripitul păsărilor care au, cu siguranță, aici, un mic paradis pe pământ.

Ori-san îmi arată cu un gest al mâinii să iau loc la masă și, cum nu văd altă posibilitate, mă așez turcește, cu fundul pe una din perne. El așteaptă ca eu să iau loc și se așază de cealaltă parte a mesei, pe genunchi, sprijinindu-și fundul de călcâie și cu mâinile așezate una peste celaltă cu palma orientată în sus.

Oarecum mă simt inconfortabil în poziția „turcește", așa că mă așez și eu pe genunchi încercând să imit poziția luată de el. Remarc cu surprindere că, în această postură, spatele stă de la sine drept, fără ca eu să depun vreun efort pentru aceasta. Mă întreb în sinea mea când or să înceapă genunchii să se revolte, dar atenția îmi este atrasă de o ușă care se deschide și un japoneză tânără apare cu o tavă pe care se află două cești de ceai și un ceainic care încă aburește.

Tânăra, zâmbindu-mi, deoarece am impresia că nu-și poate ascunde curiozitatea, se așază la fel ca și noi, pe genunchi, fără să schimbe deloc poziția tăvii care rămâne perfect paralelă cu podeau și pure cu mișcări gingașe, dar precise, tava pe masă. Urmează o serie de gesturi iscusite la finalul cărora eu și Ori-san avem în fața noastră două cești de ceai verde, aburind. În tot acest timp reușesc doar să zâmbesc şi eu tinerei care se ridică şi dispare la fel de tăcut din cameră.

Ori-san mă îndeamnă să beau din ceai şi, vazând că el apucă ceaşca cu două mâini, fac şi eu la fel. Oricum ar fi fost în zadar să caut o toartă la cănile din faţa mea astfel că nu-mi rămâne decât să sper că nu o să mă ard tare la degete.

După ce gust din ceaiul aromat şi aşez ceaşca, din nou, la locul ei, operaţiune încheiată cu succes pentru că teama mea de o cană foarte fierbinte s-a dovedit inutilă, Ori-san începe să-mi vorbească privindu-mă concetrat, în ochi.

- Aşadar, Mike, acum avem timp pentru întrebări şi răspunsuri.

- Cine sunteţi voi? izbucnesc eu spontan şi fără prea multă pregătire.

- Cine eşti tu, Mike? răspunde zâmbind Ori-san.

- Aceasta este simplu de răspuns: eu sunt un turist care doreşte să descopere cât mai multe din Japonia, acum umărit de un mafiot nebun şi ajutat de o grupare de oameni care se poartă misterios, care se îmbracă misterios şi care, în orice caz, nu sunt ceea ce par a fi.

- Aparent eşti ceea ce spui tu, Mike, spune Ori-san privindu-mă adânc în ochi... însă vezi tu eu am deja ceva ani petrecuţi pe acest pământ încât remarc foarte repede când cineva spune sau nu adevărul. Iar ceea ce îmi povesteşti tu este ceea ce tu ai vrea ca eu să cred despre tine. Doar că tu eşti încă un mare novice în a crea aparenţe care să pară reale pentru un ochi versat. Deci eu propun să reluăm discuţia de la început.

- Ce vrei să spui cu reluatul discuţiei, întreb eu cu un sentiment de inconfort în stomac.

- Dacă tu vrei ca eu să fiu sincer cu tine, trebuie să începi prin a fi sincer cu mine. Sper că te-am convins de intenţiile mele pozitive salvându-ţi pielea în faţa urmăritorilor tăi. Fii sincer cu mine și voi fi și eu sincer cu tine.

Nu am de ales. Ceva la acest om mă face să simt că orice încercare de a-i servi o nouă poveste va fi sortită eșecului. Și nu cred că mi-ar fi ușor în fața lui să fiu prins cu o nouă minciună. Pe de altă parte, nu-m este deloc clar cum va reacționa când am să-i povestesc cu ce m-am ocupat până acum, în viață. Oare cum va primi vestea că a salvat un fugar care a jefuit o bancă din Austria. Oare dacă mă predă poliției locale? Pe același făgaș de gânduri realizez însă că, dacă Ori-san ar fi fost interesat de a contacta poliția locală, ar fi avut de mult șansa de a face această mișcare. Însă ei, adică echipa lui de oameni, deoarece este evident că am de a face cu conducătorul lor, au preferat să preia asupra lor riscul de a mă salva pe mine din mâinile nebunilor care mă aleargă cu sabia în mână. Un risc cu adevărat neobișnuit. Dacă este să fiu sincer, un risc mult mai mare decât cel pe care sunt eu pe cale de a-l lua asupra mea, povestind lui Ori-san cine sunt și de unde vin.

După ce mai sorb de câteva ori din ceaiul aromat, încep să-i povestesc lui Ori-san. Și, astfel, îmi deschid o mare parte din ușile sufletului meu, unui om pe care de fapt nici nu-l cunosc.

Ori-san însă mă ascultă. Și când spun că „mă ascultă" vreau să exprim că am un sentiment profund că ceea ce eu îi povestesc despre familia mea, despre lecțiile lui Bruno, despre acțiunile și planurile mele puse la cale cu Ali – că toate aceste evenimente sunt preluate de Ori-san cu aceeași profunzime precum ele sunt revărsate din adâncimile sufletului meu.

Și îi mai spun despre dorința mea de mai mult, fără să pot exprima prea clar ce vreau să spun cu acest „mai mult". Îi povestesc despre dorința mea de a fi liber în alegeri și în hotărârile pe care le iau. De a învăța lucruri noi, care nu se găsesc în cărţile de şcoală, de a învăţa mai mult despre mine, despre ce sunt eu în stare, pentru că am, uneori, senzaţia că în mine sunt forţe ascunse care vor să fie descoperite şi trăite. Îi mai spun despre dorinţele mele de a trăi o viaţă departe de tiparul cotidian regăsit la cei mai mulţi oameni. Încă nu pot să-i mărturisesc că, de fapt, sunt în căutarea unui maestru.

Iar Ori-san mă ascultă, nu mă întrerupe nicio secundă, ci îmi dă sentimentul că pot să-i spun liber tot ce am purtat atâţia ani în mine, că nu mă judecă pentru ceea ce am făcut. Aproape că-mi dau lacrimile vorbindu-i despre aspiraţiile mele ascunse. Observ după o linişte profundă că afară s-a lăsat de mult seara. Iar eu mă simt istovit, supt de aceste emoţii tocmai împărtăşite unui necunoscut. Am uitat complet de ideea de risc de la început, care se împotrivea unor asemenea destăinuiri. Acum sunt bucuros că am avut ocazia să vorbesc aşa de liber. Şi o oboseală plăcută îmi cuprinde corpul şi mintea.

Ori-san mă priveşte înţelegător aşteptând parcă ca eu să revin la momentul prezent. Zâmbind uşor, îmi spune.

- Mike, îţi mulţumesc pentru sinceritatea ta. Trebuie să ştii că astfel ai făcut un mare pas spre noi, spre aceşti noi posibili prieteni de-ai tăi pe care în aceste ultime zile i-ai cunoscut. Propun să continuăm mâine cu întrebările şi răspunsurile, pentru astăzi ajunge, simt că eşti obosit. Între timp s-a pregătit o cameră unde te aşteaptă şi o cină. Intenţionat vei mânca singur în cameră deoarece este mai bine ca informaţiile despre noi, despre acest loc să ţi se dezvăluie în mod treptat şi controlat. O să te rog să rămâi peste noapte la tine în cameră şi să nu porneşti pe cont propriu să descoperi împrejurimile.

Afară, lumina zilei a fost complet acoperită de plapuma nopţii. Cerul înstelat îndeamnă la meditaţie şi tăcere. În jur, doar greierii se pare că nu se lasă impresionaţi de misterul nopţii, ci, dimpotrivă, se comportă de parcă ar fi fost invitaţii pe scena unui concert de muzică. Se întrec pe sine cu chemările lor ce scutură noaptea într-un amalgam de sunete ce par a molipsi cu veselia lor şi frunzele copacilor ce foşnesc într-un dans ascuns de privirele oamenilor.

Camera pregătită pentru mine are un mobilier simplu: o saltea ca şi pat, o măsuţă de lemn pe care abureşte o farfurie cu orez şi ciuperci fierte. Un dulap integrat în decorul maroniu al camerei îşi oferă necondiţionat serviciile, dar eu nu prea am ce pune în el. În schimb, descopăr acolo nişte lenjerie de noapte, câteva chimonouri împachetate frumos şi chiar şi lenjerie intimă. Cel mai mult mă preocupă însă farfuria cu mâncare, iar după ce termin de înghiţit ultimul bob de orez, mă întind pe salteaua moale şi cad într-un somn adânc

şi fără vise.

Japonia, a doua zi, împreună cu Ori-san

- Bună dimineaţa, Mike! Ai avut un somn odihnitor?
- Buna dimineaţa, Ori-san, răspund şi eu aplecându-mă în semn de respect la salutul lui Ori-san. Interesant că aceste aplecări şi saluturi tipice japonezilor, le-am preluat cu o uşurinţă pe care nu aş fi crezut-o la mine, deoarece sunt din fire foarte suspicios la tot ce este nou. Precum obişnuiesc şi austriecii să spună: „Ceea ce ţăranul nu cunoaşte, nu mănâncă".
- Ia, te rog, loc, şi serveşte-te din micul dejun pregătit pentru tine în mod special aici, în camera unde vom continua discuţiile începute ieri.
- De ce în mod „special"? V-am spus doar că sunt suspicios...

189

- Pentru că noi avem, de fapt, un fel de cantină. Sau bucătărie generală unde toţi cei care locuiesc la noi se întâlnesc la cele trei mese oferite aici.

- Ori-san, cine sunteţi voi, cine sunt ceilalţi membri din echipa care a ajuta la aducerea mea aici? Să nu mai spun de Igor care m-a impresionat cu statura şi forţa lui?

- Mike, dă-mi voie să încep un pic mai indirect să răspund la întrebările tale. Însă cred că voi reuşi să le răspund pe parcursul povestirii care urmează.

- Eu, Ori-san, sunt singurul fiu al unei familii cu o istorie foarte îndelungată. Povestea familiei mele începe cu circa 1200 de ani în urmă, cel puţin de atunci avem noi însemnări despre existenţa ei. Dar, nu te speria, nu voi povesti despre toţi aceşti ani. Vreau doar să evidenţiez că de foarte mult timp familia noastră a fost cunoscută pe aceste meleaguri ca fiind locaţia unde cei mai renumiţi luptători au fost instruiţi. Stră, stră, stră-bunicii mei au pus baza primei şcoli de bushi.

- „Bushi"? Ce este asta? întreb eu ca din pistol, pentru că nu am mai auzit această denumire.

- Bushi este denumirea care, în afara Japoniei, este înţeleasă ca şi samurai.

- Samurai, rostesc eu încet şi cu o emoţie plină de respect şi oarecare teamă despre ceea ce reprezintă acest nume.

- Da, samurai, care, la început, au fost instruiţi, în primul rând, ca şi gardă imperială şi, mai târziu, au fost permişi şi la casele de nobili.

Iar familia mea a reuşit, de-a lungul a sute de ani, să fie un nume foarte important la curtea împăratului. Criteriile impuse pentru admiterea la şcoala familiei noastre erau foarte aspre însă şi rezulatele – adică luptătorii care ajungeau la maturitate – impuse de regulile severe ale şcolii noastre erau de neînlocuit.

- Poate ar trebui să adaug că noi, japonezii, pe parcursul istoriei, ne-am construit un nume deosebit şi în arta spionajului, a trădării pentru bani sau servicii care ne interesau. Avem, de asemenea, un nume cunoscut şi în ţările din jur, pentru ucigaşii cu plată.

- Ninja, rostesc eu ca la comandă.

- Da, acesta este numele cunoscut în exteriorul Japoniei. Noi aici încă folosim numele de *shinobi* pentru ninja-masculin şi *kunoichi* pentru cel feminin. Sunt anumite scrieri în archivele familiei noastre care fac referiri la faptul că în anumite perioade, ar fi existat membri ai familiei care au fost interesaţi şi în aceste activităţi.

Mie mi-a rămas lingura la jumătatea drumului dintre bolul cu muesli şi gura deschisă, pentru că ceea ce auzeam pentru prima dată de la Ori-san îmi amintea de cartea mea preferată, „Shogunul", şi tocmai a trebuit să-mi muşc limba ca să nu-l întreb dacă şi la ei se obişnuia să se fiarbă, în cazane, studenţii nedisciplinaţi.

- Iar în urmă cu câteva sute de ani, o nouă ramură de activitate a câştigat interes la curtea familiei mele şi anume meseria cunoscută în ţările vestice sub numele de geisha. Poate o să te amuze, dar trebuie să-ţi spun că, la început, această meserie a fost purtată tot de bărbaţi. Mă, rog poate de bărbaţi cu anumite înclinări mai puternice spre arte, dacă mă înţelegi ce vreau să spun, explică el cu un zâmbet pe buze.

Eu doar dau din cap afirmativ deoarece sunt foarte surprins de tot ceea ce aud.

- Cum de s-a ajuns de la şcoli de samurai la şcoală de geisha...?

- După cum spuneam, noi eram, ca să mă exprim în termeni moderni de business, un furnizor important al curţii imperiale. Iar acolo, cei care ne cunoşteau pentru seriozitatea noastră, au trimis această cerere către noi. Se doreau persoane care să întreţină pe membrii împăratului cu activităţi culturale de gen muzică, pictură, teatru.

- Vrei să spui că aceste arte nu erau până atunci cunoscute.

- Bineînţeles că erau foarte cunoscute şi foarte apreciate artele de tot felul. Problema la casa imperiala era altă: nimeni nu prea avea încredere în nimeni. Ucigaşii, cunoscuţi sub numele de ninja, erau antrenaţi să ucidă cu mâinile goale sau să înveţe să se folosească de obiectele din jur pentru a-şi atinge acest scop.

- Tot nu înţeleg, spun eu.

- Este foarte simplu Mike: imaginează-ţi un ninja, deghizat în pictor care să realizeze portretul familiei regale. Cu o pensulă în mână, acesta ar fi fost capabil să extermine cu uşurinţă pe toţi membrii imperiali, în câteva minute.

Îmi amintesc spontan de sfaturile date de Bruno de genul: „Priveşte, înainte de a te lansa în luptă, dacă nu găseşti în jurul tău obiecte folositoare. Vei fi surprins de cât de multe se află deobicei la dispoziţia ta".

- Acum, înţeleg, răspund eu: deci ei aveau mai multă încredere în cei care le puneau la dispoziţie samuraii.

- Exact, iar familia mea fiind confruntată cu o asemenea cerere nu a fost capabilă de la bun început să livreze fete care să acopere aceste cereri deoarece, la noi, veneau doar tineri bărbaţi dornici să-şi câştige un rol în viaţă. Şi mai era şi presiunea timpului: când împăratul trimitea o cerere, aceasta nu se putea răspunde de genul: „Ne vor trebui circa patru ani până să vă putem livra asemenea persoane".

- Şi care a fost atunci rezolvarea?

- Arhivele de familie destăinuie nişte amănunte picante: se pare că nişte unchii de ai mei, mai mult interesaţi de arte

decât de mânuitul armelor, au fost convinşi de restul familiei
să preia aceasta responsabilitate. Şi a mai durat câţiva zeci de
ani până când ideea de geisha sau geigi cum îi spuneam noi să
devină un standard la curtea împăratului şi a nobililor cu
renume.

- Iar familia ta s-a ocupat de studiul necesar unei geishe?

- Da, asta pe lângă activitatea de bază care a rămas
pentru foarte mult timp, aceea de a livra samurai care să
stăpânească foarte bine meseria armelor.

- Însă, începutul anilor 1900 şi datorită importanţei pe
care armele de foc au câştigat-o în faţa luptătorului
tradiţional, numele familiei mele şi-a pierdut strălucirea şi
faima adunată în sutele de ani de până atunci. Numele ei însă
nu a fost şters definitiv. Încă există anumite cercuri de
societate unde tradiţia joacă un rol important, iar noi acolo
suntem foarte bine cunoscuţi.

- Iar tu ai preluat şi continui tradiţia familiei? întreb eu
aproape sigur că am înţeles că ştiu acum cu cine am de a face.
Deci tu conduci aici o şcoală de samurai şi geishe?

- Hmm, nu chiar, răspunde Ori-san...

... iar eu îl privesc nedumerit, deoarece eram convins că
despre aceasta era vorba. Sincer să fiu, simţeam un tremur
interior din ce în ce mai puternic. Oare este posibil să fi ajuns
la capătul căutărilor mele? Am pornit la drum pentru a găsi un
maestru şi am ajuns să fiu adăpostit de către urmaşul primilor
fondatori de case de samurai. Planul cu care plecasem în
călătoria aceasta, bineînţeles că nu prevedea toate
complicaţiile în care am intrat. Dar poate că fără aceste
complicaţii, porţile de fier de la intrare mi-ar fi rămas pentru
totdeauna închise: poate aceasta este ceea ce aici oamenii
numesc „karma"?

- Ce crezi tu, Mike, că este pentru japonezi, vorbind la

modul general, cel mai important? Ce crezi tu că-i motivează pe ei să fie şi să facă ceea ce fac?

- Hmm, dorinţa de bani, respect, putere... cam ceea ce ne motivează pe noi oamenii în general, răspund eu... un pic şi din propria experienţă.

- Cred că am să te surprind cu răspunsul meu, Mike, însă eu cred că pentru japonezii, în general, este foarte important să-şi păstreze imaginea despre ei înşişi, o imagine însă atribuită mai degrabă de către cei din jurul lor. Un japonez se poate foarte uşor sinucide, dintr-un motiv banal: de ruşinea de a avea obrazul pătat, cum s-ar spune în vest. Astfel că noi, japonezii, investim imens în păstrarea imaginii exterioare. La fel şi cu tatăl meu, cotinuă Ori-san. Toate acţiunile lui au fost dictate de aceeaşi necesitate: de a continua tradiţia familiei noastre de a-i păstra numele nepătat. Pentru el şi pentru bunicul meu această luptă s-a dat însă fără sorţi de izbândă. După cum spuneam, armele de foc deveniseră de neînlocuit. Apoi, după cel de-Al doilea Război Mondial unde tatăl meu a luptat ca ofiţer, cu sabia de samurai la şold, situaţia politică a Japoniei a fost un haos total. Rolul tradiţiei nu a mai fost important, ci viclenia intrigilor a fost noua stategie, la acest nivel, cu care se putea avea succes. Iar eu, deşi am fost de mic copil iniţiat în spiritul luptătorilor, eu am simţit că nu vreau să duc mai departe această luptă inutilă. Lupta de a-ţi păstra imaginea neîntinată. Acest conflict familial a fost, cu siguranţă, foarte greu de suportat de tatăl meu. A trebuit să facă singurul pas care îi mai rămăsese pentru a-şi salva ţelul vieţii, această imagine în cercurile în care era cunoscut. A trebuit să mă renege pe mine ca fiu, să mă alunge de acasă.

- Deci a trebuit să pleci de acasă? Şi câţi ani aveai pe atunci, întreb eu pentru că deşi nu fusesem alungat de acasă, noi neavând în familie niciun fel de tradiţie de apărat, simţeam că pot să înţeleg mai bine această parte din viaţa lui Ori-san.

- Aveam 18 ani, când, deş stăpâneam foarte bine kenjitsu, lupta cu sabia, şi aveam primul dan în kyokushinkai, un stil de luptă foarte la modă în acel timp, introdus de un corean, Masutatsu Oyama, am refuzat să mă înscriu la şcoala de ofiţeri. Astfel am refuzat să calc pe urma paşilor tatălui meu, iar el nu a putut accepta un asemenea afront. A trebuit să plec de acasă şi să mă descurc singur.

- Şi ce ai făcut în aceşti ani, întreb eu uitând de fapt că aveam cu totul alte întrebări de lămurit.

- Se pare că totuşi am sânge de luptător, mergând pe linia tradiţională a familiei mele, astfel că, deşi foarte dezamăgit că protestul meu faţă de conducerea autoritară a tatălui meu nu a fost înţeles corect, am continuat să merg pe drumul luptătorului.

- Dar ce anume te-a determinat pe tine să te opui ideii de a deveni ofiţer de armată dacă spui că erai în continuare interesat de arte marţiale (asta înţelegeam eu la acel moment prin „drumul luptătorului": o nouă greşeală, după cum aveam să descopăr în curând)?

- Eu m-am împotrivit ideii de a merge pe acest drum pentru a păstra imaginea de exterior care, cum îţi spuneam, este atât de importantă pentru noi, japonezii. Pe de altă parte, eforturile depuse în stăpânirea luptei cu sabia şi de a obţine primul dan în kyokushinkai, mi-a dezvăluit o mulţime de limite personale cu care a trebuit să mă lupt să le depăşesc astfel că am învăţat foarte mult despre mine. Şi eram foarte hotărât să continui acest drum al luptătorului, care, pentru mine, este un drum al cunoaşterii de sine, însă nu pentru ideea creată de societatea din jur, ci pentru a-mi potoli setea interioară de cunoaştere de sine. După cum vezi, un motiv diametral opus faţă de ceea ce justifica acţiunile tatălui meu, astfel că, deşi dezamăgit şi rănit de hotărârea lui, am înţeles că trebuia să-i accept verdictul deoarece, pentru el, orice altă hotărâre ar fi însemnat să-şi nege valorile pentru care trăise până atunci.

Astfel că primul pas a fost să mă întrept spre alt stil de luptă deoarece kyokushinkai îmi fusese impus de tatăl meu, fiind foarte la modă pe atunci.

- De ce era foarte la modă acest stil? Şi ce caracterizează kyokushinkai-ul? întreb eu pentru că acest stil nu-l cunoşteam. De Kung Fu ştiam de la filmele cu Bruce Lee. Bruno nu ne explicase tehnicile predate de luptă folosind nume de stiluri, ci el era doar foarte practic. Indicaţiile lui erau de genul: „acum loveşti cu pumnul, acum barezi cu cotul, acum urmează o lovitură de genunchi...“

- În primul rând, era foarte la modă printre ofiţerii imperiali deoarece maestrul Oyama avea 4 dani când s-a înrolat în armata imperială. Caracteristic pentru acest stil este aşa numitul full-contact. Acest still de luptă presupune o condiţie fizică remarcabilă şi constă de asemenea în exerciţii speciale de pregătire a corpului la lovituri full-contact, adică lovituri de pumn sau picior, aplicate cu toată forţa. Aceste lovituri, puteau fi, în majoritatea lor, letale pentru cel lovit. Este un stil de luptă dezvoltat pe fundalul celui de-Al Doilea Război Mondial. Un stil de luptă foarte real pentru că în război ţelul suprem era uciderea adversarului. De exemplu, unul din exerciţiile practicate era că cel care era la rând să-şi „întărească“ corpul la lovituri se aşeza în mijloc, cu doi colegi de antrenament în faţa lui şi doi în spatele lui iar cei patru începeau să-l lovească la nivelul trupului şi al picioarelor până când cel în cauză striga ca ei să se oprească. Cu cât rezistai mai mult la asemenea momente, cu atât erai considerat mai avansat.

- Şi, deci, acest stil impus nu era ceea ce-ţi imaginai tu? îl întreb eu mai departe.

- Acest stil de luptă şi-a avut cu siguranţă rolul lui important în dezvoltarea mea şi mai ales în întărirea mea corporală. Însă pentru mine devenise la un moment dat un stil de luptă lipsit de fineţe, de inteligenţă un stil de luptă unde cel mai puternic învinge prin forţa brută şi atât.

- Un stil de luptă foarte potrivit pentru cineva ca Igor, remarc eu cu voce tare.

- Ai dreptate, deşi Igor nu practică doar kyokushinkai. Dar mai bine voi continua cu ceea ce am făcut mai departe deoarece aceasta ne apropie mai mult de întrebarea ta iniţială: „Cine suntem noi, ce facem noi aici".

- Îmi imaginez că nu ai mai continuat cu kyokushinkai-ul.

- Corect. Şi pentru că nici nu aveam unde să dorm fiind dat afară oficial de tatăl meu, ceea ce însemna că nici rudele mele nu aveau voie să ma ajute, am ales să mă îndrept spre dojo-ul maestrului Morihei Ueshiba.

- Aikido! Exclam eu cu entuziasm deoarece, deşi nu cunoşteam nimic din ceea ce înseamnă acest stil de luptă, auzisem de el. Cică, ceva cu energia adversarului... şi, cam atât, în practică nu prea puteam să-mi imaginez ce înseamnă aceasta.

- Mă bucur că ai auzit de aikido.

- Doar am auzit, eu personal nu am practicat nicio clipă acest stil.

- La noi, vei putea primi ocazia să schimbi acest lucru, răspunde Ori-san, făcându-mi cu ochiul, glumeţ.

- ...din păcate, maestrul deja pleacase dintre noi, iar dojul a fost preluat de câţiva studenţi foarte apropiaţi maestrului, care s-au străduit să-i continue învăţăturile.

- Din glasul tău îmi dau seama că nu prea aveau succes.

- Dimpotrivă, pentru mine, cel puţin, în primii ani, tot

ceea ce aflam de la ei, absorbeam ca o sugativă pentru că aikido este fascinant. După mai mulţi ani de practică intensivă am ajuns să descopăr că elevii cei mai apropriaţi a maestrului Ueshiba aveau păreri diferite despre care ar fi cel mai bun drum de urmat. Astfel că aikido este acum format din mai multe stiluri de aikido. Am auzit pe unul din maeştrii mei de pe atunci spunând că de vină pentru aceste neînţelegeri şi interpretări diferite a ceea ce înseamnă aikido a fost maestrul Uershiba însuşi.

- Adică? întreb eu mirat de ceea ce s-a ales din aikido?

- Se pare că stilul maestrului Ueshiba de a răspunde la întrebări, despre o tehnică sau alta, era una foarte specială. Dacă era, de exemplu, întrebat despre cum se execută Iriminage (o tehnică foarte cunoscută în aikido) maestrul nu dădea explicaţii verbale, ci obişnuia să invite pe cel ce întrebase, pe tatami, şi să-l roage să-l atace el răspunzând cu Iriminage. Astfel obişnuia să răspundă la întrebări maestrul Ueshiba. Iar rezultatul a fost că fiecare înţelegea pe măsura propriei capacităţii de percepţie. De fapt, acesta este şi modul principal de a preda în şcolile de aikido din toată lumea: se demonstrează o tehnică, iar, apoi, studenţii trebuie să exerseze ceea ce tocmai au urmărit.

- Şi ce este greşit în aceasă formă de predare?

- Eu nu aş defini ca o greşeală acestă formă de predare. Şi, mai ales, nu îmi stă mie în măsură să critic forma de predare aplicată de maestrul Ueshiba. Eu unul îl consider unul din cei mai geniali maeştri ai artelor marţiale, deşi aikido este un stil mai greu de incadrat în astfel de definiţii.

- Vrei să spui că aikido nu este aparţine artelor marţiale.

- Aikido este, în primul rând, pentru a permite celui care practică aceste tehnici să se cunoască pe sine însuşi şi, astfel, să anticipeze mişcările adversarului. Kyokushinkai este stilul care are ca ţel distrugerea adversarului.

Aikido este, dacă ar fi să interpretez un citat al maestrului Ueshiba, acţiunea prin care intenţia destructivă a adversarului este sublimată într-o energie mai elevată astfel încât mişcarea prin care această energie a adversarului este preluată şi reîntoarsă asupra celui care a iniţiat-o are ca scop nu distrugerea adversarului, ci iluminarea lui prin a-i da de înţeles cât de greşită a fost intenţia lui iniţială.

- Wau... sună mai degrabă ca şi un citat de-a lui Buddha, încerc eu să fac o glumă.

- Aikido este, la originea lui, aşa cum l-a gândit maestrul Ueshiba o cunoaştere de sine la nivele dincolo de corpul fizic. Mie mi-au trebuit ani de zile să descopăr aceste detalii fine care însă fac o deosebire majoră în răspunsul la întrebarea dacă ai înţeles aikido sau nu.

- Şi ce s-a întâmplat când ai descoperit aceste diferenţe între stilurile predate de ucenicii maestrului Ueshiba?

- Am realizat că, pentru a atinge cunoaşterea profundă a ceea ce înseamnă aikido, mai trebuie să adaug o dimensiune la acţiunile mele. O dimensiune pentru care nu eram pregătit şi pentru care nu vedeam în jurul meu pe nimeni capabil să mi-o dezvolte.

- Despre ce dimensiune este vorba? întreb eu din ce în ce mai curios mai ales că acum ne mişcam oarecum în elementul meu şi eu fiind în continuare foarte interesat de artele marţiale. Chiar dacă Ori-san nu dorea să caracterizeze aikido ca şi artă marţială aveam şi eu în continuare părerile mele.

- Această dimensiune nu ţi-o voi dezvălui acum. Doar atât. Pentru a o adăuga la capacităţile mele a trebuit să părăsesc Japonia. După vreo 20 de ani, timp în care şi părinţii mei au părăsit aceste locuri m-am reîntors aici. Împreună cu o prietenă de drum, Yamilla şi cu cei doi unchi ai mei, Kazuko şi

Minji-san, am reactivat oarecum tradiţia familiei mele însă cu alte nuanţe şi, mai ales, cu scopuri total diferite.

- Deci nu mă aflu aici la o şcoală care continuă să ofere luptători şi gheişe curţii imperiale, întreb eu la modul serios deşi încă mi se părea ireal personajul din faţa mea şi povestea pe care tocmai o auzisem. Dar ştiam că Japonia are în continuare o casă imperială astfel că întrebarea mea era actuală.

- Ţelul nostru nu este să servim curtea regală. Eu sunt prima generaţie a familiei mele care a încetat să mai existe pentru imaginea exterioară. Însă după cum deja ai înţeles şi tu, trăim într-o societate unde spaţiul personal, libertatea de mişcare şi de hotărâre are nevoie de un vehicul pe cât de trivial, pe atât de dificil de obţinut şi manevrat.

- Banii, exclam eu deoarece în acest punct puteam foarte uşor să-l aprob pe Ori-san.

- Corect, răspunde Ori-san.

- Şi cum rezolvaţi această dilemă, întreb eu foarte curios de răspunsul lui? Studenţii sunt obligaţi să plătească pentru perioada de studiu?... dezvălui eu un posibil răspuns.

- Ha, ha, ha, râde cu poftă Ori-san.

- Vezi tu, Mike, cei pe care eu îi aleg să-mi fie studenţi sunt de fapt ca şi copii mei. Nu, ei nu trebuie să plătească o taxă. Există multe posibilităţi de a ajunge la bani.

- Deocamdată doar atât pentru tine: ne descurcăm foarte bine cu finanţele, însă nu ne cad din cer, ci trebuie să investim ceva energie şi activităţi în această direcţie.

- Studenţii mai avansaţi iau parte la aceste activităţi. Dacă tu hotărăşti să rămâi, vei avea şansa de a afla mai multe.

Înţeleg că acum subiectul acesta este închis. Eu sunt mulţumit că am aflat astfel că nu m-ar costa nimic dacă aş hotărî să accept propunerea lui Ori-san pentru o perioadă mai îndelungată.

- Ce ar însemna pentru mine să devin studentul tău, întreb eu, pentru că, în afară de mistere şi poveşti despre dinastii japoneze din trecut, nu-mi este destul de clar ce anume îmi oferă varianta de a rămâne pe o perioadă mai lungă de timp, aici.

- Pentru început ar însemna că ai deveni parte din grupa de studenţii pe care noi o numim aici „casa nordului".

- Aha... şi asta înseamnă? deoarece prea mult nu m-a lămurit acest răspuns.

- „Casa nordului" reprezintă locul unde studenţii învaţă diferite stiluri de luptă.

- În felul acesta ei învaţă să-şi descopere şi să-şi depăşească o mulţime de limite personale de natură fizică şi psihică.

- Diferite stiluri de luptă? Eu credeam că tu ai ales aikido-ul ca stilul preferat.

- Înţeleg de unde vine această presupunere, dar nu ar fi o mare greşeală din partea mea dacă aş oferi studenţilor mei o limitare de acest gen?

- Vezi tu, Mike, împărţirea aceasta în stiluri de luptă este de fapt o mare greşeală pe care cei mai mulţi o fac. Eu am studiat mai multe stiluri de luptă şi am descoperit că fiecare din ele au calităţile lor deosebite, dar că nici un stil în sine, nu poate acoperi toate aspectele unui luptător desăvârşit.

- Adică aikido-ul nu reprezintă un stil desăvârşit?

- Nici pe departe. Aikido-ul reprezintă un stil desăvârşit când este vorba de a te apăra de atacul condus de adversar cu mijloacele date de propriul trup, adică mâini, picioare... Dar ce te faci când eşti atacat cu o sabie? Sau ce te faci când situaţia cere ca tu să ataci? În asemenea momente eu prefer kenjitsu sau kyokushinkai.

- Deci, la tine, eu aş putea învăţa toate aceste stiluri de luptă? Asta înseamnă să petrec aici următorii 10 ani, exclam eu îngrozit de această variantă.

- Cât timp vei petrece cu noi, vei hotărî tu, Mike. Este foarte diferit, de la student la student, de cât timp este nevoie pentru a avansa în tehnicile de luptă. Sistemul construit de noi însă ne dovedeşte că suntem pe drumul ce bun.

- Şi anume: ce ar însemna concret, de exemplu, dacă de mâine eu aş accepta să iau parte la antrenamente?

- Concret ar însemna că vei începe să te antrenezi cu un adversar superior ţie. Şi mai concret este că stilul de luptă în care vei fi iniţiat la început va fi aikido, arta de a te apăra. Deşi cazul tău este ceva mai special şi cred că va trebui ca tu, paralel, să iei lecţii intensive cu maestrul Kazuko în kenjitsu, arta de luptă cu sabia.

- De ce această excepţie de la sistemul existent? întreb eu cu un nod în gât, deoarece, atunci când aud de sabie, văd imediat capul lui Mark rostogolindu-se la picioarele mele.

- Pentru că nu cred că vom reuşi foarte mult timp să te ţinem ascuns de triada japoneză. Mai devreme sau mai târziu, va trebui să faci faţă provocării reprezentate de Nibori, tânărul care te caută să-şi spele ruşinea pe care tu i-ai generat-o.

- Nibori? Te referi la nebunul cu sabia care l-a decapitat pe Mark. Şi pe care de fapt poliţia ar trebui să-l pună după gratii?

- Aici, la noi, contează în continuare foarte mult imaginea exterioară. Iar tu i-ai „murdărit-o" ca să mă exprim în termenii japonezi, astfel că nu se va lăsa până când nu se va răzbuna.

- Bine, dar, dacă rămân aici câteva zile, săptămâni, nu crezi că se va linişti nebunul? Mă gândesc că are şi alte preocupări decât să mă caute pe mine, continui eu să-mi fac curaj şi speranţă că ar exista o altă rezolvare

- El are cu siguranţă multe alte preocupări. Şi nu el este cel care te caută pe tine, ci oamenii lui. Iar pentru unii dintre ei să fii găsit este singura lor preocupare.

- Bine, dar asta înseamnă că şi voi veţi ajunge să aveţi necazuri din cauza mea.

- Tot ce se poate, dar acesta este un risc pe care noi ni l-am asumat conştienţi din clipa în care am hotărât să te ajutăm.

- Cred că cel mai bine ar fi să părăsesc cât mai repede această ţară. Mă puteţi ajuta să mă strecor printre cei care mă urmăresc, pe un vapor sau pe un avion, mi-e egal, doar să plec de aici.

- Ar fi posibil, dar nu pot garanta total... S-ar putea totuşi să ne descopere. Alternativa este ca tu să rămâi aici, să înveţi cât mai repede ce înseamnă un luptător desăvârşit şi să-ţi rezolvi singur dilema.

- Cum adică singur?

- Atunci când vei fi pregătit eu aş putea să organizez o luptă între tine şi Nibori.

- Şi crezi că ar accepta, când ar putea mai bine să-mi tragă un glonţ în cap?

- Slăbiciunea japonezilor este lupta pentru onoare, pentru imaginea de sine. Eu aş avea grijă să devină publică şi cunoscută această provocare, încât Nibori nu ar avea de ales.

- Bine şi dacă prin absurd eu l-aş invinge? M-ar lăsa atunci în pace Nibori şi familia lui?

- Da, răspunde foarte sigur de el Ori-san. Eu însă nu pot să-l cred. Pe de altă parte ce am de ales. Am intrat destul de mult în oala aceasta de noroi, iar Ori-san este singurul care îmi întinde o mână de ajutor.

- Sincer vorbind, sunt încă foarte derutat. Aş putea primi ceva timp de gândire înainte de a lua hotărâre referitor la propunerea ta de a rămăne aici? îl întreb eu pe Ori-san deoarece simt că mai am întrebări de lămurit, şi de timp de gândire.

- Găsesc foarte înţeleaptă această rugăminte, răspunde Ori-san

- Aş mai avea întrebări legate de Nibori şi de legătura lui Minji-san cu toate acestea.

- Sunt convins că Minji-san s-ar bucura să-ţi ofere compania lui la masa de seară, unde veţi putea discuta în linişte despre nedumeririle tale.

- Iar, până atunci, voi ruga pe cineva să-ţi arate camera care ar putea fi a ta pentru o perioada mai îndelungată, în cazul în care te vei hotărî să rămâi.

- Cu mare plăcere, ar fi bine dacă aş putea să mă schimb de aceste haine, să fac un duş, spun eu observând că mi-ar prinde bine şi să mă rad.

- Lucrurile tale luate de Debra de la hotel te aşteaptă în cameră, îmi dă Ori-san o veste care mă bucură foarte mult.

- O să te rog să aştepţi câteva minute. Va fi veni domnişoara care ne-a servit ceaiul să te conducă.

- Grozav, şi noi doi când ne vom revedea?

- Mâine dimineaţa voi veni să-ţi prezint sala principală de antrenamente.

- Până atunci îţi doresc o şedere plăcută şi fie ca liniştea acestor locuri să te ajute să iei o hotărâre benefică pentru viitorul tău.

Ne despărţim înclinându-ne din nou, iar imediat ce Ori-san părăseşte camera, eu sar în picioare şi încep să dansez necontrolat, de bucurie că îmi revăd lucrurile personale.

Un pic dezamăgit descopăr că nu prea este mare diferenţă faţă de camera avută în mănăstirea de unde mă „pescuise" Ori-san. O saltea întinsă pe jos va fi patul meu, cu o mică veioză, deja un semn de bunăstare. Dacă aş fi mai puţin critic aş observa că salteaua este de o calitate superioară. Un tablou agăţat de perete cu un moşu eţ lipsit de păr pe cap însă cu o barbă albă este puţinul mobilier în afară de saltea şi veioză. Apropriindu-mă de peretele din stânga, văd două mânere şi trăgând de ele, observ că erau două uşi care culisează într-o parte şi alta descoperindu-mi mai multe rafturi pe care sunt împăturite ordonat prosoape şi ceva haine. De asemenea, şi rucsacul meu mă aşteaptă pe unul din rafturi.

Din curiozitate mă apropii şi de peretele din dreapta şi descopăr aceeaşi construcţie de uşi culante doar că aici, spre bucuria mea, descopăr o baie cu duş şi toaletă. Acum mă grăbesc să retrag din minte prima impresie pe care am avut-o la intrarea în cameră. Spre deosebire de camera de la călugări, aici am ajuns la categoria patru stele.

Din dulap se simte o aromă placută şi cunoscută chiar şi de mine: levănţică. Un miros plăcut şi relaxant. Acum, cu Ipod-ul în mînă şi căştile pe urechi îi las pe băieţii de la „guns and roses" să mă readucă într-un mediu mai cunoscut mie.

Întins pe saltea, după un duş mirific, descopăr că este foarte plăcut să stai întins astfel, aşa de aproape de podea. Sub cap am un fel de perină, o chestie cilindrică care însă se potriveşte foarte bine în spaţiul dintre umeri şi cap astfel că pentru câteva minute mă bucur de faptul că am un pic de intimitate. Cu greu renunţ la întrebarea care îmi dădea târcoale şi anume oare dacă pornind laptopul o să dau de vreo legătură de internet. Dar mă strunesc şi-mi spun că măcar aceste zile să nu deschid laptopul, chiar dacă simt o mâncărime foarte cunoscută în degete. Nu am idee cât timp mai am până se va servi cina, dar un sentiment de pace începe să mă cuprindă. Emoţiile puternice din ultimele ore par fi preluate de această saltea şi indepărtate din trupul şi mintea mea astfel că un somn adânc şi liniştitor mă învăluie în braţele lui.

Odihnit şi spălat stau aşezat turceşte la masa de pe veranda unde Minji-san se pare că îşi are propria casuţă, mică dar cu gust integrată în această grădină ce pare că nu mi-a dezvăluit decât o mică parte din surprizele ei. Drumul de la camera mea, aflată într-o clădire asemănătoare unei pensiuni de la noi, din Europa, doar că fiind construită specific caselor japoneze cu colţurile acoperişelor întoarse în sus spre cer, a durat câteva minute. Am fost condus de-a lungul unui lac pe marginea căruia se aflau tufişuri de nicotiană sau regina nopţii cum îi se mai spune la noi. Parfumul lor fenomenal tocmai începea să se unească cu aerul serii într-un dans purificator.

Ne aflăm la peste 1.000 de metri altitudine aş spune eu, după copacii întâlniţi şi peretele stâncos care se arată în zare precum un paznic solemn al acestei nopţii ce risipeşte zăpuşeala zilei cu suflul ei răcoritor.

Două felinare la capetele verandei, legănându-se suav în alintarea aerului, împrăştie o lumina sfioasă, care parcă ar vrea să se ascundă de noi, să nu o certăm în cazul în care ea ne-ar deranja liniştea. Mâncăm în tăcere eu şi Minji-san. Ştim amândoi că va veni şi timpul întrebărilor. Dar acum ne bucurăm de linişte, de parfumul naturii şi de o mâncare pe măsura poftei noastre. Mie mi-a revenit apetitul. Pe masă avem pe lânga supa tradiţională misso şi vreo şase boluri micuţe care conţin tot felul de surprize delicioase. Avem peşte, bucăţi de piept de pui şi tofu. Toate acestea sunt însoţite de orez şi legume. Bolurile sunt aşa de mici încât mai mult de vreo patru înghiţituri nu pot oferi. Aşa numitele „Okazu". Un ceinic mare cu cei verde şi aromă de iasmin conturează perfect aceste bunătăţi.

Am terminat mai repede de mâncat decât Minji-san.

Aştept politicos ca el să-mi dea un semn că pot începe o conversaţie cu el. De fapt, am pregătită o avalanşă de întrebări astfel că mă bucur că mai am ceva timp să-mi organizez întrebările.

- Mike, doreşti poate acum, la final, un sake? Pentru digestie?

- Sake nu mai doresc în următorii ani, Minji-san, m-am lecuit, răspund eu ceva intimidat deoarece acum realizez că am în faţa mea pe Minji-san, cel care asistase în repetate serii la toate tâmpeniile posibile care ne trecusără prin cap mie şi lui Mark.

- Dar, apropo de sake, cine se ocupă de barul tău, în această seară?

- Acela nu era barul meu, Mike, doar m-am folosit de el pentru un scop anume.

- Care este rolul tău în tot ceea ce se petrece în jurul meu, Minji-san, încep eu cu o întrebare ce sună apropae ca o acuzare.

- Ce anume vrei să ştii, Mike?

- Păi, de exemplu, am aflat că Ori-san deţine această proprietate şi că el este, de asemenea, un maestru în aikido şi kyokushinkai. Maestrul Kazuko, fratele domniie tale este un samurai adevărat. Iar domnia ta, Minji-san, cel care până acum câteva zile era un barman vesel, în Tokio, cu ce te ocupi cu adevărat?

- Hmm, Mike, dacă tot mi-ai spus despre maeştrii întâlniţi de tine azi, maeştri în diferite arte marţiale şi lupta cu sabia, mie ai putea să-mi spui că sunt maestrul aparenţelor sau, ca să răspund mai corect la întrebarea ta, eu mă ocup cu crearea de aparenţe.

- Maestrul aparenţelor? întreb eu ca să fiu sigur că am înţeles bine

- Da, maestrul aparenţelor, confirmă el şi chicotind ca un copil care a făcut o glumă bună se izbeşte cu mâna de genunchi.

- Bine, dar nu eşti şi tu de asemenea un maestrul unei tehnici anume, de exemplu, lupta cu bâta? În acea seară în care m-ai salvat, te-am urmărit cum ai culcat cu uşurinţă, doar cu bâta, câţiva din atacatori.

- Mike, toţi cei care se află sub ocrotirea lui Ori-san stăpânesc cel puţin un stil de luptă. Iar fratele meu, maestrul Kazuko, cu cine crezi tu că a exersat cel mai mult timp?

- Toţi, întreb eu, chiar şi fata care ne-a servit de mâncare.

- Chiar şi ea, şi crede-mă, fără să te cunosc prea bine, dar cred că într-o luptă dreaptă, ţi-ar fi foarte greu să o învingi. De fapt, cred că încă nu aş paria pe tine, încheie el evaluarea calităţilor mele de luptător şi râde din nou.

- Bine, dar ce s-ar fi întâmplat dacă Mark nu ar fi intervenit în momentul în care tu ai vrut evident să dai bani lui Nibori, întreb eu mai puţin amuzat de încrederea acordată

- Ar fi fost probabil acum, încă în viaţă, răspunde el sec.

Acest adevăr mă loveşte puternic, pentru că întrebarea mea a fost însoţită de imaginea în care capul lui Mark se rostogolise la picioarele mele.

- De ce a venit Nibori să ia bani de la tine?

- El a venit să ia taxa pe care o percepe de la toate locaţiile aflate pe acea stradă. Este strada lui, strada pe care a primit-o de la tatăl lui ca să-i dovedească că poate să dezvolte o afacere de familie.

- Deci tu ştiai că va veni să ceară bani?

- Da, bineînţeles, de aceea am şi dat naştere la acea aparenţă.

- La ce anume? întreb eu pentru că nu-l înţeleg?

- Mike, aparent eu eram proprietarul acelui bar, ok? Iar

aparent, Aisha era chelneriţă la bar.

- Cine este Aisha? insist eu, băgat de tot în ceaţă. Simt cum încep să pierd planul de întrebări pregătite înainte de a porni această conversaţie.

- O, scuze, ai cunoscut-o pe Aisha, acolo ea purta numele de Debra.

- Aha, deci Debra are şi ea de face cu aceste aparenţe create de tine?

- Bineînţeles, Aisha este una din cele mai bune studente ale mele.

- Iar numele tău adevărat, este Minji-san?

- Hi, hi, hi, eu am mai multe nume, tu poţi să mă numeşti Minji-san, râde din nou din suflet bătrânelul acesta pe care eu încep să-l consider cam sărit de pe fix.

- Şi de ce, în numele lui Dumnezeu, te aflai în acel bar care aparent îţi aparţinea ţie şi erai printre altele ajutat de Aisha care, aparent, se numea Debra?

Disperarea şi neînţelegerea mi se citeşte profund pe faţă. Eu chiar că numai pricep nimic şi sper că acest bătrânel pe jumătate nebun îmi va înţelege dilema şi va începe odată să-mi explice despre ce este vorba cu barul lui. Eu simt că pot continua la infinit acest gen de întrebări şi răspunsuri.

- Mike, îţi înţeleg nedumerirea, astfel că o să caut să-ţi explic un pic din motivele pentru acţiunile mele, pentru acest teatru cu barmanul şi chelneriţa.

- Minji-san, este foarte important pentru mine să înţeleg ce s-a întâmplat acolo.

- Deci eu am hotărât să dau viaţă la ideea de a avea acel bar atunci când am aflat că tânărul Nibori a dat de o sursă nouă de bani de care părea a fi foarte mândru în cercurile restrânse ale tatălui lui. Te rog, Mike, nu mă întrerupe cu întrebări legate de unde şi cum am aflat eu aşa ceva deoarece

astfel ne vom îndepărta mult de ceea ce te interesează pe tine
Eu îmi înghit întrebările avute pe limbă.

Deci aflasem că Nibori descoperise o nouă sursă de bani pe strada lui şi că aceasta avea de a face cu barurile de noapte. Taxa pe care o aveau de plătit localurile de pe strada lui era sursa clasică de venit, deseori practicată de Yakuza.

- Deci ai făcut rost de acel bar, astfel încât să se creadă că-ţi aparţine ţie, doar pentru a începe să plăteşti şi tu taxa lui Nirobi.

- Nu, încă nu ai înţeles, taxa de bar era doar începutul. Aflasem că mai multe baruri fuseseră contactate de Nirobi şi acesta le forţase să accepte animatoare se pare din Europa de Est. Iar noua lui sursă de bani avea ceva de a face cu aceste animatoare.

- Aici te pot ajuta eu, Minji-san, acele animatoare erau din România, iar serviciul lor special se chema sex pe 2.000 de dolari şedinţa.

- Hei, acum este rândul meu să te rog să-mi explici cum ai ajuns la informaţiile astea.

Îi povestesc de aventura lui Mark cu aşa numita Shakti de România, cum am reuşit să scăpăm cu pielea curată.

- Deci, Nibori a găsit un partener care a venit cu idee deosebită de vinde service erotice clienţilor cu buzunarele pline.

- Da. Iar acel partener a fost pocnit de Mark, iar eu am enervat-o pe una din protejate cu întrebări indiscrete.

- Mike, se pare că acestă formă de afacere începuse să-i aducă lui Nibori peste 100.000 de dolari pe săptămână.

- Bine, dar tot nu înţeleg scopul barului tău, răspund eu nervos, deoarce nu văd nimic care să mă entuziasmeze în suma rostită de Minji-san.

- Mike, trebuie să-ţi mai dezvălui un rol de-al meu în

organizaţia lui Ori-san: eu sunt şi maestrul finaţelor.

- Adică?!

- Adică eu mă ocup de a face rost de surse de bani pentru a susţine această aşezare şi pe studenţii din ea.

- Deci ai vrut să deschizi un bar unde să ai şi tu animatoare care pe bani să ofere servicii de prostituţie? întreb eu şocat şi scârbit. În acel moment, m-am şi văzut cu rucsacul în spate trecând de porţile de fier.

- Nu, Mike aici ai ajuns la o concluzie greşită. Dă-mi voie să continui cu explicaţiile mele. Ideea de a avea barul era de a ajunge la informaţiile legate de sursa nouă de bani a lui Nirobi. Pasul următor ar fi fost să aflăm unde depozitează Nirobi aceste sume de bani, care sunt curierii ce transportă şi probabil încep cu „spălarea banilor".

- Ai aflat de la mine care este noua lui sursă. Ce ar fi urmat dacă aflai şi unde ajung banii, întreb eu foarte agitat de posibilul răspuns.

- Cum spuneam, eu sunt şi maestrul de finanţe. În momentul în care aş fi aflat unde ajung banii, atunci aş fi plănuit să îi iau de la Nirobi sau de la partenerii lui.

- Deci ai fi plănuit să furi banii de la Nirobi, întreb eu pentru că nu-mi vine să cred ce am auzit.

- Vai, Mike, de ce foloseşti cuvinte cu o asemenea conotaţie negativă. În cazul oamenlor de genul lui Nirobi nu se poate numi furt ceea ce fac eu. Din banii luaţi de la asemenea indivizi deseori ajutăm şi familii mai nevoiaşe. Dacă este să cobori la satul de la poalele acestui deal vei întâlni mulţi oameni gata să pună mâna pe sabie să sare în ajutorul lui Ori-san, dacă ar fi nevoie.

Am rămas mut de uimire. Pentru următoarele minute nu mai scot nici un cuvânt. Mă ridic în picioare şi mă plimb de-a lungul verandei, ce am aflat de la Minji-san întrece orice aşteptare. Mi se pare ireal ca, în secolul 21, paşii mei să mă poarte într-un cuib de haiduci japonezi. Ce fel de karmă mai este şi aceasta ca venind din România, din ţara care are mare nevoie de haiducii de odinioară, să dau de ei în Japonia. Poate că soarta a adus mereu oamenii care au avut aspiraţii similare împreună. Nici nu ştiu dacă există această noţiune la japonezi. După cât de lipsit de remuşcări mi-a povestit Minji-san despre planul lui deduc că planul cu banii lui Nirobi nu este singular. Posibil ca ei să aibă astfel de acţiunii la ordinea zilei. Sunt copleşit la ideea decât de mult aş putea să învăţ de la ei. Spontan îmi vine o idee.

- Minji-san, nu crezi că aş putea să te ajut şi eu la îndeplinirea planului.

- Mike, tu, deocamdată, ar trebui să te hotăreşti dacă vrei să rămâi la noi.

- Mă voi gândi la această hotărâre în orele şi zilele ce vor urma. Dar, vorbind ipotetic, în cazul în care voi rămâne, poate aş putea să vă ajut.

- Mike, referitor la ajutorul oferit de tine, trebuie să-ţi răspund că tu nu eşti decât aici în siguranţă. Până când nu vei învăţa suficient din tehnicile de luptă pentru a-l putea înfrânge pe Nirobi, nu are rost să te gândeşti la altceva.

- Bine, dar eu chiar vorbesc limba partenerului lui Nirobi, poate aş putea să conving pe vreuna din fete să ne spună mai multe.

- Mă îndoiesc, Mike, că ai reuşi. Şi apoi cum spuneam, tu vei avea la început foarte mult de învăţat.

- Şi cum voi putea şti dacă sunt pregătit să-l înfrunt pe Nirobi? întreb eu ceva speriat de realitatea din faţa mea, care nu avea nimic din eroismul haiducilor de demult, ci putea să-mi fie fatală.

- Este simplu: tu îţi aminteşti că eu l-am dezarmat pe

Nirobi şi l-am scos din luptă.

- Da, îmi amintesc ceva.

- În ziua în care mă vei învinge pe mine la lupta cu sabia vei fi pregătit să-l înfrunţi pe Nirobi.

- Dar voi a trebuit să renunţaţi la planul vostru de a afla unde are banii Nirobi adunaţi, deci v-am adus un prejudiciu, pe care poate aş putea ajuta să-l recuperaţi.

- Cine spune că am renunţat la planurile mele? şi, spunând aceste cuvinte, Minji-san se ridică de la masă.

- Noapte buna, Mike, acum te las deoarece ai destule noi informaţii la care să meditezi.

Într-adevăr, am o grămadă la ce să mă gândesc. Drumul înapoi este luminat de felinare. Pădurea arată ca fiind contropită de o ceată de licurici uriaşi. Ajung în cameră şi mă arunc pe saltea. Sunt agitat de noutăţile aflate astfel că mă aşez cu picioarele încrucişate şi privesc spre peretele din faţa mea. O să încerc să-mi opresc mintea. Singura parte pozitivă la această încercare a mea este că nu mai sunt lovit de o bâtă de bambus.

Japonia, a treia zi, împreună cu Ori-san

Mă trezesc mai obosit decât atunci când adormisem. M-am gândit îndelung şi la oamenii pe care, dacă va fi să primesc oferta lui Ori-san, cu siguranţă, că nu-i voi mai vedea pentru o perioadă. Cel mai mult îmi va fi dor de nea Ştefan şi discuţiile noastre la o ulcea rece de vin. Sper să-l pot revedea cândva.

Sunt hotărât să mai aflu mai multe detalii despre ce anume va trebui să învăţ în perioada următoare şi cine vor fi cei ce mă vor antrena.

Ies afară şi inspir puternic aerul curat al dimineţii. Pe veranda lată fac câteva flotări şi sărituri cu genunchii la piept pentru a mă dezmorţi un pic. Astfel îi văd pe cei doi cu uşurinţă. Ori-san şi maestrul Kazuko se îndreaptă spre mine, cu o privire care mă intimează oarecum. Sincer vorbind, deşi pare haios cum este îmbrăcat maestrul Kazuko îmi inspiră în acelaşi timp şi mare respect. De fapt, cred că îmi este chiar un pic teamă de felul lui de a mă antrena. Acesta va fi un antrenament unde nu voi putea spune că renunţ atunci când va deveni mai greu. Iar maestrul Kazuko pare a fi unul care poate face viaţa grea studenţilor lui.

- Bună dimineaţa, Mike, mă salută prietenos Ori-san. Eu mă înclin respectuos către cei doi. Ori-san se apleacă amabil spre mine. Maestrul Kazuko de abia înclină scurt din cap. E clar, am dat de dracul cu el.

- Vom lua micul dejun împreună, deoarece m-am gândit că ar fi de folos să-l cunoşti un pic mai bine pe cel care te va antrena în kenjutsu, în caz în care răspunsul tău va fi unul afirmativ.

Îi urmez pe cei doi, îmbrăcat într-un training pe care l-am găsit în rucsacul meu. După un mic dejun în tăcere, maestrul Kazuko rupe brusc tăcerea vorbind pe japoneză cu mine. Nu pricep nici un cuvânt astfel că mă uit după ajutor la Ori-san. Acesta, înţelegând dilema mea îmi dă o explicaţie care nu mă ajută să privesc optimist la viitorul meu.

- Maestrul Kazuko tocmai te-a întrebat dacă tu ai mai luptat cu vreo sabie până acum.

- Şi de ce nu mă întreabă în engleză? parcă l-am auzit vorbind.

- El nu vorbeşte prea bine engleză şi apoi consideră că nu se poate învăţa cu adevarat kenjutsu folosind o altă limbă decât cea a strămoşilor lui.

- Adică eu sunt deja pierdut în faţa lui Nirobi, constat eu cu un gust amar. Cum să învăţ eu de la maestrul Kazuko, dacă nu o să înţeleg ce spune?

- Igor va fi partenerul tău de luptă în kenjutsu. Nu-i strică nici lui să mai exerseze, deoarece s-a antrenat în principal doar în kyokushinkai.

- Igor, cel care ne-a salvat de motocisclistul ce ne urmărea? întreb eu cu un nod în gât?

- Da, despre el este vorba, confirmă Ori-san.

- De ce mai trebuie Igor să înveţe kenjutsu? Ajunge doar dacă se uită furios la adversar, încerc eu o glumă probabil proastă, pentru maestrul Kazuko, deoarece îl aud mormăind ceva în japoneză

- Deci, repetă Ori-san, Mike, ai mai ţinut până acum o sabie în mână?

- Nu, răspund eu, dar am fost mereu fascinat de săbiile japoneze.

- Maestrul Kazuko, se ridică de la masă şi mă roagă cu un semn al mâinii să vin în faţa lui. Până când ajung în faţa lui a desprins de pe peretele din stânga mea o sabie de lemn. Mi-o înmânează respectuos şi spune câteva cuvinte în japoneză. Eu preiau cu ambele mâini sabia oferită şi-i mulţumesc. Între timp, Ori-san ni s-a alăturat asfel că primesc din nou o traducere a ceea ce mi-a transmis maestrul Kazuko.

- Maestrul te roagă ca, de acum înainte, să porţi mereu sabia la tine. Ea trebuie să devină o prelungire a mâinilor şi a minţii tale.

- Bine, dar încă nu am hotărât că voi rămâne aici, spun eu neştiind prea bine cum să apuc sabia. Este dintr-un lemn foarte solid, prelucrat cu atenţie, şi are o formă foarte asemănătoare cu cele reale din oţel. Mă surprinde luciul puternic şi suprafaţa fină a lemnului. Urma să aflu mai târziu că se foloseşte ulei de in pentru a-i da un luciu deosebit.

- Se pare că el nu-şi face prea multe griji...

- Te rog acum să mă urmezi pe mine, Mike. În caz de răspuns pozitiv, vei începe foarte curând antrenamentul în kenjutsu.

- Pe lângă noi trece un grup de tineri, fete şi băieţi, cred că am numărat şase sau şapte la număr. Toţi poartă un chimonou, ce-i drept, de diferite culori, dar un chimonou şi nu un costum de training ca şi mine.

- Ori-san aveţi aici internet, întreb eu mergând pe lângă el. Între timp am impresia că am ajuns din secolul 21 în secolul 12 sau 13 văzând oamenii astfel îmbrăcaţi.

- Avem, avem chiar şi foarte buni specialişti în ceea ce priveşte tehnologia informaţională. Nu suntem deloc lipsiţi de informaţii aici, Mike.

- Oh, asta-i bine. Am şi eu prieteni cu care astfel aş dori să păstrez legătura.

- Totul la timpul lui Mike, totul la timpul lui, răspunde el misterios.

Pătrundem într-o curte ce este înconjurată pe trei laturi de mai multe săli de antrenament. Acest lucru este evident după strigătele ce se aud... Intrăm în sala din stânga mea. Luptătorii au nişte căştii pe cap, mai mari decât cele de motociclist, iar în jurul trupului o veste de protecţie. După sunetul înăbuşit ce se aude când sabia trece de garda de apărare se pare că sunt absolut necesare.

În dreapta, se află tinerii care execută mişcării de kata. Cel din faţă, care conduce grupul, tocmai se întoarce spre noi şi descopăr faţa concentrată a lui Igor. Deci am dat de cei care practică kyoukushinkai. În faţa noastră se se află un rând de studenţii care sunt aşezaţi în genunchi. Îi urmăresc pe doi dintre ei care, aşezaţi unul în faţa celuilalt, iau poziţie de luptă. Ori-san se opreşte şi, făcând o mişcare amplă cu mâna, spune.

- Aici, Mike, se află locul unde se călesc luptătorii.

Eu dau din cap împresionat.

Se simte parcă până aici concentrarea studenţilor. Şi sunt surprins de numărul lor. Număr rapid vreo 40 de oameni, majoritatea tineri, fete şi băieţi. Sunt exaltat de posibilitatea de face parte din grupa lor, de a cunoaşte oamenii noi, de a lua parte la aventuri împreună cu ei. Simt un nod în stomac când mă uit către Igor care încheie acţiunea de kata printr-un strigăt de luptă care ar pune pe fugă şi un leu înfometat.

- Şi cei din faţa noastră sunt cei care practică aikido? întreb eu interesat de tocmai ce s-a întâmplat. Atras de strigătul lui Igor nu am văzut ce s-a întâmplat cu cei doi. Însă unul din ei este la pământ. Celălalt este aplecat asupra lui şi se pare că i-a fixat umărul la podea.

- Vino după mine, Mike, cred că a sosit momentul...

Îl urmez fără să mai întreb ce anume vrea să spună deoarece a pornit repede spre ieşire. Ajungem la a treia căsuţă descoperită de ieri şi dacă ar fi să-mi explic logic ceea ce am văzut până acum aş spune că maeştrii au propria lor locaţie unde se odihnesc, primesc musafiri şi, probabil, se şi antrenează, meditează sau plănuiesc aparenţe, precum în cazul lui Minji-san, iar studenţii sunt ţinuţi, probabil, în pensiuni ca şi cea în care mă aflu eu.

Ori-san mă conduce pe un tatami, adică saltele asemănătoare din sălile de luptă europene, doar că aici nu descopăr marginile ce le despart şi care în timpul antrenamentelor pot devini piedici pentru că te poţi împiedica uşor de ele.

- Vreau să-ţi arăt ce se poate să însemne aikido, Mike, spune Ori-san aşezându-se în mijlocul sălii.

- O să te rog să mă ataci, aşa cum crezi tu că ai mai multe şanse de mă lovi. Important este să nu simulezi că vrei să loveşti.

217

Este evident că nu este loc de comentariu. Ori-san pare a se fi transformat dintr-un bătrânel amabil şi prietenos într-un instructor serios de arte marţiale. Stă în faţa mea cu spatele drept şi privirea clară şi aşteaptă ca eu să-i urmez comanda dată.

Mă aşez în poziţia de atac exersată la clubul din Viena, adică cu piciorul din stânga uşor în faţa, cu pumnii strânşi ridicaţi la nivelul feţei şi încep un uşor joc de picioare tipic boxerilor. Ideea este să nu las adversarului posibilitatea să deducă cu care parte a corpului vreau să dau lovitura decisivă. Astfel, mă pot hotărî spontan dacă voi lovi cu piciorul sau cu pumnul. Tot ceea ce trebuie să fac este să las greutatea pe piciorul corespunzător înainte de a executa lovitura sau să fac un pas de atac în faţă, în caz că voi lovi mai întâi cu piciorul. Oricum stilul meu este ca, mai întâi, să atac cu lovituri de pumn şi doar când sunt sigur că loviturile de picioare ar fi eficiente să încep să le folosesc şi pe acestea.

Pe de altă parte, Ori-san aşează piciorul stâng în faţa piciorului drept şi, spre mirarea mea, are o gardă complet deschisă. Mâinile se află lăsate foarte jos, pe la nivelul coapsei. Par mai degrabă relaxate decât pregătite de luptă.

„Poate vrea să mă hipnotizeze, mă gândesc eu, chicotind în sinea mea." Jocul uşor de picioare reuşeşte să înlăture emoţia de la început. Parcă am scuturat orice îndoială de pe umeri. Aici, pe acest tatami de luptă, mă simt, într-adevăr, în elementul meu. Şi, în sinea mea, sunt hotărât să îi arăt că şi în Viena se nasc luptători. În fond şi la urma urmei nu am nimic de pierdut, iar cum este cu nasul rupt este o experienţă pe care am cunoscut-o deja, de mai multe ori.

- Mike, te rog, caută, la modul cel mai serios, să mă loveşti, cum îţi cade ţie cel mai bine, fără considerente asupra persoanei mele. Ne-am înţeles? mă întreabă el scrutător

- Cu cea mai mare plăcere, răspund eu sincer.

Full contact vrea, full contact o să primească. De fapt mi se oferă acum șansa de a verifica dacă poveștile legate de luptătorii din trecut sunt un adevărate. În fața mea se află un bătrânel care îmi ajunge un pic peste umăr. Cred că am 20 de kilograme mai mult decât el și asta probabil doar masă musculară. Sper pentru el să fie maestrul de care îmi povestise.

Instinctiv, analizez mediul înconjurător să văd dacă nu mă pot folosi de alte obiecte, așa cum am fost obișnuit la școala din Viena. Dar cum bâtele de luptă sunt agățate de pereți, iar pe jos nu se gasește nici nisip, nici pietre, iar pe podea nu se află nici un scaun rătăcit, mă hotărăsc pentru un croșeu de dreapta, una din specialitățile mele.

Ori-san stă în continuare cu mâinile lăsate în jos, iar privirea nu îi mai este fixată asupra mea. Ceva mă derutează la privirea lui, încerc să-mi fixez ochii pe el, dar parcă ar fi dintr-o dată absent. Cu atât mai bine, este clar că nu intenționează să lovească și că așteaptă lovitura mea. Iar la viteza mea de reacție care m-a scos deseori din belele, mâinile lui sunt mult prea îndepărtate de fața pe care ar trebui să și-o apere.

Astfel că mă hotărăsc să atac. Jocul meu de picioare pe care Ori-san evident că îl ignoră complet se transformă într-un pas înainte pe care îmi las greutatea corpului în timp ce pumnul drept face un scurt arc de rotație în exterior pentru a avea mai multă forță de impact. Am calculat că Ori-san își va retrage capul în spate, dacă nu tot corpul, deoarece poziția mâinilor lui erau prea departe spre ai fi de un ajutor.

Observ cu surpindere, cu coada ochiului că, instantaneu cu mișcarea pumnului meu în semicercul exterior, Ori-san în loc să se retragă face un pas spre mine. Următorul lucru pe care îl conștientizez este lovitura dură cu spatele pe salteau de sub mine, care m-aş fi aşteptat să fie ceva mai moale.

„Ce dracu..." – este tot ce-mi trece prin cap în timp ce ochii privesc spre tavanul încăperii.

Ori-san îmi întinde o mână să mă ajute să mă ridic şi mă întreabă uşor amuzat:

- Vrei să mai încerci o dată?

- Poate că vrei să aplici o altă technică de lovire? mă provoacă cu un uşor zâmbet pe buze.

Tipul ăsta se amuză în tăcere pe seama mea, mă gândesc eu, încă derutat de ce se întâmplase.

- Dacă sunteţi de acord, aş dori să mai încercăm o dată, hotărât să-l pocnesc serios, să fiu eu cel care-i întinde mâna să se ridice de jos.

De data asta, sunt hotărât să-i lovesc piciorul pe care îl are aşezat în faţa mea urmând ca, apoi, să mai încerc odată un croşeu, de data asta cu stânga. Mă bazez pe faptul că tipul o să facă din nou un pas spe mine ceea ce înseamnă că o să-şi lase greutatea pe piciorul din faţă.

Lovitura mea de picior este foarte rapidă, consider eu, aproape că nici nu se observă deoarece având ca ţintă gamba lui, aproape că nici nu ridic piciorul de pe suprafaţa saltelei. O lovitură de pumn însă nu mai pot să aplic pentru că nu mai am cui. Tipul şi-a îndoit elegant genunchiul, ridicându-şi piciorul de pe saltea astfel încât eu să trec în forţă pe sub talpa lui. Şi pusesem atâta hotărâre în lovitura mea încât, fără nici un obstacol în faţa mea, m-am învârtit ca un titirez. Vocea din spatele meu face situaţia aceasta foarte apăsătoare pentru mândria mea. Ce mai, mă simt penibil şi neputincios ca un începător pe salteaua de luptă.

- Mike, lovitura asta nu se pune, spatele tău este prea descoperit şi nu vreau să profit de aceasta. Poate mai vrei să încerci odată?!

Simt cumva ironie în vocea lui? Stând așa cu spatele la el, cu umerii aplecați ca un boxer care, după 15 runde, nici nu mai știe care-i este numele, simt cum sentimentul de umilință este înlocuit de o furie care, de fapt, ar trebui să fie un semnal de alarmă pentru mine. Dar sunt prea încins ca să mai ascult vocea interioară, școlită în atâtea lupte, care îmi spune: „Mike, un adversar nervos, furios pierde întotdeauna..." Da' de unde: mă întorc fulgerător pe călcâi și îmi arunc pumnul, într-o lovitură directă spre zona de unde auzisem vocea din spatele meu.

Furia se transformă în uimire, deoarece văd că încheietura mâinii este prinsă într-o mișcare elegantă, parcă ar fi un pas de dans, de mâna lui Ori-san. Cum nici acum nu nimeresc decât aerul nu-mi rămâne decât să privesc uimit ce urmează. Ori-san care o secundă mai înainte fusese în spatele meu, acum se află umăr la umăr cu mine și ținându-mă în continuare de încheietura mâinii îmi aruncă o privire de genul: „Fii atent ce se întâmplă acum...!" Forța pe care eu pusesem în lovitura de pumn neîntâlnind în drumul ei nici un alt mediu care să o preia, decât aerul înconjurător, se dizolvase undeva... la mama dracului, așa că Ori-san printr-o mișcare laterală a piciorului din spate, mă dezechilibrează complet, trăgând după el mâna mea care nu mai opune nici o rezistență. Apoi, tipul se întoarce brusc spre mine, iar eu simt o durere teribilă în încheietura mâinii care mă face să mă arunc de bună voie, din nou, pe spate. Și din nou remarc că saltele acestea ar putea să fie ceva mai moi, pentru că nu sunt deloc primitoare pentru spatele meu. Dracu știe ce face Ori-san, dar îl văd deasupra mea și o durere în cot mă face să mă întorc cu fața pe saltea în încercarea de a scăpa de durere. Descopăr că aici saltele nu miros a transpirație așa cum cunosc din alte săli, probabil pentru că există o aerisire naturală, încăperea fiind lipsită complet de peretele din faţă. Cert este că durerea din cot a dispărut, dar mâna îmi este ţinută ferm la spate de Ori-san care cred că a îngenuncheat lângă mine aşa că nu pot decât să aştept cuminte, cu nasul în saltea, să văd ce se întâmplă pe mai departe. Sper, în sinea mea, să nu-l fi supărat deoarece mă simt de-a dreptul dezarmat în faţa acestui om.

- Mike, îl aud în timp ce se apleacă deasupra mea... aceasta este aikido care se practică aici. Te poţi ridica! adaugă el, eliberându-mi mâna din încleştarea ca de fier.

Întorcîndu-mă spre el, îl văd aşezat din nou pe genunchi, în faţa mea mea astfel că mă aşez şi eu din nou, la fel.

- Vrei să ştii ce s-a întâmplat aşa-i? răspunde el la faţa mea pe care mirarea cu derutarea au făcut front comun.

- Până astăzi, am considerat că sunt destul de rapid în mişcări. E drept că nu am luat parte la nici o competiţie, dar, în Viena, am făcut parte dintr-o asociaţie de luptă numită „street fighters" unde eram destul de bun. Încerc eu să explic uimirea de pe faţa mea.

- Însă azi mi s-a părut, în comparaţie cu tine, că sunt la fel de rapid ca un melc...

- Mike, ce crezi tu că este mai rapid la un om: mintea lui sau corpul care urmează doar comenzile date de creier? mă întreabă el ca răspuns la explicaţia mea.

- Sunt sigur că mintea este mai rapidă, Ori-san. Şi, dintr-o dată, pricep ce urmăreşte el cu această întrebare. Parcă sunt Edison cu becul lui:

- Ori-san oare chiar este posibil? Continui eu agitat de descoperirea făcută... oare tu mi-ai citit gândurile? Să fie acesta motivul pentru care ai fost mereu un pas înaintea mişcărilor mele?

- Răspunsul tău este aproape de adevăr, dar nu este chiar adevărul, remarcă el oprindu-mi brusc entuziasmul ce mă cuprinsese ca atunci când la rezolvatul de integrale la matematică descifram drumul de urmat pentru rezolvarea lor.

- Cum adică? este tot ce pot să întreb

- Aikido este o asemenea o şcoală a cunoaşterii, Mike. Aici nu se pune problema de a ne învinge adversarul, ci, în primul rând, urmărim să ne cunoaştem pe noi înşine. Un practicant de aikido avansat este cel care a ajuns să „vadă" să perceapă energia a tot ceea ce ne înconjoară. Asta înseamnă că el îşi priveşte adversarul la nivel energetic. Gândul, adică comanda pe care mintea o dă corpului de a ataca într-un fel sau altul, este, cu siguranţă, o dimensiune mai fină, mai eterică decât organismul în sine, dar mai există o componentă mult mai fină, mai greu de perceput, iar de aceasta sunt foarte puţini capabili, mă bagă el de tot în ceaţă cu explicaţia lui.

- Despre ce este vorba, Ori-san? Ce este mai subtil decât mintea?

- Intenţia, Mike, intenţia este acea dimensiune superioară minţii. La nivelul intenţiei se creează o mişcare la nivelul corpului energetic astfel că s-ar putea spune că un luptător aikido ştie mai repede decât adversarul însuşi unde şi cum va urma acesta să aplice lovitura decisivă.

- Cum este aşa ceva posibil, Ori-san, cum este posibil ca cineva să fie capabil să ştie mai repede decât mine ce urmează eu să fac? întreb eu surescitat deoarece de contrazis îmi cade destul de greu. Tocmai am cunoscut pe pielea mea că tipul acesta era mereu informat de loviturile pe care le pregătisem. Simt că mă trec fiori de uimire. Pe de o parte mă liniştesc că totuşi nu am devenit mai încet în mişcări după escapadele cu Mark prin barurile japoneze, pe de altă parte, posibilitatea de care vorbeşte Ori-san pe cât de incredibilă pare ea acum pe atât de fascinantă.

- Secretul constă în oprirea minţii Mike, continuă Ori-san

în aceeaşi păsărească greu de urmărit pentru mine. Luptătorul care reuşeşte să-şi oprească mintea, devine capabil să perceapă şi să vadă la dimensiunea ei energetică. Acesta este secretul. Este foarte simplu chiar dacă, în practică, pentru cei ce se află la început această realizare pare a fi imposibilă. Eu am introdus aikido la casa luptătorului, ca fiind treapta cea mai înaltă de dezvoltare a studentului, pentru că acest stil de luptă este, după părerea mea cel mai eficient stil de apărare pe care omenirea la primit ca şi cadou de la maestrul Uyeshiba. Este singurul stil de luptă care este bazat în exclusivitate pe apărare, este stil de luptă „non-luptă", dacă pot spune astfel. Iar tehnicile sunt o expresie a genialităţii maestrului Uyeshiba. Nu cunosc mişcări mai concrete, mai directe decât cele care caraterizează acest stil de apărare. Tocmai ai primit iniţierea în aikido, Mike. Astăzi ai primit şi o sabie de la maestrul Kazuko. Ţi-am arătat şi sala de antrenamente, iar, ieri seară, Meastrul Minji-san ţi-a dezvăluit o parte din activităţile noastre. Acum depinde de tine, Mike, dacă vei accepta invitaţia de a ni te alătura sau vrei să rişti pe cont propriu să scapi din mâinile lui Nirobi. Chiar dacă ai reuşi să ajungi să părăseşti ţara, îţi va fi foarte greu, dacă nu chiar imposibil, să poţi reveni. O înfruntare cu Nirobi este, după părerea mea, inevitabilă. Aici însă vei găsi sprijinul pentru a putea trece cu bine de această încercare, încheie Ori-san pledoaria pentru această invitaţie neobişnuită

Bineînţeles că nu mi-am imaginat eu astfel această călătorie. Am venit aici, ce-i drept, şi cu o curiozitate de a cunoaşte noi oameni, noi obiceiuri, noi mentalităţi. Mă rog, cam ce se bagă în capul turiştilor când citesc ghiduri de călătorii în ţări necunoscute. Pe de altă parte, de fapt chiar aceasta mi s-a întâmplat: am cunoscut în timp scurt foarte mulţi oameni şi câte ceva din obiceiurile japonezilor, de exemplu că mai sunt unii care poartă o sabie de samurai când merg la cumpărături sau într-un bar să bea o bere. Dilema mea este că prin gândurile de mai sus eu mă gândeam doar la experienţe plăcute şi relaxante. Însă se pare că am o karmă mai neobişnuită decât a turiştilor care aleargă în grupuleţe în urma unui personaj care, fluturând un steguleţ, le arată drumul spre următorul obiect turistic.

Iar dorinţa mea puternică de a găsi oamenii potriviţi cu ajutorul cărora să pot să-mi dezvolt tehnicile de luptă pare să fii găsit de asemenea un ecou în acest univers. Şi, asemenea unui ecou, forma în care eu mi-am dorit ca această dorinţă să se împlinească a ajuns înapoi, la mine, ceva mai distorsionată faţă de aşteptările mele. De fapt, s-a întors într-o formă cumplită.

Astfel însă am ajuns acum să am şansa să-l întâlnesc pe Ori-san şi prietenii lui. Deci, dacă rămân aici, mi se vor îndeplini cu vârf şi îndesat dorinţele mele de a cunoaşte noi oameni şi noi obiceiuri. Şi, apoi, de câte ori primeşte cineva oferta de a fi antrenat de un maestru în arte marţiale. Partea aceasta mă atrage în mod deosebit. Dacă nu ar fi norul negru care ar pluti asupra acestei invitaţii: trebuie să învăţ tehnicile de luptă enumerate de Ori-san pentru a rămâne în viaţă. Ideea aceasta este încă ireală în capul meu. De parcă aş fi aterizat în lumea de acum câteva sute ani unde aceste tehnici erau învăţate de samurai nu pentru a se mândri cu ele în faţa prietenilor, ci pentru că aceasta era viaţa lor.

Eu va trebui să învăţ aikido şi kenjutsu pentru a rămâne în viaţă. Hai, Mike, dă drumul gândului care de fapt te macină cu adevărat: va trebui să înveţi pentru a-l învinge pe nebunul de mafiot japonez într-o înfruntare cu sabia. Iar a-l învinge înseamnă, probabil, să-i văd capul rostogolindu-i-se, la picioarele mele, asemenea capului lui Mark. Oare nu există o alternativă la acest scenariu morbid? Poate că există, dar nu-l văd eu acum.

În jurul meu este o linişte adâncă. Timpul pare că s-a oprit, aşteptând mirat şi curios să vadă ce voi hotărî. Ochii mei regăsesc din nou pe Ori-san care mă priveşte intens şi atent de parcă m-ar fi însoţit în această zbuciumare interioară. Privesc fără să scot un sunet în ochii lui şi, după un timp, descopăr în ei acolo acel firicel de speranţă, de încredere de care am atât de intens nevoie. Fără să părăsesc privirea lui arzătoare, mă aplec uşor într-un salut prin care, de fapt, vreau să spun că-mi las soarta pe mâinile lui. În acest moment, chiar simt puternic că acest om din faţa mea mă poate ajuta, iar eu îi voi urma sfaturile fără a mă opune.

Oare este acest moment clipa în care ucenicul îşi întâlneşte maestrul? Clipa în care fiecare atom al corpului realizează că un nou drum se aşterne în faţa lui? Un drum plin de surprize, eforturi şi necunoscute? Cert este că acesta este momentul când eu, cu această înclinare, această aprobare interioară exprimată cu toată fiinţa mea, aşez primul pas pe noul drum. O altă aventură în viaţa mea începe acum. Şi pentru că simt cum acest nou început bate la uşa vieţii mele vocea mea lăuntrică pronunţă o cerere pe careo simt ca o condiţie necesară primului pas.

- Ori-san, am o mare rugăminte legată de acestă hotărâre.

- Te rog, Mike, spune, mă îndeamnă Ori-san să dau glas acestei cereri.

- Numele meu, aproape că şoptesc eu, numele meu adevărat este... Mihai. Te rog să mă numeşti de acum înainte astfel.

- Bine ai venit la noi, Mihai, răspunde, deloc mirat, Ori-san.

Chiar dacă l-a pronunţat cu un accent amuzant, pentru

mine a fost precum o cheie care a deschis poarta spre acest nou început. Eu, Mihai, am hotărât să mă alătur acestor oameni care mi-au câştigat încrederea şi m-au surprins imens în ultimele zile. Aici, eu, Mihai, simt că primesc şansa de mă lupta cu propriile mele bariere şi că am profesorii care mă pot ajuta să trec peste ele. Am întâlnit tineri care, poate, vor deveni prietenii mei.

De fapt, aventura mea de abia acum începe...

www.ingramcontent.com/pod-product-compliance
Lightning Source LLC
Chambersburg PA
CBHW070813120626
46556CB00002B/482